文春文庫

懲戒解雇

高杉良

文藝春秋

目次

プロローグ……7
第一章　疑惑の経営トップ……11
第二章　香港《ホンコン》のヤミ資金……59
第三章　課長の建白書……92
第四章　人事部長の変心……142
第五章　懲戒解雇……194
第六章　人事課長の友情……237
第七章　エリートの反乱……288
第八章　崩れゆく虚像……320
エピローグ……360
あとがき……365

懲戒解雇

文庫本　一九八五年五月　講談社文庫
一九九八年八月　徳間文庫
二〇〇九年九月　講談社文庫新装版

DTP制作　エヴリ・シンク

プロローグ

「森を懲戒解雇にするぞ」

タクシーの中で出し抜けに常務の川井が言った。

松本は冗談も度が過ぎると言いたげに、眼鏡の奥で眼をしばたたかせながら、川井の横顔を見つめている。川井が北見社長の懐刀《ふところがたな》的存在であることは事実だが、それにしても人事担当ではなく、しかも森は技術系社員のエースを自他共に認めるエリート課長であり、筆頭副社長、速瀬のおぼえもめでたい。

仮りに、川井が森を馘首《くび》にしたいと思っているとしても、それは願望に過ぎないであろう。

トーヨー化成工業は旧財閥グループに属する超一流企業であり、組織力を誇示している。

中小企業ならともかく、あるいは森が司直の手に追われるような悪事をしでかしたということならいざ知らず、川井の凄腕を以ってしても、まず不可能である——。

「きみは、森と同期だったな」

川井はシートに背を凭《もた》せ、前方に眼を凝《こ》らしたままの姿勢でつづけた。

「森を嫌ってるやつは同期にいくらでもいるだろう。あいつは技術屋のくせに、オールラウンドプレイヤーを気取って資材部門には首をつっこんでくるわ、営業には口を出すわ、とんでもねえハネあがりだから、反発してるやつがいないほうがおかしい」

「もちろん、われわれ事務屋仲間の中にも森に反発している者はいると思います」

松本は迎合するように返したが、内心、森には一目置かざるを得ないと思っていた。

「俺は本気だぞ。あいつを馘首《くび》にしなければ気がすまんのだ」

川井の整った横顔が歪んでいる。酷薄な顔つきと言っていい。松本は背筋がひやりとした。

しかし、出来ない相談をもちかけられても困る——。

「森の素行を徹底的に調べあげろ。必ずなにかあるはずだ。叩いて埃の出ないやつなんていっこない。十年まで遡って、森がどんな交際費の使いかたをしたかも洗い出せ。きみ一人では無理だろうから、十人ぐらいでプロジェクトチームをつくれ。人選はきみにまかせる。いくらカネがかかってもいいぞ。ツケは俺に回せ。協力したやつは必ず俺が取り立ててやる」

「……………」

「どうだ。やってくれるか」

川井が松本の顔を覗き込んだ。

松本はメタルフレームの眼鏡を外して、顔の汗を拭いた。季節は晩春である。寒い日で車内はヒーターが効いているとはいえ、暑さを感じるほどではない。松本は脇腹のあたりにも冷たい汗を掻いていた。

「きみは、将来のトーヨー化成を背負って立つ男だと思っている。俺は頼りにしてるんだ」

川井は思い入れたっぷりに引っ張った声で言って、左手で松本の右肩を叩いた。

「やってみます」

松本の声がふるえている。

「なにもこせつくことはないが、当分の間、秘密組織ということにしてくれ。いずれオープンになるだろうが、速瀬あたりに気づかれて、ヘタな口出しをされても困るからな」

「常務と森との間になにかあったんですか」

「いずれ話す」

川井はぶっきら棒に返した。

この日、松本は川井から昼食を誘われたのだが、赤坂のホテルへ着いたとき、川井が専用車を帰して、迎えに来る必要はないと言ったのは、この話をするためだったらしい。食事のときは仕事の話ばかりで、森の話には触れなかった。めしが不味《まず》くなると考えたからだろうか。そんなセンシティブな男ではないのだが——。松本がそう思ったのは丸の内の本社ビルへ戻って、トイレで用を足しているときである。

やるしかない……。

松本は最後のひとしずくをふり落してそう決意した。どうやら気持がふっ切れたらしい。

——ここで話は発端へ戻る。

第一章　疑惑の経営トップ

1

電話が鳴っている。

森はかすかに眉をひそめた。机上の書類から顔をあげず、そのまま眼を走らせ、句点のところまで読み進んでから、おもむろに受話器に手を伸ばした。

「はい。総合企画部の森です」

「おったのか……」

いきなり苛立《いらだ》たしげな声を浴びせかけられて森はむかっとした。相手は十秒ほど待たされて焦《じ》れたのかもしれない。

「川井だが、今晩つきあってくれ。六時半に寿司辰で待っている」

言いざまぷつっと電話が切れた。

否も応もない。いくら上司でもひど過ぎる。なにはともあれ、こっちの都合を訊《き》くのが順序というものだ。

森は、カッと頭に血がのぼった。いったん戻した受話器をつかんだが、ちょっと思案顔になった。川井常務付きの秘書に電話をかけて、先約があるから呼び出しには応じかねるので、その旨常務に伝えて欲しいとことづてを頼もうかと考えたのだが、思いとどまり、人事部第一課長席のダイヤルを回した。

「もしもし、森ですが……」

「やあ。今夜だったね。六時の約束だから、そろそろ出ようと思ってたところだ」

仁科の明るい声が返ってきた。

「それがね、たったいま、川井常務から電話がかかって、今晩あけてくれって言ってきたんだ。返事をする間もなく電話を切られてしまって、頭にきてるところだが、きみとの先約があるから断わって断われないことはないし、五時半になって言ってくるのも非常識だよ」

「われわれはいつだって会えるんだから、川井常務のほうを優先すべきだよ。恐らく仕事の話だろうし、僕の名前を出して断われるわけがない。厭《いや》なことを言われるだけだから、黙ってつきあってあげたらいいよ」

「まったく強引な人だよな。あの人と酒なんか飲んでも、ちっともおもしろくないけどね」

「仕事なら仕方がないじゃないの」

「さあどうかな。仕事の話かどうかあやしいものだ」

「まさか。よっぽど緊急な用件があるんじゃないのか」

「どっちにしても碌《ろく》なことはなさそうだが、断わったらあとが怖いからとにかくつきあうか。敵は陰険だからな」

「いまからそんなに肩に力を入れてるようじゃ、先が思いやられるなあ。森は森らしく、自然体でいけばいいんだよ。上に向かっていくのが森の身上だが、ことさらに構えることもないだろう。とくに、あの常務には静かに対応したほうがいいかもしれないね」

「うん。まあな。気が重いが、鮨《すし》を食べてくるよ。銀座の寿司辰で待ってるそうだ」

「さすが総合企画部のエースを招くともなると、そのへんの赤ちょうちんというわけにはいかんのだな。寿司辰といえば超一流の鮨屋じゃないの」

「そうひやかすな。天下のトーヨー化成の常務さんともなれば、寿司辰ぐらいは使うだろう」

「僕は、人事の若い連中と焼とりでも食べて帰るかな。食事はいらないと言ってきてるからね。きみはせいぜい高級鮨をたらふく食べたらいいよ」

仁科の言いかたは決して厭味には聞こえなかった。それどころか、川井常務とつきあうのはさぞ気骨の折れることだろう、と同情しているふしさえある。仁科の声が低くなった。

「冗談はともかく川井常務といえば、いまや飛ぶ鳥を落す勢いだが、そんな常務さんの相手をさせられるのは大変だね。なにか思いあたることでもあるの？」

「ないわけでもない。二、三日前に営業本部との会議で、川井さんのシェア拡張論をこてんぱんにやっつけておいたから、多分そのことでなにか言いたいんじゃないかな」

「ご本人の前でやったのか」

「いや。部課長クラスだけど、親分の川井さんが提唱してるシェア拡張策に子分たちが盲従してるから、水をかけてやったんだ」

「勇ましいのはいいが、静かにやってくれよ」

「それより、飛ぶ鳥を落す勢いってどういうこと。あの人が権力志向型であることはわかるけれど、それこそ社長や副社長じゃあるまいし、たかが常務じゃないの」

「いずれ詳《くわ》しいことはあとで話すが、きみこそ、たかが課長の分際で、と言われないように自重してくれ。これは友達として言ってるつもりだぜ」

仁科は、一層声をひそめた。周囲に人がいるのかもしれない。

「あの人はエキセントリックなところがあるから必要以上に冷静に対応しないとまずいね。抑えに抑えて……」

「よくわかってる。一年半ほど一緒に仕事をしたことがあるから、仁科よりもよっぽどわかってるつもりだがなあ」

「それならいいが、とにかくあんまりむきにならないようにな」

「仁科とは、ずいぶん久しぶりだから愉《たの》しみにしてたんだが……」

「僕も久しぶりに森の毒舌が聞けると思ってたんだが、ま、愉しみを先送りして来週までのおあずけにするとしよう。来週の都合はどうなの」

「やっぱり後半がいいな。また金曜でいいじゃないか」

「僕のほうはかまわないよ。まだ新入社員の研修も始まってないからね」

「そうか。来週は十三日が金曜日だなあ。縁起がよくないな」

森が手帳を見ながらつぶやくと、仁科の笑い声が受話器に伝わってきた。

「なにを言ってるんだ。かつぐなんて森らしくないぞ。だいたいクリスチャンでもないきみが、十三日の金曜日にこだわるなんておかしいじゃないか」

「それもそうだな」

森も笑いながら返した。

仁科がおどけた口調で言った。

「じゃあ、昭和五十六年三月十三日の金曜日を愉《たの》しみに待ってるよ」

「うん。きょうは悪かったな」

「いや、気にすることはない」

「じゃあな」

電話が切れたあと、森は気持がなかなか書類に戻らず、しばらくぼんやりしていた。

森雄造は、わが国最大手の合成繊維メーカーであるトーヨー化成工業の総合企画部付課長で、四十一歳になる。因みにトーヨー化成工業の資本金は四百五十億円、年間売上高は約五千億円である。

人事本部人事部第一課長の仁科英《すぐる》も昭和三十七年の入社組だが、二人は大学でラグビーをやった仲でもある。森は工学部、仁科は法学部の出身だから、技術屋と事務屋の違いこそあれ、二人とも東大出のエリート社員だ。

森は、デスクの上を片づけにかかった。

それにしても気が重い。川井久彦は営業担当常務である。企画担当でもない川井から、なぜ呼び出しがかかったのだろう――。先刻の苛立った声を思い出すまでもなく、厭な予感がする。三年前、川井が原料、資材部門を担当していたとき、森は課長として仕えたことがあるが、独断専行で部下の意見に耳を傾けるような男ではなかった。

もっとも、森も簡単に引き下がるような男ではないから、何度か川井とやりあったことがあるし、屈服させたこともある。

川井が合成繊維の基礎原料の輸入を強行しようとしたとき、森は断固反対し、川井の頭越しに筆頭副社長の速瀬一郎と相談して、計画を潰したことがあった。課長風情《ふぜい》がラインの部次長、担当常務を飛び越えて、代表権を持った副社長に直訴《じきそ》するなど通常はあり得ないことだが、速瀬は十二年前、森が工場に勤務していた当時の工場長であり、大学の先輩で媒酌人でもあったから、副社長と課長の関係とは異なり、ごく近い間柄《あいだがら》と言えた。森は、速瀬に家族ぐるみの交際をしてもらっていたし、速瀬のためなら水火も辞せず、といった気概をつねにもっているつもりであった。

トーヨー化成工業は、合成繊維の基礎原料を国内の石油化学メーカーからパイプで受給していたが、これを米国からの輸入品に切りかえることを提案したのは川井だった。総合商社のM社から持ち込まれた話だが、オイルショック後原料のナフサ（粗製ガソリン）が高騰し、国際競争力を喪失していた日本の石油化学工業に対して、圧倒的に優位にあるアメリカの化学企業が日本市場への進出を意図し、M社を通じて、トーヨー化成工業にも働きかけてきたのである。台湾、韓国などの中進国から追い上げられ、過剰能力を抱えて慢性的な構造不況にあえいでいる合成繊維業界の中にあって、トーヨー化成工業は優れた技術力と、建材、医薬などの非繊維部門の収益によって、赤字転落をまぬがれ、比較的安定した経営を続けていたが、合成繊維事業が不採算部門であることはたしかであった。当時、資材、原料担当だった川井は、M社のアプローチに乗り気をみせ、事務当局に商談を具体的に詰めるように指示したが、原料課長の森は強く反対した。その理由として森は、①国内の石油化学メーカーのK社からパイプで基礎原料を受給しているが、相互信頼関係を損《そこな》うことになる。コンビナートを組んでいる以上、運命共同体であり、一方の利害だけで勝手な行動はとれない、②M社を窓口に米社と長期契約を結ぶにしても安定供給の面で不安があり、大量の基礎原料を輸入に依存することは危険《リスキイ》である——の二点をあげた。

部長の大西も初めのうちは森の意見に賛成していたが、結局、強引な川井になびいてしまい、森は孤立し、思い余って、速瀬に事情を説明し、援《たす》けを求めた。森のこの行動が川井の神経を逆撫《さかな》でし、逆鱗《げきりん》に触れることになるが、陰険な川井に森は、「俺の頭越しに速瀬さんに話すとはきみも偉くなったもんだね。俺の顔に泥を塗ってそこまでやるとはいい度胸だ。きみはK社のまわしものかね」と、ねちっこく絡《から》むように言われた。そのとき、つい森は口がすべって、

「常務こそ、M社からいくらか貰《もら》ってるんじゃないですか」と、冗談半分に返してしまったのである。それを真に受けて、川井は血相を変えた。

「貴様、だれに向かってものを言ってるんだ」

森は、それ以来、川井から疎外されるが、森が原料部から外され、ラインに入らない総合企画部付の課長に回されたのは二年前、まだ仁科が人事課長になる前のことだ。

速瀬に泣きを入れればなんとでもなったろうが、森は自身の栄達のために速瀬を利用する気にはなれなかったし、川井の配下から出られるのは逆に願ってもないことだと考えて、左遷含みの人事異動に従ったのである。

前後するが、森がまだ原料課長当時、川井は三副社長の一人である藤本剛《つよし》に進言し、原料問題の早期決着を図った。社長の北見浩三と速瀬、藤本、水野晃の三副社長で構成する経営会議の議題としてとりあげられ、当然のことながら速瀬は強く反対したが、北見も水野もはっきり態度を示さなかったものの藤本が事前に根まわししていたことも与《あずか》って、どちらかというと藤本寄りだった。経営会議の結論が得られないまま問題は常務会に持ち込まれた。

速瀬は、取引関係にある国内の石油化学メーカーの譲歩を引き出すための材料に使うぐらいがせいぜいのところではないか、と主張し、これが容《い》れられて、当時まだ原料課長だった森を中心に原料部が折衝した結果、当該合成繊維の輸出分に見合う原料については特価を認めるとの回答が得られた。

輸出のウエイトがかなり高いため、平均二割の値下げとなり、国内メーカーから大幅な譲歩を引き出したことになる。速瀬は、つぎの常務会で、これで充分ではないか、M社との交渉を打ち切るべきだと発言したが、藤本、川井は譲らず、強引に会議をリードし、結局、社長決裁で、トーヨー化成工業の必要とする基礎原料の三分の一をM社を通じてアメリカから輸入することになったのである。

2

森が銀座七丁目の高級寿司店に六時四十分に顔を出すと、川井はすでに二階の小部屋でビールを飲んでいた。色白で端正な川井の顔が上気しているのは、ビールのせいばかりではなさそうだ。

「遅いじゃないか」

川井は、森をじろっと見上げて言い放った。

「十分の遅刻ですか。お待たせして申し訳ありません。先約があったものですから、キャンセルするのに時間がかかりました」

森の利《き》かん気な顔が歪《ゆが》んだ。濃い眉の下の切れ込んだ眼が光っている。

森にしてみれば、手前勝手に人を呼びつけておいて、たった十分の遅刻を咎《とが》められるいわれはないという思いが強い。

「先約があったのか。それならなぜそう言わんのだ」

「常務のほうに緊急の用件があると思いましたので……」

森はテーブルをへだてて川井と向かい合うかたちで座布団《ざぶとん》に腰をおろした。いい気なものだ。有無を言わせず電話を切っておいて……。そう思うと、よけい腹が立つが、さすがに口には出さなかった。

「ま、話は一杯飲んでからだ」

川井がビール瓶を持ちあげたので、森は小ぶりのグラスを手にして酌《しやく》を受けた。

「いただきます」

「うん」

森はグラスを触れ合わすことはしなかったが、眼の高さに掲げてから、一気に飲み乾《ほ》した。

ほどなく、中年の仲居が刺身の盛合せを運んできた。

「ビールをもう一本たのむ。あとは水割りの用意をしてくれれば、こっちは構わなくていいぞ」

川井は、二つのグラスにビールを注ぎながら、仲居に言いつけた。

「かしこまりました。ご用がありましたら、そのブザーを押してください」

階下のカウンターがにぎわっているのだろう、仲居は気ぜわしそうに、絣《かすり》の着物の裾《すそ》をひるがえして部屋から出て行った。ビールとウイスキーの水割りの用意をして二階へあがってきたのは店の女将《おかみ》だったが、なにかしら気づまりな気配を察して、挨拶もそこそこに退散した。

「用件はわかってるんだろう?」

「いいえ」

「だって、緊急な用件とさっき言ったじゃねえか」

川井は貴公子然とした顔に似合わず、べらんめえ調である。それに厭《いや》な顔をしたときの川井は眼尻に険《けん》があって、酷薄な印象を与える。

「忙しい常務から呼び出しがかかれば、ただならぬことだとは思いますよ。しかし、皆目《かいもく》見当がつきません」

森は負けてなるものかと、ほとんど睨《にら》みつけんばかりに川井を見返している。

川井は背広を脱《ぬ》いで、ネクタイをゆるめてから、水割りを呷《あお》った。

「おまえは、あっちこっちで俺の悪口ばかり言ってるそうじゃないか」

「……………」

「シェア拡張策は下策中の下策だと抜かしたらしいが、きょうは存分に意見を聞いてやろうじゃないの」

「それでしたら、思いあたるふしがないとは言いませんが、それが常務の悪口になるんですか」

森は皮肉っぽい口調になっている。

「おまえがわたしに含むところがあるのはわかってるが、速瀬副社長を焚《た》きつけるのはいい加減にしたらどうだ」

「どういう意味ですか」

森は気色《けしき》ばんだ。

「経営会議で、速瀬は拡大強硬路線を軌道修正すべきだとしつこく言い立ててるようだ。おまえも営業本部の部課長連中に、同じことを言ってるようだが、速瀬と示し合わせてるのかね」

「変な言いかたをしないでください。ここ二、三ヵ月速瀬副社長にはお会いしてません」

「すると、偶然の一致というわけか。それとも以心伝心か」

川井は厭味《いやみ》たっぷりに言って、自分のグラスにウイスキーボトルを傾けた。

「速瀬副社長が経営会議で、そうした発言をされてるとは知りませんでしたが、それが事実なら、大変けっこうなことだと思います」

「おまえも相当イイタマだな。俺を前に言いも言ったりだ」

「どうしてですか。川井常務もとっくに拡大強硬路線が失敗したとお気づきになってるんじゃないんですか」

「なぜ失敗なんだ」

「せっかく原料面の合理化を果たしながら、シェア競争に走ったため、合繊部門は依然として赤字から脱し切れません。それどころか一品種で十数億円の赤字を出していたらくです。これを失敗と言わずになんと言うんですか」

「次の設備更新までにシェアを拡張しておかなければ、稼動率が上がらず固定費の負担に耐えられないことになるぞ」

「要は比較の問題です。値下げ競争、乱売によるマイナスのほうがはるかに大きいことは言うまでもありません。わずか一パーセントのシェアをひろげるために、どれだけ犠牲をはらっているか……」

「同業他社に比べればウチの赤字なんかたいしたことはない。そのうち、ぶっつぶれるところが出てこんとも限らん。弱肉強食が自由経済の原則だよ」

川井はうそぶくように言って、煙草を咥《くわ》えた。森は一瞬躊躇したが、テーブルのマッチを擦《す》って、テーブルに上体を乗り出すように川井に接近した。なんだか媚《こ》びてるようで拘泥する気持があった。煙草の火をつけるぐらいのことにこだわるのはおかしいと思いながらも、気持はすっきりしなかった。

川井は一服吸って天井に向かって煙りを吐き出した。

「おまえは反対したが、基礎原料の三分の一をアメリカから輸入する態勢をとったからこそ、その程度の赤字で済んでるんだ。こんなことなら、国内を三分の一にして、輸入をふやすんだったよ」

「原料事情が好転したことは認めます」

「やっと、俺の功績を認める気になったな」

森は、ここで辛抱すべきだったかもしれないが、やはり抑えきれなかった。

「しかし、逆に原料コストが下がったことが徒《あだ》になったというか、裏目に出たんじゃないですか。わが社がシェア拡大に走ったことが合繊業界全体にどれほどの損害をもたらしたか測り知れませんからね。リーディングカンパニーのトーヨー化成がシェアをひろげるために値下げすれば、他社が指をくわえてシェアを侵食されていると考えたとしたら甘いですよ。シェアを守るために、たとえコストを割ってでも値下げしますよ」

森はグラスに三分の一ほど残っているビールを飲み乾《ほ》して、話をつづけた。

「国内需要が低迷している中でシェア競争を仕かけるなんて愚の骨頂です。いまだに高度成長時代に訣別できない。作れば売れる時代ではないんです。高度成長期の延長線上でとらえる思考方法を改めない限りプロフィット（利益）は享受できませんよ。現にシェア競争のツケが回って来て、惨憺たる目に遭ってるじゃないですか。シェア競争の引き金を引いたトーヨー化成がどれほど同業他社から恨みを買っているか、常務もご存じでしょう」

「ふん。相変らず減らず口をたたくじゃねえか。もっとも、速瀬がむかし同じようなことを常務会でしゃべってたから、その受け売りだな」

川井は顔をしかめて、不味《まず》そうに水割りを喉《のど》へ流し込んだ。

「そう言えば、速瀬副社長からさんざん聞かされた憶《おぼ》えがありますよ。さすが先見の明がありますね」

森は、それが川井の神経を逆撫《さかな》ですることぐらい百も承知だが、そう言わずにはいられなかった。どうせこの常務には憎まれているのだから、いまさら迎合しても始まらない――。

「最近、速瀬が経営会議でしつこくシェア拡張策を批判するようになったのは、森が知恵をつけたからだな」

川井は厭《いや》な眼で森を見据えた。

「だいたい企画部の森がなんだってしゃしゃり出てくる必要があるんだ。営業のことに口出しするとは僭越《せんえつ》じゃないか」

「総合企画部には、調整機能が付与されているはずですね。原料部門と営業部門の意見が対立しているようなので、調整に乗り出したまでです。それに、わたしは上司の了承をとりつけた上で、営業に意見を言ったつもりですが……」

「速瀬に話す前に、なぜ俺に話さんのだ。おまえはそんなに俺が嫌いか」

「………」

「社長も弱気になって、積極路線を見直す必要があると考えてるようだが、藤本副社長にしてみれば、経営会議でイニシアティブをとりたいところだったのに、速瀬に先を越されて頭に来てる。おまえが速瀬に話す前に俺に話してくれれば、もう少し動きようがあったんだ」

森はあきれて返す言葉がなかった。しゃしゃり出るなと言ってみたり、俺に先に話せと言ってみたり、支離滅裂ではないか。だいたい速瀬と接触していると頭から決めつけているところが間違っているのだ。

「経営会議は意思決定機関ではないが、社長がその気になってしまった以上、路線の軌道修正はやむを得んだろう。しかしな、速瀬は六月にはコレだよ」

川井は自分の首に手刀をくれてから、にたっと笑って話をつづけた。

「おまえがいくら速瀬を担《かつ》いでも、あいつが社長になる目はねえぞ」

上司の副社長をつかまえてあいつという言いかたはない。呼び捨てにすることだって敕《ゆる》しがたいのに、なんという言いぐさか、と森は思う。いくら酒の上でも一定の節度はわきまえて然るべきではないか。森は胸がむかむかしてきた。

「わたしは速瀬副社長と、ここ二、三ヵ月お会いしていないとさっき申しあげたはずです。北見社長が路線の修正を決断されたことは、遅蒔《ま》きながらよかったと思います」

森がこわばった顔で言うと、川井は口の中のとろの刺身をくちゃくちゃやりながら返した。

「つまんねえ話をして酒が不味くなってきたな。森とは久しぶりに飲むんだから、愉快にやろうじゃねえか。河岸を変えようや」

「いや、もう充分いただきました」

「なに言ってんだ。おまえ、碌《ろく》に飲んでおらんじゃないか。話もまだ済んでおらんしな」

川井の眼が鈍く光ったのを森は気づかなかった。

3

タクシーの中で森が訊いた。

「次期社長は速瀬副社長じゃないんですか」

「やっぱり気になるか」

川井は森の横顔を覗き込みながら、皮肉っぽく返した。

「トーヨー化成は事務系と技術系出身が交互に社長になるのが原則ですから、速瀬副社長じゃないとすると、適任者がいないような気がしますが」

「事務屋と技術屋がかわりばんこに社長になるなんて決まっとらんよ」

「そうでしょうか。歴代のトップをみるとたしかにそうなってますよ」

「偶然に過ぎんよ。そんなことが定款に書いてあるか」

「しかし、不文律としてそうなっていると聞いてますがねえ」

「過去は過去、未来は未来だ。事務屋が何代続こうが、技術屋のトップが出ようが出まいが、要は力量の問題だろう」

「……………」

「森だから、トップシークレットを教えてやるが、速瀬は六月にリタイアするはずだ。ま、子会社の社長ってとこだろうな。当人はまだトーヨーの社長になる気でいるらしいが、北見社長にその気がねえんだからしょうがねえじゃねえか」

「すると、次は藤本社長ですか」

「そんなところだろうな。しかし、藤本さんはショートリリーフってとこだろう。北見さんは会長になっても人事権を手放すことはないだろうから、次の次まで布石を打ってるよ。こう見えても、俺は社長の気持をつかんでるつもりだ。早い話、人事問題にしても必ず俺に相談している。あんまり俺を甘く見ないほうがいいぞ」

「甘くなんて見てませんよ」

そう言いながらも、森は胸の中で舌打ちしていた。いい気なものだ。次の次は俺が社長になると宣言しているようなものではないか。

「森は技術屋の中ではエースと言われてる男だ。速瀬なんか担《かつ》がないで、せいぜい俺にロイヤリティを尽くすんだな。俺は、俺を慕ってくる者は、とことん面倒を見る。しかし、俺を裏切ったり、俺に弓を引く者は容赦しない。このことを肝《きも》に銘じておいてもらいたいな」

「常務は、速瀬副社長と近い関係にあると思ってたんですが……」

「あいつが俺を袖《そで》にし始めたから、俺としては藤本を担がざるを得ないじゃねえか」

「藤本社長の次は川井社長ですか」

森はつぶやくように言って、窓外に眼をやった。

タクシーは青山通りから六本木へ向かっている。

藤本の次が川井とは、なんとも軽い社長が二代続くものだ。仁科が「飛ぶ鳥を落す勢い」と言っていたが、なるほど川井はいまや北見社長の参謀長格にのしあがり、人事を壟断《ろうだん》するところまで力を付けてしまったのであろうか。

それにしても口は軽いし、柄《がら》が悪過ぎる。こんな男に大トーヨーの社長がつとまるのだろうか——。森は暗澹とした思いに沈んでいた。


六本木のサロン風レストラン〝クレオパトラ〟はメンバー制でゴージャスな雰囲気を売りものにしている。それ以上に某一流デパートの社長の二号が経営していることで知られていると言うべきかもしれない。

森は初めてだが、もとより川井はメンバーだから何度も来店している。ロングドレスをまとった三十過ぎとおぼしき女性マネージャーがうやうやしく出迎えたところをみると、川井は相当な常連らしい。二人は、奥のシートに案内された。

ボックスシートが部分照明になっている。

「お食事になさいますか」

「そうですね。少しいただきましょうか。あなたにおまかせしますから、適当に見つくろってください。それとスコッチの水割りをいただきましょうか」

川井はにこやかに返した。人が変ったように言葉遣《ことばづか》いが丁寧になっている。

「ありがとうございます。ママも間もなく見えると思いますので、ごゆっくりどうぞ」

「ここは人品骨柄《じんぴんこつがら》いやしからぬ紳士だけが来るところだから、言葉遣いに気をつけろよ」

女性マネージャーが引き取ったあとで、川井が囁《ささや》いた。

言葉遣いに気をつけてもらいたいのは常務のほうですよ、と森は腹の中で言い返しながらおしぼりで手を拭いた。

「ここがどういう店か知ってるんだろう」

川井がさぐるような眼を森に向けてきた。

「いいえ。営業や資材ならともかくこんな豪華なレストランに総合企画部の課長風《ふ》情《ぜい》が出入りできるわけがありません」

「来たことはなくても、話ぐらい聞いてないのか」

川井は声をひそめて話している。ソファに並んで坐っているので、小声でも聞きとれないということはなかった。

「いいえ。なにかいわくがあるんですか」

川井は、かすかに首をかしげて考える顔になった。

「おまえ、しらばくれてるんじゃねえのか」

言葉遣いに気をつけろと言った舌の根も乾《かわ》かないうちに、これでは先が思いやられる。

いくら声をひそめても、店内のムードにそぐわない。

「常務、なにがおっしゃりたいんですか」

森は少し語調を強めた。しらばくれてるのか、と言われて、多少頭に血をのぼらせている。

若いウエイターが水割りを運んで来たので、川井は口をつぐんだ。ウエイターが一礼して引き下がるのをもどかしそうに見送りながら、川井が言った。

「それじゃあ話そう。腹を割って話すから、おまえもそのつもりで聞いてくれ」

川井は喉《のど》が渇《かわ》くのか、グラスを口へ運んだ。

「いただきます」

森はグラスを眼の高さに掲げた。

「香港《ホンコン》から社長宛に投書があった……」

川井は躰《からだ》を斜《はす》かいにして、じっと森を凝視した。

「投書ってなんですか」

「おまえ、あくまでとぼける気か」

声が知らず知らずのうちに高くなっている。

近くのボックスシートから咎《とが》めるような視線を注がれて、川井は顔を赤らめ、ぐっと声を落した。

「俺が香港トーヨーを舞台に、不正をやっているという投書だよ。自分のポッポにカネを入れて涼しい顔をしてるっていうわけだ。ここまで言えばわかるだろう」

「なんのことかさっぱりわかりません」

「ふーん。そうかね。おまえが社長に投書したんじゃねえのか。おまえの独断か、背後に速瀬がいるのか知らねえが、きたねえ真似《まね》をするじゃねえか」

「………」

「俺は、香港トーヨーの社長を兼務してるから、月に一度は香港に行ってるが、断じて不正はやっていないぞ。香港トーヨーに、合繊の原糸や合成皮革の原皮を低価格で輸出して、ヤミ資金をプールしてるのはすべて会社のためだし、社長も藤本副社長も納得《なっとく》ずくでやってることだ。つまり会社のためにやってることだから、うしろ指を差されることは断じてない。速瀬には話してなかったから、変に勘ぐってるのかもしれんが、俺が自分のポッポに何千万円も入れてるなんて、ゲスの勘ぐりもいいところだ。俺ほどの男がそんな薄ぎたない真似をするわけがねえだろう」

川井はがぶりと水割りを飲んで話をつづけた。

「ここのママが香港で縫製工場を経営してるが、俺がママとつるんでるとも書いてあった。カトレア、カトレアっていうのはママが経営している香港の会社だが、香港トーヨーがカトレアに製品を納入していることは事実だが、適切な価格で取り引きしているつもりだ。二人がぐるになってるなんてことは断じてないぞ」

川井の眼が血走っている。森はからだ中の血液が沸騰するほど興奮していた。やたら唇が乾く。だが、懸命に気持を抑制して、嘗《な》めるように水割りを飲んだ。

すべて初耳である。香港からの投書に気が動顚して、言わずもがなのことを口走っている川井が滑稽でもあるが、俺に目をつけたのは故《ゆえ》なしとしない——。二週間前に、森は台湾、韓国、香港、シンガポールなどを歴訪した。合成繊維の市場調査が目的だったが、香港トーヨーにたった一人で駐在している岡本の憂鬱そうな顔がいまさらながら思い出される。岡本は、俺より二年後輩だが、なにかを俺に話したかったのだろうか——。

「投書の件は、おまえが白状すれば不問に付すだけの度量は持ち合わせてるつもりだ。どうだ」

「…………」

「おまえは、最近、香港に行ったんだろう。なにしに行ったかしらんが、俺のアラ探しに犬みたいに嗅《か》ぎ回ってきたんじゃないのか」

森は水割りを一口飲んでから、長い沈黙を破った。

「香港には三日間滞在しましたが、東南アジアの市場調査が目的ですから、わたしがなにをして来たかはレポートをお読みいただければおわかりになると思います」

声がいくぶんうわずり気味だった。森は深呼吸をして、もう一度水割りをすすって話をつづけた。

「台湾で、台湾トーヨーの畑中君から、日本から合繊の原糸を直接輸入しているが、伝票上は香港トーヨーから輸入したことになっていると聞いた記憶があります。そのときは経理上そうした操作もありうると単純に考えて気にも留めなかったのですが、いま、やっとからくりがわかりかけてきました。お話をお聞きしてびっくりしています。すべて初めて聞く話です。わたしが社長に投書したと思われてるようですが、なにも知らない者が投書できるわけがないじゃないですか。言いがかりも甚《はなは》だしいというか、常務ともあろうかたが、なんでそんなとんちんかんなことを言われるのか理解に苦しみます。そっぽもそっぽ、大そっぽです。だいいち、筆跡鑑定すればわかることじゃありませんか」

「タイプ印刷だ。鑑定もくそもあるか」

川井は吐き捨てるように言って、水割りを呷《あお》った。

「お待たせしました。失礼します」

ウエイターが料理を運んで来たので、話が途切れた。

「ついでに、水割りをもう一杯お願いします」

川井が笑いをつくってウエイターを見上げた。

「かしこまりました。失礼します」

ウエイターが二人に一礼して引きさがった。

「おおかた、日本でタイプ印刷して、香港から郵送したんだろう」

「しかし、宛名《あてな》はどうなんですか」

「それもタイプだ。つまりおまえじゃないという反証はまったくない」

「いい加減にしてください。香港トーヨーの岡本君に聞けばわかることじゃないですか。かれから、ヤミ資金の話などぜんぜん聞いてません」

「岡本には電話で確認した。たしかにおまえと話したことはないと言っていた。しかし、口裏を合わせれば済《す》むことだからな」

「わたしは、匿名の投書なんていう卑劣な手段は死んでも選びません。上司に対しても部下に対しても、言いたいことは腹に溜《た》めずにストレートに話すのがわたしの流儀です。そのために憎まれることもありますが、陰に回っていろいろ言うよりはましだと思ってます。常務に一年半ほどお仕《つか》えしましたから、そうしたわたしの性格はおわかりいただけてるとばかり思ってましたが、投書の犯人みたいに言われるとはよもや思いませんでした。だいたい怪文書まがいの手紙なんかを気にするほうがどうかしてるんです」

「きょうのところはこれまでにしておくが、もう一度言うぞ。俺を裏切るやつは容赦しねえからな」

川井は、据《す》わった眼で森をとらえた。これではヤクザと変るところがない、と腹の中で毒づきながら、森は川井を見返した。

二人はソファに並んで坐っている関係で顔を見合わせるには躰《からだ》を斜めにして、首をねじるようにしなければならないが、いつまでも無言で睨《にら》み合っているわけにもいかず、川井が思い出したように、躰の向きを変えてナイフとフォークを手に取った。話に夢中になっていて、伊勢海老のコキールとシーフードサラダに気持が向かわなかったのである。

「とにかく食おうや」

「いただきます」

森もフォークを持ったが、食欲がなかった。

「岡本には会ったんだろう」

「もちろん会いました。昼食を二度、夕食を一度しましたよ。なんだか元気がなかったように見えましたが……」

「見かけによらず気の小さなやつだからな。しかし、あいつが投書するわけはない」

「だとしたら、岡本君がわたしにヤミ資金のことを話すわけはないじゃないですか。かれが話さない限り、わたしは知り得るわけがないんです」

「だが、香港に三日もいれば、多少のことは耳に入ってくるだろう」

「わたしはまじめに仕事をしに行ったんです。そんな暇《ひま》はありません。何度も言いますが、わたしは人のうしろから撃《う》つような真似《まね》は死んでもしません」

森がフォークを投げ出して、断固とした口調で言ったとき、厚化粧の妖艶な中年女がテーブルに近づいて来た。真紅のイブニングドレスが眼に痛いほどまぶしい。髪型がクレオパトラ風なのは、クレオパトラを気取っているせいかもしれない。

「まあまあ、川井さんじゃありませんの。ようこそ」

「やあ、ママ。ごきげんよう」

川井はナプキンで口のまわりを拭《ぬぐ》いながら起《た》ちあがった。

ひとり坐っているわけにもいかず、森もソファから腰をあげて、会釈《えしやく》したが、川井は紹介しようともしなかったし、女も一瞥《いちべつ》すらよこさなかった。

森はむすっとした顔で、ソファに坐り直した。

「川井さんにちょっとご相談したいことがあるんですけれど、三分ほどお時間いただけないかしら」

「けっこうですよ」

「それでは、あちらで」

女はあいているボックスシートを指で示した。

川井は女のあとから従《つ》いて行き、二人は並んでソファに腰をおろした。

失礼のひとことぐらいあってもよさそうだが、女はまるで森を無視していた。森は不愉快きわまりなかったが、席を蹴《け》たてて帰るわけにもいかず、食事を続ける以外になかった。

森が、川井たちのほうへ眼を遣《や》ると、女は馴《な》れ馴れしく両手で川井の膝を押えるような仕種《しぐさ》をして、なにやら頼み込んでいる。ボックスシートとボックスシートの間隔がたっぷりとられ、店内にムードミュージックが流れているので、二人の話が聞こえてくるわけはなかったが、森はやたら腹が立ち、なにを食べているのかさえわからないほど不快感を募らせていた。

三分のはずが、三十分近くおきざりにされ、その間に森は水割りを三杯お代りした。

4

帰りのハイヤーも二人は一緒だった。時間はまだ十一時前だから、森はできることならひとりで帰りたかったが、たまたま家が川井と同じ方角だったので、同乗せざるを得なかったのである。

川井は上北沢の高級住宅地に豪邸を構えている。森の自宅は練馬の立野町にある。練馬といっても吉祥寺に近い。都内二十三区の外れだが、妻の実家の庭に三十坪ほどの二階家を建てさせてもらったのだ。

「おめえ、俺を刺したんじゃねえのか。吐いちまったらどうだ」「おまえは、速瀬びいきだから、俺を陥れるぐれえのことはするだろう」「やるなら、やってみやがれ。ただじゃおかねえから」

川井は、さかんに絡《から》んでくる。〝クレオパトラ〟ではしゃんとしていたのに、ハイヤーに乗り込むなり、急に酔いが回ったと見え、軟体動物のようにふにゃふにゃした感じになっている。

「おめえもしぶといなあ」

「いい加減にしてください。名誉毀損で訴えますよ」

森はたまりかねて大きな声を出した。

ハイヤーの運転手がバックミラーを気にして、ちらちら見上げている。

「言うじゃねえか。それじゃあ、おめえのしわざじゃねえっていう反証を出してみろ」

「わたしがやったという証拠でもあるんですか」

こんな酔っぱらいをまともに相手にしても始まらないと思いながらも森はむきになっていた。

「速瀬の野郎の首は必ず取ってやる。俺は、社長の睾丸《きんたま》を握ってるんだから、怖いものなんかねえんだ」

川井が虚空を睨《にら》んで言った。

「そんなに速瀬副社長がお嫌いですか」

「ああ。紳士ぶりやがって、いけすかねえ野郎だ」

「しかし、速瀬副社長はわれわれ技術屋の気持をつかんでますから、簡単には退《ど》けられませんよ」

森は言ってしまってあわてて口を押えたが、果たして川井は挑発と受け取ったのか、「言いやがったな」と、剣呑《けんのん》な顔で森を睨《ね》めつけた。

「技術屋の気持をつかんでるだと。笑わせるな。役員という役員は、いっせいに藤本のほうになびいてるじゃねえか。速瀬が次期社長候補の間は、速瀬べったりだった連中が、いまやどうだ、速瀬なんて目じゃねえっていう顔をしてるぜ」

「そんなものですかね」

「ああそんなものだ」

「…………」

「俺は、社長のコレを世話してやったんだ」

川井は右手の小指を立てて、にやついた。

「いまの奥さんのことですか」

「うん。あの女は、先妻が生きてる前から社長とわりない仲だった。女だてらにPR会社を経営してて、羽振りもいいが、男好きするいい女なんだ」

川井は、往時を思い出してるのかやにさがっている。

「あるジャーナリストの伝手《つて》で俺にアプローチしてきたんだ。広報に紹介して、ウチのPR関係の仕事をするようになったが、社長との仲を取りもってやったのは俺だ。社長はコレが……」

川井はまた小指を突き出して、つづけた。

「好きだからな。先妻をやり殺したなんて陰口をたたくやつもいるが、まったくオットセイみてえに精力絶倫ときている。あの女がまた凄《す》げえタマだから、似たもの夫婦でちょうどいいんだ」

いくら酔っているとはいえ、限度を越えている。到底《とうてい》、一流企業の常務の話とは思えない。森はげんなりしていた。社長の睾丸を握っていると、川井は大見得を切ったが、後妻だか二号だかを取りもったことが睾丸を握っていることになるのだろうか、と森は思った。

ハイヤーが川井邸の玄関前に横づけされた。

森も右側のドアをあけて外へ出た。

「おい、トーヨー化成で出世したかったら、ちっとは身の処しかたを考えろや」

川井は、森の背中をどんとたたいて、踵《きびす》をめぐらし、門をあけて深い植込みの中に消えて行った。

5

あくる日の昼下がりに、森は仁科からの電話を自宅で受けた。

「土曜日に家にいるなんて珍しいね」

「仁科こそ、こんな好天にゴルフじゃなかったのか」

「企画や営業と違って、人事なんて地味なところだからね。めったにお座敷もかからないよ。そんなことより、昨夜はどうだった？」

　森は、昨夜川井に呼びつけられたことを仁科が気にかけていてくれたのだと察して、悪い気はしなかった。

「実は俺のほうから仁科に電話をかけようかと思っていたんだ」

「なにかあったのか」

　仁科が急《せ》き込むように訊《き》いた。

「ひどいもんだ。とっても電話では話し切れないね。よかったら、いまからでも会いたいな。来週の金曜日まで待ってられない心境だよ。というより、日本にいないかもしれないぞ」

　森は冗談めかして言ったつもりだが、仁科は切迫したものを感じたらしく、一層あわてたもの言いになっている。

「いいよ。すぐ会おう。きみの家へ行こうか」

「いや、それじゃ悪いよ。それに、ワイフに心配かけたくないから、外で会おう。駒込と吉祥寺の中間なら新宿ってとこかな」

「けっこうだ。一時間後に、駅ビルの八階にプチモンドという喫茶店があったと思うが、そこで会おう」

「東口だったな」

「そう。じゃあ、あとで」

「うん。いま一時半だから二時半だな」

森は、電話が切れたあと妻の佐和子に言った。

「仁科が会いたいって言ってきたから、ちょっと出かけてくるぞ」

仁科から電話がかかってきたとき、受話器を取ったのは佐和子である。佐和子と仁科の妻の秀子は高校時代のクラスメートで、佐和子を森にとりもったのは仁科夫婦だった。いわば、森夫婦にとって速瀬夫妻がやとわれ仲人なら、仁科夫婦は実質的な仲人ということになる。

「マージャンじゃないんですか」

佐和子はいたずらっぽい眼で森を見上げた。

「そうじゃない。人事の相談かなんかじゃないのか」

「それでしたら、会社でなさればよろしいでしょう」

「会社で話せないことだってあるんだよ。人事問題てのは気を遣うんだろうな」

「お腹《なか》は大丈夫ですか」

「ああ。新宿の喫茶店で会うことになってるから、サンドイッチでも食べるよ」

「夕食はどうします？」

「もちろん家で食べる。仁科とは二時間も話せば充分だろう」

「あら、ほんとうにマージャンじゃなかったんですか」

「莫迦《ばか》、まだ疑ってたのか」

「ごめんなさい」

「俺は決してマージャンが嫌いとは言わないが、土曜日にわざわざ出かけていくほど好きではないよ」

「きょうはちょっと寒いようですからコートを着てってください」

「セーターを着ていくとしよう」

森は、もこもこした厚手のセーターに、ブレザーを着て家を出た。吉祥寺駅までバスで十五分ほどだが、バスが遅れ、森が、新宿の駅ビルに着いたのは二時四十分過ぎだった。

森が満席の店内を見回していると、奥のほうで仁科の長身がすっと立ちあがった。

「やあ、遅くなってすまん」

「僕は、十五分前に着いたよ。なんだか知らんが気がせくんで、あのまますぐに家を飛び出しちゃったんだ」

「すると、二十五分も待たせたわけか。悪かったな」

森は時計を見ながら返した。

「コーヒーでいいか」

ウエイターがこっちに近づいて来るのに気づいて、仁科が訊《き》いた。

「うん。アメリカンがいいな」

仁科がそれを告げるまでもなく、ウエイターは聞こえたとみえ、「アメリカンですね」と言いながら、テーブルの伝票を取って引きさがった。

「さっき電話で日本にいないかもしれない、と言っていたが、どういうこと？」

仁科の丸い柔和な顔がこわばっている。

「順を追って話すと、昨夜の川井常務の話はシェアの拡大強硬路線に対して俺が批判したこともあったが、それは二の次で、香港から川井常務の不正を指弾した投書が社長宛《あて》に送られてきたことが中心だった……」

森はできるだけ詳《くわ》しく、川井から聞いたことを仁科に話した。二人は、コーヒーを二杯ずつ飲み、おひやのお代りを何度もしたほど話すほうも聞くほうも喉《のど》が渇いた。

「なるほど、それでわかった。きみが日本にいないと言った意味が……」

「さすが察しがいいな」

「森のことだから、香港へ調査しに行くつもりになってるんだろうが、ちょっと賛成しかねるなあ」

「どうして？」

「きみの行動が川井常務の耳に入らないはずはないからな。憎まれるだけつまらないじゃないの」

「どうせ憎まれてるんだから、どうってことはないよ」

「しかし、わざわざアクセントをつけることはない」

「事実関係を調べることは、濡《ぬ》れ衣《ぎぬ》を晴らす目的もある」

「しかし、投書の主を特定することは不可能だろう。相手は名前を知られたくないから匿名にしてるわけだろう」

「特定できないにしても、それに接近することは可能だと思うし、川井常務が香港でどんな不正や悪事を働いているか、それをつかむことの意義はないとは言えんだろう」

「しかし、問題はそれが背任のような不正かどうかだ。あるいは会社のためにやっているかもしれないしね」

仁科はコップをつかんで口へ運びかけたが、水が入っていないことに気づき、大きな氷片をどうするか決断しかねて、しばらくコップをかたかた鳴らしていた。水を所望しようとウエイターを眼で探したが、店内が混雑していて、なかなかこっちを見てくれなかった。それに、コーヒーを二杯ずつ飲んでいるとは言っても、すでに待ち時間も含めて一時間以上もねばっていることになる。

仁科は、森のほうへ顔を戻し、思い切ったように氷のかけらを口へ放り込んだ。

「会社のためにヤミ資金を捻出してるなんて考えられんな」

「しかし……」

仁科は口の中の氷片が邪魔になって、いったんコップに戻してから、話をつづけた。

「社長も承知しているとすれば、川井常務が個人的に不正を働いていることにはならないんじゃないか」

「社長と川井常務がぐるになって不正を働いてたらどういうことになるんだ。川井常務は社長の弱みを握ってる、などと自慢していたが、このことを指してるかもしれないぜ」

「しかしねえ……」

仁科は、さっきから「しかし」を連発していることに気づいて、ひとり苦笑した。

「いずれにしても、森が香港へ飛ぶというのはリスキイだよ。感情的であり過ぎる」

「それは違う。感情論だけで動こうとしているわけではないよ」

「こういうふうには考えられないか……」

仁科は、氷が融《と》けてコップの底に溜《た》まった水を飲んで先をつづけた。

「川井常務がそこまでざっくばらんに話したというか手の内をきみにさらけ出したことを多とすべきではないだろうか。つまり、森を敵と見ていないことにならないか。その〝クレオパトラ〟とかいうレストランにあえて森を連れて行ったことにしても、川井さんの思いが出てるんじゃないだろうか。ここまで俺は胸襟を開いてるんだ、そこを汲《く》んでくれ、と言いたいのと違うだろうか」

「違うな」

森は間髪を入れずに返した。

「しかし、森が敵なら、そこまで手の内を見せるだろうか。川井さんはきみの実力を知っているし、評価してもいる。だからこそそんなあけっぴろげな態度に出てるんだろう」

「違う違う……」

森は激しくかぶりを振ってつづけた。

「あの自意識過剰な男は俺なんか目じゃない、歯牙にもかけていないよ。手の内をさらけ出してるわけではなく、俺を見くびっているだけのことだよ。こう見えても一年半側《そば》でじっくり見てきたから、あの人の精神構造なりものの考え方はよくわかるんだ。しかも、あろうことか俺が投書したと思い込んでいる。そんな男を赦《ゆる》せるか。一寸の虫にも五分の魂のあることを見せてやらなければ、気が済《す》まんよ」

「それでは、やっぱり感情論の域を出ていないことになるんじゃないのか」

「…………」

森は痛いところを突かれて口をつぐんだ。当然のことだが、感情的になっていないなどというわけはない。

「悪いことは言わない。香港へ行くことはやめたほうがいいと思う。川井常務も投書のことは、すぐ忘れてしまうさ」

森はむすっとした顔で、腕を組んで考え込んでいたが、挑《いど》むようにぐいと顎《あご》を突き出した。

「投書のことはこの際措《お》いてもいいが、仁科は速瀬副社長のことをどう考えてるんだ」

「どう考えてるって……」

「速瀬さんは六月に子会社に飛ばされるそうだが、それでいいと思うか」

「まさか」

仁科は息を呑んだ。

「これも川井常務のご託宣だが、次は藤本副社長で、次の次は川井さんが社長になるそうだよ。そう言えば藤本さんはショートリリーフだとうそぶいていたな」

「言われてみると、思いあたるふしがないでもない。このところ川井常務が人事に口出しすることが多くなっている。人事担当常務でもないのに、度が過ぎると思ってたんだ」

「仁科は、川井常務を称して飛ぶ鳥を落す勢い、と言ってたが、そのことを指してるのか」

「まあそうだな」

「具体的になにかあるのか」

仁科は、それには答えず、

「やたら喉が渇くな。そろそろ五時だから、席を変えてビールでも飲もうか」

「そうしよう。実は昼食抜きで腹も減ってるんだ」

森はもう起ちあがっていた。

二人は同じ駅ビルの七階へ降りて、割烹店へ入った。

土曜日のせいか、けっこう客の出足が早い。先刻の喫茶店ほどではないにしても、座席の三分の二は埋まっていた。

鰺《あじ》のたたき、かれいの塩焼き、茶碗蒸し、たき合わせなどの肴《さかな》をたのんで、二人はビールで乾杯した。

「速瀬副社長は、直言居士というか、社長に対して耳ざわりのいいことしか言わない役員連中の中で厭《いや》なこともずけずけ言う人だから、きっと北見社長に嫌われたんだろうな」

森が、仁科のグラスにビール瓶《びん》を傾け、ついでに自分のグラスも満たして、話をつづけた。

「それに、川井常務に弱みを握られてるとしたら、川井常務を引きあげたくなるかもしれない。俺は知らなかったが、社長に後妻をとりもったのは川井さんだってね。自分で言ってるんだから間違いないだろう」

「そういうところがあの人の軽薄なところだよ」

仁科は眉をひそめて、不味《まず》そうにビールを飲んでいる。

「川井常務はほかになにか言ってなかった？」

「いろいろ言ってたよ。まさに権勢並ぶ者はいないような話をね」

「社長の息子のこともしゃべったの？」

「いや、それはなかったな」

「それでは話しにくいが、北見君のことを次長に引きあげろとうるさく言って来てるんだ。人事部長は抵抗してるが、担当常務の木村さんはその気になっている。人事課長の僕がこんなことをぺらぺらしゃべるのはどうかと思うけれど、川井さんは臆面もなく露骨にそういう要求を突きつけてくるから、いずれ社内中に知れわたることになると思うが、ここだけの話にしてもらいたい」

「なるほど、大いにあり得るな。川井常務が人事に口出しするということの典型例だな」

「ウチは、仮りにも旧財閥系の企業だし、組織で動くとも言われている。抜擢《ばってき》人事を否定するつもりはないが、慎重の上にも慎重を期さなければならないのに、社長の息子というだけのことで、そんなどぎついことをしたら、それこそ社内のモラールに影響するからなあ」

仁科は大きな吐息《といき》をついた。

「北見ジュニアは、われわれより二年後輩だったかねえ」

「うん。われわれの同期でさえ次長はまだ出ていないのに、川井常務はどういうつもりなんだろうか」

仁科はまた嘆息を洩《も》らし、思い出したように鯵のたたきに箸をつけた。

「抜擢されたら北見君が可哀相だよ。そう言ったらなんだけど、親父ほどアクが強いわけでもなし、ごく平凡な男だろう。可もなく不可もなくなんだろうが、次長に引きあげられたら、それこそ本人が迷惑だろう」

「北見君も気の毒と言えば気の毒だね。まさか銀行家《バンカー》の親父が自分が勤務している会社の社長になるなんて夢にも思わなかったろうからなあ」

北見浩三が、トーヨー化成工業の主力銀行であるM銀行の常務から副社長で転出してきたのは十年ほど前のことだが、そのとき息子の明はすでにトーヨー化成工業の社員であった。

「それにしても、川井さんが社長の息子を引きあげようとしたら、余計なことをするなと注意するくらいの器量があると思っていたが、社長はまんざらでもなさそうなので、がっかりしてるんだ。自分の子供のことになると、ものが見えなくなってしまうのかねえ」

「しょせん、藤本副社長や川井常務を近づけている人じゃないの。人を見る眼なんてまったくないし、M銀行で常務までなったのが不思議なくらいだ。はっきり言うと、あの人が社長になったことが当社の不幸の始まりだよ。あんな暗愚を社長にした人の責任を追及したいが、その人はもうこの世にいないしなあ」

森は手酌で残りのビールを注《つ》ぎ切って、「酒にしようか」と仁科に訊《き》いた。

「いいな」

仁科はこたえて、帳場のほうをふり返り、仲居を手招きした。

酒になってから、話が長くなった。森が香港行きの話を蒸し返したのだ。

「藤本さんや川井さんが社長になったら、トーヨー化成はどうなると思う。あの人たちは会社をあやうくするぞ。川井さんが不用意に俺にヤミ資金のことを洩らしたとき、俺はよしと思った。きのうは血が騒いでなかなか寝つかれなかった。このことがオープンになったら、川井さんの社長の目はなくなる可能性があるし、藤本さんが連座してるんなら、なお好都合じゃないか。あの二人を排除しなければ、トーヨー化成の発展はない。どんなことがあっても、香港へ行って、調べあげてこようと思うんだ」

「どんな会社にも、ダーティな面はあると思う。ヤミ資金を香港トーヨーにプールしているとすれば、それは必要にせまられてそうしているのかもしれないし、このことを社長まで承知しているとすれば、なおさら会社ぐるみの話だと考えるべきじゃないかと思うんだ。政治資金とか交際費の捻出とか、いろいろ考えられるが、いわば必要悪ということになるのかもしれないし、そんな問題に森がかかわるのはきわめてリスキイだと思う」

「………」

「ひょっとしたら、速瀬副社長も黙認してないとも限らないよ」

「それは絶対にない。川井さんは速瀬さんの差し金で、俺が投書したとまで思ってるんだから……」

「正義派の森としては黙殺できないところかもしれないが、僕はそれこそ胸騒ぎがしてならない。頼むから今度だけは堪《こら》えてくれないかなあ」

「とにかくやるだけのことはやってみる。なにが出てくるかしらんが、先のことはまた仁科に相談するとして、金曜日に一日だけ休みをとって、香港に行って来るよ」

「僕が反対したことで、逆に火に油を注ぐ結果になってしまったみたいだね」

仁科は深刻な面もちで吐息《といき》まじりに言って、両手で顔を洗うようにこすった。

「そんなことはない。昨夜寝ずに考えて出した結論だから、仁科に反対されたぐらいで撤回したりしないさ」

「僕としては、荒縄《あらなわ》にしばりつけてでも止めたいところだが、森の気持を変えることはできそうもないから、これ以上反対するのはやめておく。そのかわり、一部始終を報告してもらいたいな」

「それは百パーセント保証するよ」

「香港行きの経費を出張旅費で落すわけにはいかんから、半分僕に出させてくれないか」

「冗談よせよ」

「すべて二人の共同作業ということにしよう。したがってリスクも均等に二人で負担し合う。それでいこう」

「お気持はありがたくいただいておくよ。仁科の好意は忘れない」

「なに言ってるんだ。水くさいこと言うな」

仁科が中腰になって、テーブルに乗り出すように手を伸ばして、森の肩をたたいた。

第二章　香港《ホンコン》のヤミ資金

1

鮭の照り焼きをメインとする機内食を食べ終えて、うとうとまどろみ始めて間もなくしたころ、７４７型のジャンボ機はぐんぐん機首を下げて、着陸態勢に入っていた。森はアナウンスを聞いて、安全ベルトを確認し、リクライニングシートを元へ戻した。

時計を見ると、三時二十分を指している。東京と香港は一時間の時差だから、現地時間は午後二時二十分ということになる。森は時計の針を現地時間に合わせながら、一時間儲《もう》けたような気分になっていた。

キャセイ航空の五〇一便が成田空港を離陸したのは三月十三日の午前十一時十五分だから、四時間ちょっと経過したことになる。

ジャンボ機はビルの谷間をすべり込んで、滑走路に進入して行く。すぐ眼と鼻の先を九竜の摩天楼が迫っている。三週間前来たときもそうだったが、啓徳《カイタク》空港に着陸する寸前、ジャンボ機もろとも高層ビルにぶつかるような錯覚でひやりとする。

森は税関で入国手続きを済ませるなり、公衆電話の前に立った。

昨夜、十時前に仁科から自宅へ電話がかかり、「いよいよ、あしただね。もう止めようにもどうにも止まらんのだろうな」と言われたことが思い出される。

「いまさらなにを言ってるんだ」

森は、佐和子に聞かれたくなかったので、小声で返した。電話は玄関の板の間に据《す》えてあるので、大声を出さない限り聞かれる心配はないが、うしろめたい思いがそうさせているのか、森はことさらに声をひそめている。佐和子には、金曜日から三日間、香港へ出張と言ってあるが、プライベートな旅行だし、社内預金の中から無断で三十万円引き出した。いずれうちあけなければならないが、いまは話したくなかったのである。

「電話をかけたのは、未練たらしく思いとどまってほしいなんて言いたいからじゃないんだ。実は東都銀行香港支店の次席が同じゼミで一緒だったことを思い出したんでね。秋山正史という名前だが、さっき電話を入れておいたから、あすの午後、向こうへついたらオフィスへ電話を入れてみてくれないか。香港トーヨーが取り引きしている銀行だから、ヒントぐらい得られるんじゃないかと思うよ」

「それはありがたい。助かるよ」

「ただ、あまり過大な期待はしないほうがいいかもしれないね。お堅い銀行のことだから、どこまで話してくれるかわからんが、さかんにプライベートに会うことを強調していたところをみると、伏線を張ったつもりなのかもしれないし……」

「迷惑かけるなあ」

「そんなことはないさ。バンカーにしては、話せるほうだよ。酒でも飲みながら話したら案外収穫があるかもしれないね」

「ありがとう。恩に着るよ」

「岡本君には事前に連絡したのかい」

「いや、変に構《かま》えられても困るから、いきなり訪ねることにするよ。なんなら、アパートに訪ねてもいいし、ホテルへ呼び出す手もあるな」

「そうだね。なるべく静かに行動したほうがいいかもしれないな」

「…………」

「おっと忘れるところだった。東都銀行香港支店の電話番号をひかえてくれないか」

森は、メモ用紙にそれを書き取って、四つにたたんで手帳の間に挟《はさ》んでおいたが、啓徳空港からさっそく東都銀行香港支店の秋山を呼び出すことにしたのである。

森は一ドル硬貨を電話機に落した。三週間前に香港に滞在したので、現地通貨の香港ドルを持ち合わせていたのだ。

迷惑そうに応対されたらかなわんな、と思いながら電話をかけたが、案に相違して秋山は愛想がよかった。

「ご事情は仁科君から詳《くわ》しく聞いてます。今晩夕食をご一緒できるといいのですが、あいにく先約があります。ご都合がよろしかったら、いまからオフィスのほうへいらしていただけますか」

「お忙しいところをご迷惑をおかけして申し訳ありません。さっそく伺《うかが》わせていただきます」

「場所はおわかりですか」

「存じてます」

「それではいま三時十分過ぎですから、三時四十分にお待ちしています」

「よろしくお願いします」

空港ロビーから外へ出ると、西陽が眼にまぶしく、気温も高かった。摂氏《セ》二十四、五度はありそうだ。前回のときは肌寒い日が続き、セーターが必要だったが、このぶんでは邪魔になりそうだ。

空港から海底トンネルを抜けて、香港島のハーコート通りのファー・イースト・ファイナンス・センタービルまでタクシーで約三十分の距離である。センタービルの一階にある東都銀行の受付で名前を告げると、秘書の若い女性が待ち受けていた。

「秋山がお待ち致しております」

流暢な日本語だから見分けがつかないが、多分中国人だろうと森は思った。

森は旅行鞄を受付にあずけ、土産のつもりで持って来た羊羹の包みをショルダーバッグに移し替えて、秘書のあとから従《つ》いて行った。

応接室に通され、紅茶が運ばれてほどなく、メタルフレームの眼鏡《めがね》をかけた長身の男があらわれた。

「秋山でございます」

「トーヨー化成の森です」

「さあ、どうぞどうぞ」

名刺を交換したあと、ソファをすすめられたので、森は腰をおろして、ショルダーバッグから包みを取り出した。

「つまらないものですが」

「お気を遣《つか》っていただいて恐縮です。頂戴します」

秋山は包みをおしいただくようにして一礼した。

「ラグビーをなさってたそうですねえ」

「はい。仁科と一緒にやってました」

「がっしりしたその体格ですと、フォワードですか」

「ええ」

「仁科君の話では、森さんは一年生のときからレギュラーだったそうですね」

「弱小チームでしたから、仁科も一年生からレギュラーでした。かれはバックスです」

「ほう。そうは言ってませんでしたよ。本チャンだとは聞いてましたが……。見かけによらず奥ゆかしいのかな」

森は、ラグビーの話ですっかり気持がほぐれた。

「香港からおたくの社長さんに怪文書が送られたと聞きましたが……」

秋山のほうから本題に入ってくれた。

「そうなんです。会社の恥を晒《さら》すのはつらいのですが、わたしに嫌疑がかけられまして、参ってます。当社の現地法人の社長を兼務している常務に不正があるという内容らしいんです」

「実は仁科君から電話がかかったときは、お役に立てるかどうか心配してたのですが、きょうの昼過ぎ一時過ぎでしたか、おそらく偽名でしょうが廖《リョウ》と名乗る男から当行の支店長に電話がかかりました。支店長がたまたま席を外してたものですからわたくしが電話に出たのですが、香港トーヨーの川井社長が不正を働いてると、くどくどと言い立てるんです……」

森は息を詰めて、秋山を食い入るように凝視した。

「投機の失敗で十二億円の穴をあけ、それを埋《う》めるために二十五億円のヤミ資金を香港トーヨーにプールし、十億円を日本に還流したが、川井社長が二億か三億自分のポケットに入れたようなことを言ってました。東京本社の社長に手紙を出したが、十日ほど経ったが反応のないところをみると、本社の社長と川井社長は共謀しているに違いないとも話してましたよ」

「電話をかけてきた男が日本人ということはありませんか」

「ないと思います。明らかに広東訛《カントンなまり》がありましたから」

「ほかになにか」

「川井さんが中国人の妾《めかけ》を香港に囲ってるとか、にわかには信じかねるようなこともいろいろ喋《しゃべ》ってましたが、相当川井さんを恨んでるんじゃないでしょうか。なぜ、当行に電話をかけてきたのかと訊《き》きましたら、香港トーヨーと取り引きしてるから、注意を喚起したいという意味のことを言ってました。それで余計なことかもしれませんが、先刻、M銀行とS銀行の次席に電話を入れて、それとなく同じような電話がかかってないかどうか訊《き》いてみました。S銀行にはまだかかってきませんでしたが、M銀行にはあったそうです」

「香港中に、この噂がひろまることも考えられますね」

「さあ、どうでしょうね」

秋山は面高《おもだか》な顔をかしげて、つづけた。

「銀行は守秘義務とかなんとかうるさいところですから、怪電話が銀行にとどまっている限り、いくら香港が狭くてもそういうことにはならないと思いますよ」

「…………」

「いずれにしても、怪文書の冤罪《えんざい》は晴れたわけですね。森さんはフライト中だったわけですから」

「わたしの声に似てませんでしたか」

森が笑いながら言うと、秋山はまじめくさった顔で返した。

「そう言えばちょっと似てましたよ」

「ほんとですか」

「冗談ですよ。似ても似つかないしゃがれ声です。あなたは、どちらかというとドスの利いた男くさい声でしょう」

「怪電話のことを川井や仁科に話してもかまいませんか」

「よろしいんじゃないですか。森さんが疑いを晴らすためには仕方がないと思いますよ」

「ありがとうございます」

森はホッとして、ぬるくなったレモンティをすすった。これだけでも、香港まで出かけてきた甲斐《かい》があった。僥倖《ぎょうこう》というべきかもしれない。

「川井社長の噂の話ですが、さっきはああいうふうに言いましたけど、人の口に戸は立てられないと言いますから、拡散しないとも限りませんねえ。というのは、香港トーヨーさんが株の投機と為替で穴をあけたという話はすでに多少噂になってるふしがあるんです。それと、口が軽いとお叱りを受けるかもしれませんが、当行限りでみましても、香港トーヨーさんの資金の流れは首をひねりたくなるような面があるんですよ」

「もう少し具体的に教えていただけませんか」

「それはちょっと……」

秋山はさすがに首を左右に振って、口をつぐんだ。

「図に乗って申し訳ありません。これだけお聞きすれば、充分です」

森が頭を下げると、秋山は白い歯を見せた。

「なんとおっしゃいましたかねえ、香港トーヨーの副社長さん……」

「岡本です」

「岡本さんにお訊きすれば大抵のことはクリアになるんじゃないんですか。廖という人についても特定できるんじゃないですか」

「そう思います」

「天下のトーヨー化成さんがマスコミに変なことを書かれなければいいですね」

「恐れ入ります」

森が東都銀行の香港支店を辞したのは五時近かった。

2

香港トーヨーのオフィスは、東都銀行香港支店のあるセンタービルと眼と鼻の先のフェアモント・ハウスビルの二十二階にあるが、香港トーヨーの正式な名称は東洋有限公司である。

森は、秋山と別れたその足で予告なしに岡本を訪ねることも考えたが、思いとどまり、センタービルの公衆電話から岡本を呼び出すことにした。

岡本は在席していた。ふと居留守を使われはしないかと気遣《きづか》ったが、取り越し苦労だった。

「いま、香港に来てるんだ」

「そうなんですか。またマーケッティング・リサーチですか」

「いや、有給休暇を取ってプライベートにお忍びで来たんだけどね」

「奥さんもご一緒ですか」

「いや、ひとりだよ。今晩つきあってもらえるか」

「もちろんです。たとえ先約があっても、駆《か》けつけますよ。いま、どちらですか」

「東都銀行の前なんだ」

「そんな近くにいるんですか。それでしたら、オフィスまで、ちょっと足を伸ばしてくだされぱよろしいのに」

岡本の声は莫迦《ばか》に明るかった。本来陽性な男なのだが、この前会ったときは落ち込んで暗い顔をしていた。まるで別人のようだ。よっぽどいいことがあったのだろうか――。

「いや、支店の連中に顔を合わせたくないんだ。これからフラマホテルにチェックインし、ひと風呂浴びるから、一時間後にホテルに来てもらえるとありがたいな」

「いいですよ」

「〝四季〟といったかなあ、ホテルの地下一階に日本料理を食べさせる店があったねえ。そこで会わないか」

「わかりました。念のため予約をしておきます」

「ちょっと待てよ。支店の連中に会う心配があるなあ」

「多分大丈夫だと思いますよ。最近は宴会というと九竜のほうへ出かけることが多いんです。それに、会ったっていいじゃありませんか。悪いことをしてるわけでもないんですから」

「それもそうだ。じゃあ、六時に〝四季〟で待ってるよ」

森が六時ちょうどにホテルの地下一階へ降りて行くと、岡本は奥のテーブルに坐っていた。

「急に呼び出して悪かったね」

「とんでもない」

二人は握手を交わして、テーブルに向かい合った。

「湯あがりですから、ビールがいいでしょうね」

「いいね。ハイネケンがいいかな」

「料理は適当に見つくろってもらいましょうか。日本で食べるのとたいして変らないと思いますが」

「欠食児童だからなんでもけっこうだ」

ビールで乾杯したあと、森が訊《き》いた。

「うれしそうな顔をしてるが、なにかいいことがあったのか」

「そんなふうに見えますか」

「見えるねえ。先月来たときとはえらい違いだよ。あのときは元気がなかったから、心配してたんだが」

「そうですか。ご心配かけてすみません」

岡本は眉根を寄せ、ビール瓶《びん》をグラスに傾けながらつづけた。

「あのころはちょっとくさってましたから、顔に出てしまったかもしれませんね」

「やっぱりなにかあったのか。俺の気のせいだけでもなかったわけだな。それで、うれしいことのほうを先に聞かせろよ」

森は背広を脱《ぬ》いで椅子に着せるようにかけた。

「たいしたことではありませんよ」

「そんなはずはないな」

「親バカみたいで気が引けますが、長男が開成中学に合格したんです」

「それは凄《すご》い。親父も秀才だが、坊ちゃんは親父以上の秀才なんだねえ。単身赴任で頑張った甲斐があったじゃないの。改めて乾杯しよう」

森は二つのグラスにビールを注いだ。

「岡本ジュニアの進学を祝して乾杯！」

「ありがとうございます」

岡本はビールを一気に飲み乾した。

「森課長のお宅は、二人ともお嬢さんでしたね」

「ああ。上が中一、下が小四だ」

森はいくらか投げやりに返した。

「ウチも下は四年生で、女です。春休みに子供たちをここへ呼んでやることにしました。進学祝いにねだられちゃったんです」

「子供たちって、奥さんも一緒なんだろう？」

「ええ、まあ」

「なにがええ、まあだ」

岡本は眼尻を下げて妻子のことをひとしきり喋《しゃべ》っていた。

女房と長女は毎週手紙をくれると言って、手紙の内容まで話すのである。「きみが優しいから、奥さんもお嬢さんも優しいんだね」などと森は適当に相槌を打ち、もっぱら聞き役に回っていたが、いい加減じりじりしていた。

ウイスキーの水割りをオーダーしたあとで、森がしびれを切らして切り出した。

「そろそろきみが落ち込んでいたときの話を聞かせてくれよ」

「失礼しました。こんな話、猛烈社員の森さんには退屈でしたね」

「そんなこともないさ」

「わたしのほうから質問させていただきますが、まさか有給休暇を取って香港まで浩然の気を養いに来たわけでもないんでしょう」

岡本にすくいあげるような眼を向けられて、森はバツが悪そうに伏眼になって、残りのビールをすすっている。

「さっき森さんから電話がかかったとき、来たな、と思いましたよ。東京の川井常務から電話で投書のことを訊《き》いてきたのは、ちょうど一週間前ですが、森さんのことだから必ずなにか言ってくると思ってました。ただ、香港まで乗り込んで来るとは予想できませんでしたけど……」

「川井常務は、投書を自分でするなりさせた犯人が俺だと思い込んでいる。あきれた人だ」

「わたしは、森さんがそんなことをするとは考えられないとずいぶん言ったんですが、香港で森さんにヤミ資金のことを喋《しゃべ》ったんじゃないかって、しつこく聞かれて、往生しました」

日本産の高級ウイスキーのボトルなど水割りの用意ができたので、水割りを飲みながらの話になった。

七時を過ぎたころから、客が混んできて、空席はほとんどない。岡本はときおり周囲に眼を遣《や》るが、トーヨー化成工業香港支店の社員の顔はなかった。

「ホテルへ来る前に東都銀行の秋山さんに会ったが、きょう廖《リョウ》と名乗る男から電話があって、香港トーヨーのヤミ資金のことと川井常務の不正のことを密告されたそうだ」

「ええっ、そんな……」

岡本は絶句した。

「怪電話がかかったのは午後一時過ぎと言っていた。その時間、俺は飛行機に乗ってたから、アリバイはあるわけだ。もっとも、川井さんのことだから俺がアリバイづくりのため、仕組んだぐらいのことは言うかもしれないが、そこまでいくと劇画の世界だな」

「…………」

「廖というのが本名とは思えないが、なんとか特定できないかなあ」

森は水割りを飲みながら、じっと観察したが、岡本は放心したようにぼけっとしている。驚愕がよほど大きかったのだろうか。

「きみ、廖という男に思いあたることはないのか」

森の声高な質問に、岡本はやっと面《おもて》をあげた。

「怪電話の内容は詳《くわ》しくわかってるんですか」

「うん」

森が、秋山から聞いた話をすると、岡本はうなずき返した。

「廖という人に心あたりはありません。間違いなく偽名だと思います。怪文書と怪電話の犯人が同一人物かどうかもわかりませんが……」

「いや」

森は手を振って、岡本の話をさえぎった。

「それは間違いなく同一人物だ。東京本社の北見社長に投書したが反応がないところをみると、北見社長と川井常務はつるんでいる可能性がある、と廖と名乗る男は話したそうだからね」

「なるほど、そうですか。川井常務は香港のある中国人グループから相当恨みを買ってますから、怪文書を出したり怪電話をかける中国人がいたとしても不思議ではありません」

「そうだとしたら、川井さんが俺に嫌疑をかけるのはおかしいじゃないか」

「ご本人はそれほど恨まれてると思ってないんでしょうか」

「なぜそんなに恨まれてるのかね」

「株の投機ですよ。わたしは香港トーヨーに赴任してまだ一年足らずですから、どういう動機で川井常務が中国人グループとかかわったか知りませんが、グループに持ちかけられて香港市場で株の投機に走ったんじゃないですか。おそらく、仕手戦のようなことになって、川井常務と組んだグループは資金が続かず、敗れたんでしょうね。金主の一人でもある川井常務は途中で降りたんです。邦貨で十五億円ほどつぎ込んだはずですが、もうひと頑張りすれば勝てた……つまり結果的にそうなったんですが、途中で降りてしまったために大損害を被ったんです。その後、その株は高騰しましたから、大儲《おおもう》けしたはずが、大損になったんです」

「逆《さか》恨みとまでは言わないが、それだけで怪文書や怪電話なんて、おどろおどろしいことになるだろうか」

「香港なんて欲望の渦巻く街ですよ。マネーゲームがさかんで、華僑はカネには穢《きたな》いから、それだけ恨みも大きいんですかねえ」

「わかったようなわからないような話だねえ。仕手戦を演じた株とは、いったいどういう株なんだ」

「…………」

岡本はしかめっ面《つら》で水割りをすすっていたが、「それは勘弁してください」とぼつっと言った。

「水臭いなあ」

「なんせわたしは香港トーヨーの副総経理（副社長）ですからね。総経理（社長）は川井常務です。この話を知ってるのは、二人だけですから。そこは汲んでくださいよ」

岡本の言いかたにはどこか厭《いや》なひびきがある。

森は眉をひそめ、しばらく口をつぐんでいたが気を取り直して話題を変えた。

「川井常務の個人的な不正についてはどう思う？」

「ヤミ資金の一部を自分のポケットに入れた、というのはちょっと考えられないんですがねえ。香港トーヨーにヤミ資金をプールしておくこと自体、不正と言えば不正です。しかし、会社のためという大義名分はあると思うんです。そうじゃなかったら、わたしだってとてもやってられませんよ」

「株の投機は川井さんの独断だろうか」

「そこはよくわかりません。藤本副社長あたりには相談してるような気もしますが……」

「北見社長は知ってると思うか。普通に考えれば、十五億円もの大きな穴をあけたら、責任問題にならないほうがおかしい。川井さんがしれっとした顔で口をぬぐっていられるのは、北見社長がバックアップしてるからじゃないのか」

「それは、あり得ると思います。ただ、川井常務を弁護するつもりはありませんけれど、株の投機に走った動機は、そう不純なものではないと思うんです。つまり、会社のために余剰資金を運用して、儲《もう》けてやろうとしたわけですからね」

森がじろっとした眼を岡本にくれて、言った。

「詭弁《きべん》だな。トーヨー化成の常務ともあろう人が、株の投機に走ること自体大チョンボじゃないか。弁解できないよ。だいたい香港トーヨーなどといういかがわしい会社をつくったことが腑《ふ》に落ちない。香港支店というものがありながら、屋上屋を架す必要がどこにあるのかと言いたいね」

「………」

岡本は切なそうな顔をして、掌で頬のあたりをこすっている。

「事実関係がどうなっているかは、きみがいちばんよく知ってると思うが、投機で穴をあけたのでそれを補塡《ほてん》しようとしたのか、あるいは投機の甘い話に乗るために資金が必要になって、香港トーヨーなどといういかがわしい会社をつくったに違いないな。初めは、ペーパーカンパニーに過ぎなかったが、駐在員まで置くようになったのは、必要に迫られてそうしたんだろう。きみには酷な言いかたになるが、きみは川井さんの悪事のお先棒を担いでいることになるんじゃないのか」

岡本は一層切なげに顔を歪《ゆが》めた。

「わたしだってずいぶん悩みました。川井常務の特命事項を受け持たされてるわけですし、おっしゃるとおり世間にオープンにできるような仕事をしてるわけではありません。川井常務のお守《も》りもいい加減疲れましたが、これでも会社のために少しは役立ってる面だってあると思うんです」

「会社のためねえ」

森はひっぱった声で言って、がぶりと水割りを飲んだ。

「その度合いはともかくどこの会社でもやっていることなんでしょうが、節税対策の一種だと思うんです。ヤミ資金を香港トーヨーにプールするということは、東京の本社の利益を減らして、節税していることになるわけです」

「しかし、どこの会社もそこまでやるだろうか。外為法（為替管理法）に抵触するようなことまでするんだろうか。脱税であり、れっきとした脱法行為だぜ」

「…………」

「それに、きみは動機は不純ではないと言ったが、投機の失敗を隠蔽《いんぺい》するために香港トーヨーを設立したとしたら、これ以上、不純な動機はないじゃないの。身も蓋《ふた》もない言いかたになるが、まったく弁解の余地はないと思うな」

「森さん、ホテルのあなたの部屋に移りましょうか」

岡本が躰《からだ》を寄せて囁《ささや》いた。

森が怪訝《けげん》そうな顔をすると、岡本は「香港支店の人が来てます」とつづけた。

「支店の人たちは、当然ヤミ資金のことは知ってるんだろうな」

「いや、知らないんじゃないですか」

岡本はもう腰をあげている。

「知らないふりをしてるだけだろう」

森は小声で返しながら、背広の袖に腕を通した。

3

フラマホテルの十二階の客室から眺める対岸の夜景は、まさに百万ドルのそれである。九竜の高層ビルの灯がダイヤモンドのようにきらきらまたたいている。

「こんな厭《いや》な話をするには、夜景が素晴し過ぎるな」

「そう思います。もったいないですよ」

「しかし、乗りかかった船だから仕方がない。無粋は百も承知だが、勘弁してくれ」

森は律儀に頭を下げてから、ウイスキーボトルを二つのグラスに傾けた。

岡本が気を利かせて〝四季〟を出るとき、残りのウイスキーを持ち帰って来たのである。〝四季〟のレジで二人は支払いをめぐってずいぶんやり合ったが、森は

「社用で出張して来たんならいくらでもご馳走になるが、きょうはそうはいかん」

と、譲らなかった。

「さっきの話のつづきだけれど、俺も含めてサラリーマン根性というやつが躰《からだ》に滲み込んでいる。香港支店の連中は川井常務が香港トーヨーを舞台にどんなことをやってるかおおよその察しはついてるが、なにしろ相手は権力者の川井常務だから、見て見ぬふりをするほかはない。大方そんなところじゃないのか」

岡本がグラスをテーブルに戻した。

「あるいはそうかもしれませんね。支店の連中がわたしを敬遠して、酒にもマージャンにも誘おうとしない点にも、それが出てますよ。しかし、なにやら胡散《うさん》臭い存在とは思ってるかもしれませんが、中味まではどうでしょうか」

「ついでに訊《き》くが、きみは川井さんが香港に囲ってるという女のことは知ってるのか」

岡本は、森に覗《のぞ》き込まれて、ぎくりとした顔を窓外へ向けた。

「中国人らしいが、大変な美形だというじゃないの」

「…………」

「これは、俺のあてずっぽうだが、カトレアの女社長が絡《から》んでるんじゃないのか」

森にたたみかけられて、岡本はつぶやくように「まいったなあ」と洩《も》らした。

「やっぱりそうか」

森がしたり顔でつづけた。

「先週の金曜日に、六本木の〝クレオパトラ〟へ連れて行かれたが、川井さんと女社長が莫迦《ばか》に馴《な》れ馴れしく、ひそひそ話してるんだ。そのとき、カトレアと取引関係にあることは川井さん自身が喋《しゃべ》ったことだが、東都銀行の秋山さんと話していて、ふとそんな気がした。川井さんは、女社長に弱みを握られてるに違いないとね」

「森さんの勘のよさに脱帽します」

岡本が横眼で森をとらえながらつづけた。

「川井常務が酔った勢いで話したことがあるんですが、その女性はカトレアの小林美津子社長に紹介されたそうです」

「会ったことはあるのか」

「ええ。一度だけですが、レストランで川井常務と食事をしているところを見かけました。遠慮して、わたしはそのレストランを出ましたから、口をきいたことはありません」

「へそから下は人格がないなんて言うし、男として多少のことがあってもとやかく言うのは野暮というものだけれど、あんまりおおっぴらにやるのはいかがなものかねえ。川井さんは逆効果を狙っているつもりなのか、俺なんかにもあけっぴろげなところを見せたが、そんな露悪趣味はいただけないな。やるんなら、ひそかにやるべきだよ」

「同感です」

岡本はそう答えたあと、「あっ」と声を洩《も》らした。あることに気づいて、ハッとしたもののようである。

「どうした？」

「いや、なんでもありません」

「そんなことはないだろう。なにかを思い出したんじゃないのか」

岡本は伏眼がちに考える顔になったが、意を決したように面《おもて》をあげた。

「投書の主がその女性と関係があるということは考えられませんか。川井常務に女をとられて、失恋したとか……」

「恋のサヤ当てかあ」

「半年ほど前ですが、オフィスに『川井は女をどこに囲ってるんだ』と訊《き》いてきた人がいます。日本語ですが、明らかに中国人です」

「しゃがれ声じゃなかった？」

「そう言えば、しゃがれ声だったような気がします。しかし、どうしてそれを……」

「秋山さんにかかった電話の声もしゃがれ声だと言ってたから、多分そんなことじゃないかと思ったわけだ。その女は香港にいるんだろうな」

「東京と行ったり来たりじゃないんですか。東京のほうが多いかもしれませんね」

「それにしても、くだらないというか、莫迦莫迦《ばかばか》しいというか、次元の低い話になってきたな。はっきり言って、川井さんの女の話なんてどうでもいいが、あの人がトーヨー化成の社長になることだけは、なんとしても回避したいな」

「川井常務が本社の社長になるんですか」

「きみは川井さんの側近のくせに、本人から聞いてないのか」

森はあきれ顔で言って、水割りを飲んだ。

「側近なんて、厭《いや》な言いかたしないでください。月に一度は会ってますが、川井さんは本社の常務ですよ。雲の上の人です。わたしなんかに心をゆるすわけがないですよ」

「そうかなあ。自分の味方だと思った人間には年齢に関係なく、なんでも喋《しゃべ》るのと違うか」

「そんなことはありません」

岡本は、ウイスキーボトルを自分のグラスに傾けた。すこし乱暴な注《つ》ぎかただったので、どくどくと音をたてて、琥珀《こはく》色の液体はグラスを半分ほど満たした。

森はそれが気になって、なにか言おうとしたが、岡本は水差しの水で薄めはしたものの、一気に呷《あお》った。

「とにかく、一日も早く東京、いや東京じゃなくてもいいから、日本へ戻りたいですよ」

森は、なぐさめの言葉を探したが、思い浮かばなかった。

「川井常務は次期社長ですか」

「次の次だろう。藤本副社長がショートリリーフなんだそうだ。川井常務に言わせればの話だけどね」

「凄《すご》い自信ですね。しかし次は速瀬副社長じゃないんですか」

「違うらしい」

「技術屋さんたちが黙ってますかねえ。事務屋の次は技術屋がなるのが通り相場でしょう」

「そんなことが定款に書いてあるか、と川井常務に叱られたよ。要は現職の社長次第で、トップの気持をつかんだ者が勝ちということなんだろうな」

「トーヨー化成は技術屋王国みたいなところがありますから、そういう不自然とまでは言いませんが、強引な人事はやりにくいのと違いますか」

「速瀬副社長がもう少し自己顕示欲が強かったらいいんだが、そのために自ら謀《はか》るような人じゃないからね。あの人はクリーンであり過ぎるのが欠点だよ」

「しかし、少なくとも森さんが黙ってないんじゃないですか。森さんは血の気が多いから……」

「血の気が多くて悪かったな。しかし、課長風情がひとり騒いだくらいでどうなるものでもないよ」

「………」

「ただ、藤本―川井ラインで会社を動かされたら、この先どんなひどいことになるかわからない。その点は、心ある人はみんなそう思ってるんじゃないだろうか。さっき、風呂に入っているとき、つくづく思ったのは、冤罪《えんざい》を晴らそうとしている自分の小ささにやりきれなくなったことだ。内心忸怩《じくじ》たる思いといったところだが、藤本―川井ラインを排除するためなら、捨て石になるくらいのことはできるような気がしている」

「森さんは向こう見ずなところがあるんですかね。わたしは、川井常務に刃向かうなんて怖しくてとってもできません」

「俺だっていざとなったら、わからんよ。しかしいまの気持を言えば、到底《とうてい》ゆるしがたい。会社のために、一石を投じるくらいのことはしなければおさまらない心境だよ」

「…………」

「きみ、そう思わないか。速瀬さんこそ大トーヨー化成のトップたるに相応《ふさわ》しいとは思わないのか。速瀬さんも俺も技術屋だから仲間内の身びいきみたいにとられると困るが、技術屋とか事務屋とかそんなことには関係なく、あの人に社長になってもらわないと大変なことになるぞ」

話がくどくなっている。酔っている証拠かもしれぬ、と森は思ったが、どうにも止まらなかった。

「きみと同期の北見ジュニアを早く次長に引きあげろ、などと人事に圧力をかけてくるような人が社長になっていいと思うか」

「ほんとうですか」

「うん。事実だ。人事本部は抵抗してるらしいが、川井さんのことだからごり押しするだろうな」

「冗談じゃないですよ」

岡本はむっとした顔でつづけた。

「あんなぼさっとしたのがよく課長になれた、これも親の七光りだろうか、って同期の連中で話してるくらいです。それが森さんたち先輩を飛び越えて昇進するなんて、それはないですよ」

「そう思うだろう。川井さんは、すでに人事を壟断している。その川井さんが社長になったら、どうなるんだ。暗黒時代もいいところだぜ」

森はここを先途と言い募《つの》った。

「川井さんはカトレアに対して、どんな特典を与えてるんだ」

「カトレアに限って香港支店扱いにせず、合織の原糸と合成皮革の原皮を香港トーヨー経由で供給してますが、原価の二分の一ないし三分の一の特価です。カトレアは数量の拡大を申し入れてきてますが、三週間前、わたしは強くそのことに反対しました。ところが、トップ交渉、すなわち川井常務と小林社長の話し合いで、常務はOKを出してしまったようです」

「この間俺が香港に来たとき元気がなかったのは、そんなことがあったからか」

「さあ。そんなに萎《しお》れてましたか」

「どっちにしても、それだけで立派な背任じゃないか」

「小林女史にだいぶ借りがあるのかもしれませんね。ヤミ資金を香港トーヨーにプールする仕組みは、小林女史に教えてもらったんじゃないですか」

こうなったら破れかぶれだ、と言わんばかりに岡本は喋《しゃべ》り始めた。北見ジュニアのことを森が持ち出した途端《とたん》に、岡本が饒舌《じょうぜつ》になったのは、ライバル意識が働いたせいかもしれない。

「ヤミ資金のからくりはだいたいわかっているが、合繊の中間原料、原糸、原皮の輸出価格を極端に抑えて、トーヨー本社に負担させているんだろう。やはり原価の半分とか三分の一とかに設定してるのかい」

「平均五分の一です」

「五分の一ねえ」

森はうなり声を発した。

「それじゃ、ヤミ資金が溜まるわけだ」

「ほかに為替差損は本社でしょい込む仕組みになってます。これも莫迦になりませんよ」

岡本がウイスキーボトルに手を伸ばしかけたので、森は素早く自分の手もとへ引き寄せ、二つのグラスに加減ぎみに注いだ。

「台湾にも伝票だけは香港トーヨー経由で輸出してるみたいだね」

「よくご存じですね」

「この前、現地で聞いたからね」

「トーヨー化成が東南アジア、韓国、台湾に輸出している数量の何分の一を香港トーヨーで扱ってることになるんだろう」

岡本は頭の中で計算しているのか、天井を仰いでいたが、水割りをひと口すすってから答えた。

「ざっと七、八パーセントというところでしょうか」

「五百億円の七パーセントとしても三十五億円か。常識的な線を越えてるな。ヤミ資金が会社にとって必要不可欠なものだとしても、限度を越えてる」

虚空を睨んでいる森の眼が光りを放っている。

夜中の二時まで二人は話し込んでいた。

ウイスキーボトルはとっくにあけてしまった。まだ飲み足りないような気がして、冷蔵庫からミニチュアのスコッチを探し出したが、岡本のほうが先に酔いつぶれてしまった。

岡本は、ソファをベッド代りにしてホテルに泊まった。

森が啓徳空港を後にしたのは翌日の午後四時半である。日曜日に帰るつもりだったが、その必要がなくなり一日早めたのである。キャセイ航空五〇〇便の７４７型機が成田に到着したのは午後九時二十五分過ぎだった。

税関を通過したあとすぐに、森は、仁科の自宅に電話を入れ、帰国したことを告げた。

「あした会えるか」と仁科に訊かれ、森は「頭の中を整理してからにしようかな。来週の後半にしてもらおうか」と答えた。仁科を巻き込んでいいものやら悪いものやら、まだ判断つきかねていたのである。

「東都銀行の秋山とは会えたのかい」

「うん。大変参考になった。それもこれもいずれゆっくり話すよ。じゃあ、またな」

森は、仁科がまだ話したそうにしているのを振り切るように電話を切った。

第三章　課長の建白書

1

三月十五日の日曜日、森は終日部屋に閉じ籠もっていた。書斎など気の利いた部屋はないから、二階の寝室以外に落ち着ける部屋はない。ダブルベッドが部屋の三分の二を占めている。その脇に小さな文机《ふづくえ》が置いてあった。ベッドと文机とはアンバランスな取り合わせだが、スペースがないのだから仕方がない。

森は、香港トーヨーを舞台とするヤミ資金の問題と川井常務が株の投機に失敗した経緯を整理してメモをとった。女の問題は、個人攻撃が過ぎるように思えたので割愛した。

ただし、カトレアとの関係は外せない。

メモにもとづいて、報告書のかたちでレポートにまとめ、下書きを清書し終えたのは午後五時近かった。

Ａ４判のレポート用紙五枚にびっしり書き込んだものを読み返した時に、思わず大きな溜息が洩れたが、これほど充実感に浸れたことはかつてなかったように思える。あるいは緊張感というべきかもしれない。

森は、レポートの表題に建白書とすべきか意見書としたほうがいいのか迷った。十分ほどとつおいつ考えていたが、大袈裟《おおげさ》なような気がしないでもないけれど、建白書のほうがより相応しいように思え、ボールペンを握りしめて筆圧の強い楷書でそう書き込んだ。

近所の文房具店で五通ずつコピーを取り、大型の封筒を買って帰り、また寝室に入って封書の宛名を書いた。

北見浩三、速瀬一郎、藤本剛、水野晃の四代表取締役の自宅に郵送するつもりだった。残りの一通は、仁科に読ませようと思っていた。

この建白書が経営会議で問題にならぬはずはない。そう森は確信していた。

三月十六日月曜日の朝、森は出勤途中、吉祥寺駅前のポストに四通の速達便を投函した。速達便にしたのは、水曜日の経営会議に間に合わせたいと考えたからである。

差し出し人の名前も堂々と実名を書いたので、早ければ火曜日にはリアクションがあるはずだ、と森はふんでいたが、月曜日の夜、遅い時間に、さっそく速瀬から電話がかかった。

森はふるえる手で、受話器を耳に押しあてた。

「もの凄《すご》い手紙をくれたが、これはわたしだけかね」

「いいえ。社長と三副社長、つまり経営会議のメンバーに送らせていただきました」

「うーん」

吐息とも唸り声ともつかぬ声が聞こえたきり、話が途切れている。二秒、三秒、四秒、森は重苦しさに堪えかねて「もしもし……」と呼びかけた。

「失礼した。どう対応したものかねえ」

野太い速瀬の声が翳り、再び沈黙が続いた。

森は、数秒待って声を押し出した。

「もしもし……」

「うん」

「わたしとしては、経営会議で採りあげていただきたいと思いまして……」

「経営会議は事務局からあらかじめ議案が提示されることになっているし、社長が本件を持ち出すとは思えない。雑談のかたちで、わたしが出すしかないが、事前に相談してもらいたかったなあ」

「申し訳ありません。ただ、ことは急を要するように思えたものですから、ああいう選択をしたわけです」

「それにしても、もう少し慎重にやってもらいたかったな。しかし、いまさら愚痴を言っても始まらん。明日の昼はあいているのかね」

「はい」

「とにかく電話ではなんだから、明日の昼前にわたしの部屋へ来てもらおうか」

「副社長のお部屋でよろしいんですか」

「かまわんよ。きみも、爆弾を投げつけておいて、いまさら逃げ隠れできんだろう。秘書に話しておくから十一時五十分ごろに来てもらおうか。弁当でも食べながら話そう」

「わかりました。そうさせていただきます」

森は、その夜なかなか寝つかれなかった。佐和子の寝息がやけに大きく聞こえる。

「どう対応したものかねえ」と速瀬は言ったが、まず速瀬に相談すべきだったのだろうか。

あるいは仁科の知恵を借りれば、別のやりかたが考えられたかもしれない。しかし、四人の代表取締役に事前に知らしめることが誤っているとは思えない。あれでいいのだ、必ず突破口になるはずだ。森はわが胸に言いきかせた。

2

あくる日、午前十一時四十五分に、森が丸の内にある本社ビル七階の秘書室に顔を出すと、速瀬に先客があって、十分ほど待たされた。秘書室のソファが座り心地の悪いのは、緊張しているせいであろう。

秘書室長の木原は席を外していたが、次長の田中は在席していた。入社年次は森より二年上である。田中がメタルフレームの眼鏡の奥から上眼遣《うわめづか》いに森をとらえて言った。

「速瀬副社長から幕の内弁当を二つ用意するようにと言われていますが、お客様が森課長とは思いませんでしたよ」

「恐縮です。ちょっと込み入った話があるらしいんです」

「そうですか。先客は間もなく終わると思いますよ」

「ありがとうございます」

森は中腰になって頭を下げた。

秘書向きにできているのか、田中は誰に対しても丁寧な言葉遣いをする。女性的というか、慇懃《いんぎん》無礼というか、森が好きになれるタイプではない。

森が室長席の後方の壁に据え付けてあるボードを見上げると、社長と藤本、水野両副社長のランプが消えていた。三人とも不在らしい。なにかしらホッとした。もっとも、ここで三人と顔を合わせたとしても、森の顔を憶えているかどうか疑わしい。

速瀬付きの女性秘書のデスクでブザーが鳴った。

「はい、山本です」と、女性秘書が答えた。

「総合企画部の森君は来ているかね」

「お見えになっています。ただいま、ご案内します」

自分の名前が出たとき、森は弾《はじ》かれたように起立していた。

森は、若い小柄な女性秘書の後に続いて秘書室を出た。

七階は、社長室、社長応接室、三つの副社長室、役員会議室、役員応接室、秘書室などでフロアが占められ、廊下を含めてベージュ色の部厚い絨毯《じゅうたん》が敷き詰められている。

廊下で、取締役技術部長の中島とすれ違った。先客とは中島のことだったらしい。

森は立ち止まって会釈した。

「やあ、元気そうだな」

中島は軽く手をあげながら、言葉をかけてきた。

「はい」

森が返事をしたときは、もう中島は背中を見せていた。

「森課長をお連《つ》れしました」

「失礼します」

森は秘書がドアを開けてくれたので、部屋へ足を一歩踏み入れた。

女性秘書が一礼して退室した。

速瀬はソファで煙草を吸っていた。速瀬は一昨年還暦を迎えたはずだが、黒々とした頭髪、太いげじげじ眉、ふたえ瞼《まぶた》の光りをたたえた大きな眼、部厚い唇、そのひとつひとつに生気が感じられる。ひと昔以上も前の工場長時代と少しも変わっていないように、森には思える。

「御苦労さん。さあ、坐ってくれ」

速瀬は煙草を灰皿に捨てながら森にソファをすすめた。

「それにしても、ずいぶん思い切ったことをしてくれたねえ」

速瀬に笑いかけられて、森は気持がほぐれた。

「自分では最善の選択をしたつもりでしたが、ひとりよがりだったかもしれません」

「誰かに相談したのかい」

「いいえ、まったく独断です」

「しかし、あれだけ微に入り細をうがった調査がきみ一人でできるものかねえ。その前にきっかけというか動機を聞こうか」

「先々週の金曜日に川井常務に呼び出されまして、香港から社長宛《あ》てに投書があったが、おまえの仕業《しわざ》ではないのかと言われました。投書のことはご存じですか」

「いや、聞いていない。きみが投書したのかね」

「いいえ、まるで身に憶えがありませんし、香港トーヨーのヤミ資金のことも知りませんでした」

「わたしも聞いていない。きみの建白書を読んでびっくり仰天したんだよ」

「副社長もご存じなかったんですか」

「うん」

速瀬は眉をひそめた。

「香港トーヨーの設立趣旨がよくわからんので、経営会議で質問したことを憶えているが、藤本君の話では、現地資本との合弁会社を設立するための布石だということだった。その後一年以上経つが合弁会社の話などは出ていないし、香港トーヨーの存在自体忘れていたよ」

「川井常務はご自分で、わたしにヤミ資金のことを話されたのです。それまではわたしも特に気にもかけませんでした。ただ、香港支店がありながら、どうして香港トーヨーを設立したのか疑問には思ってましたが、まさか香港にヤミ資金をプールする目的でそんな現地法人をつくったとは思いもよりませんでした」

ノックの音が聞こえ、女性秘書が顔を出したので、話が中断した。

「お食事の用意ができました」

「ありがとう。ここへたのむ」

速瀬はセンターテーブルを指差した。

秘書はもどかしいほど丁寧にひとつひとつテーブルにおしぼり、幕の内弁当、しょう油を入れた小皿、割り箸《ばし》、湯呑みなど並べている。

「ありがとうございます」

森が礼を言うと、秘書は、

「失礼いたしました」

と深々と頭を下げてから、副社長室を出て行った。

「食べながら話を聞こう」

速瀬はおしぼりで入念に手を拭いて、緑茶をひと口すすってから、幕の内弁当の蓋《ふた》を開けた。

「いただきます」

森も箸《はし》を取った。

「川井君が、香港からの投書をきみの仕業だと疑ったのはどうしてなんだ。ずいぶん唐突じゃないか」

「三週間ほど前、香港を含めて東南アジアに出張しましたから。それに、なにかと川井批判をしていますし、原料課長時代のことをまだ根にもっているようなんです」

「たしかに川井君にはそういうすっきりしないところがあるな」

速瀬はかき込んだ飯を嚥下《えんか》してつづけた。

「香港の話を詳《くわ》しく書いたのは、出張したからかね」

「いいえ。先週の金曜日に有給休暇をとりまして改めて調査に行ってきました」

「そうだねえ。投書の件を聞いたのが先々週の金曜日で、そのときはきみはなにも知らなかったのだから、時間が合わんからな」

「ええ。川井常務に犯人扱いされませんでしたら、わざわざ香港まで出かけるような莫迦《ばか》なことはしません。いくらわたしが否定しても信じてくれず、しつこく念を押すんです。モノマニアというんですか、異常ですよ」

「川井君もヤブを叩いて蛇を出してしまったことになるね。きみを怒らせて、墓穴を掘ったと言ったほうが正確かな」

「個人的な感情といいますか、私怨がないとは申しませんが、ヤミ資金のことも気になりましたし、川井常務のようなダーティな人が経営トップになるとしたら、会社にとっても社員にとっても大変不幸なことになると思うんです。川井常務は大変危険な体質を持った人です」

森は茶をひと口飲んで話をつづけた。

「建白書に書かれてあることはすべて事実です。東都銀行香港支店の秋山次席、川井常務の下で香港トーヨーの副社長をしている岡本君からも詳《くわ》しく取材しました。香港トーヨーは、ヤミ資金のプールを目的に設立されたとも考えられますが、始めに投機ありきと言いますか、投機で穴をあけ、それを補塡《ほてん》するために香港トーヨーが設立された可能性もあります」

「…………」

「それと、言いにくいことですが、川井常務は香港に特定の女性を囲っています」

うつむきかげんに食事をとっていた速瀬が顔をあげた。

「女性の問題につきましてはあえてレポートでは触れませんでしたが、本件と深くかかわっています」

森は、速瀬が関心を示したように見えたので、投書した中国人との三角関係の可能性なども含めて詳しく話して聞かせた。

「聞けば聞くほどやりきれなくなるなあ」

速瀬が深い吐息をついた。

「すみません」

「なにもきみがあやまることはない」

速瀬は幕の内弁当を三分の一ほど残して蓋《ふた》をしめた。

森は喋《しゃべ》りつづけていたので、まだほとんど食べていなかった。

「まだ時間はあるからゆっくりやりなさい」

速瀬もそれに気づいたようだ。

「はい」

森は話すことをいったんやめて、食事に集中した。その間、速瀬はデスクに建白書を取りに立ち、ソファでもう一度黙読していた。

食事のあとで森が言った。

「まことに申しにくいのですが、副社長は六月にお辞《や》めになるんですか」

「そんな噂があるのかね。わたしはまだ聞いていないが……」

速瀬は微笑を浮かべている。

「川井常務から聞きました。藤本副社長が社長で、その次は川井常務が社長にならなられるそうです」

「川井君はそんなことまできみに話したのか。だとすると、きみに心をゆるしていることになるかもしれんなあ」

速瀬の表情からまだ微笑は消えていない。森は、速瀬が仁科と同じようなことを言ったので、びっくりしている。

「北見社長がわたしを退《ど》けようとしていることは察しがつく。それならそれでいいが、藤本君にそう簡単に譲るかな。もう一期やるつもりかもしれないし、そこは流動的だ。あの人は、死ぬまで社長の椅子にしがみついていたい口だろう。権力の座は手放したくないからね。旧財閥系でもあり、グループ各社の手前もあるからそう露骨なこともできんだろうが……」

速瀬はかすかに眉をひそめた。

「当社の社長は事務系と技術系が交互に就《つ》くことになってるんじゃないですか」

「過去はそうだった。しかし現職のトップにその気持がなくなれば、話は別だ」

「速瀬副社長が社長になるべきです。藤本さんとか、川井さんとか、あんな人たちが社長なんて冗談じゃありませんよ」

森はわれながら激越な口調に、さすがにきまりが悪くなった。

「お気持はありがたくいただいておく」

速瀬は苦笑しいしいつづけた。

「しかし人事権をもっているのは、北見社長だからね」

「副社長は会社のためにも社員のためにも、もっと意欲を持つべきです。藤本さんや川井さんが社長になったらクーデターが起こりますよ」

「まあ、この話はこれくらいにしておこう。それより建白書の問題だが……」

速瀬が煙草を咥《くわ》えたので、森は卓上ライターを点火して、躰《からだ》を向こう側に寄せた。

「ありがとう。きみは、やらんのか」

「はい」

速瀬は煙草をくゆらせながら、思案顔でしばらく窓のほうを見ていたが、顔を森のほうへ戻《もど》して言った。

「社長も藤本君も、かかわっている可能性があるんで、苦慮するところなんだよ。川井君の独断なら、なんとでもできるが、おそらくそうではないだろう。株の投機にまで関与していたかどうかはわからんが、ヤミ資金は川井君ひとりではできない問題だ。そうだとすれば、五十歩百歩で、一つ穴のムジナということになるから、徹底的に川井君を庇《かば》うと考えなければならない。しかも、投機であけた穴をヤミ資金であてた問題は処理済みだから、それをほじくり返して立証することは、関係者でない限り困難だ」

「香港トーヨーの岡本君なら証明してくれると思いますが……」

「甘いな、岡本もグループの一員と考えたほうがいい」

「そうでしょうか。かれは正義派で、香港トーヨーを解散すべきだと考えている男です」

「それが事実だとしても、相手は権力者だからな」

速瀬は指の間でふすぶる煙草の灰がこぼれそうになっているのに気づいて、そっと灰皿へはこんで落とした。

「司直の手にゆだねない限り解明することはできないだろう。しかし、それはできない相談だ」

「どうしてですか」

「会社には会社としてのメンツというものがある。恥を天下に晒《さら》して、イメージを落とすようなことができると思うか。ましてウチの会社は消費者と直接結びついている。一度落としたイメージを挽回することの難しさを考えてみたまえ」

「しかし、藤本―川井ラインで会社を動かされるよりは、まだしもそのほうがましだと思います。トーヨー化成は一から出直すべきです」

「その考え方は危険思想だ」

「そうでしょうか」

「仮りに、わたしが眦《まなじり》を決して立ち上がったとしようか。どうなると思う。血で血を洗う暗闘になるぞ。暗闘ならまだいい。それが表沙汰《おもてざた》になり、裁判沙汰になったら、大変なことになる」

「川井常務を処分することはできないでしょうか。自ら責任を取るべきなのに、あの人は恥を知らない人ですから、経営会議で勧告する以外ないと思うんです」

「社長や藤本君が関与しているとすれば、それはできない。わたしが経営会議にそれを持ち出せば、かれらは必死になって、防戦し、対抗してくるだろう」

「こんな悪事を、こんなダーティなことをしている人たちをこのまま放置していいものでしょうか」

森は悔《く》やしそうに唇を噛んでいる。

「わたしが経営会議で発言しない限り、不問に付されてしまうだろう。せっかくのきみの苦労も水の泡だが、それだけで済むかどうか」

「…………」

どういう意味ですか、と問いかけるように森が速瀬を凝視した。

「つまり、川井君がきみの行為を許すかどうかだ。わたしは、リタイアしていく身だから到底きみを庇《かば》い切れない。陰険な男だから相当逆恨みするぞ」

「どうせつらく当たられるんでしたら、ぜひとも、本件のことを経営会議で問題にしてください。そうでなければ、わたしは浮かばれません」

「わたしだけに、こっそり教えてもらえれば川井君となんとか取り引きできたかもしれないな。香港トーヨーをクローズさせて、きみに手を触れさせないことぐらいできたはずだ」

「失礼ながらそれこそ甘いんじゃないでしょうか」

「うーん」

速瀬は腕組みして天井を仰いだ。

「なんとしても、経営会議で本件を採りあげてください。川井常務を排除することに全力を尽くしていただきたいと思います」

思い詰めた口調で森が言った。

「もう少し考えさせてくれ。経営会議はあす一回だけではない。毎週水曜日に開かれるんだからね」

速瀬は天井を仰いだままの姿勢で返した。

3

一時間ほど前、森が速瀬と会うために秘書室で待機していた同時刻、お堀端に面したホテルのロビーで、藤本と川井が会っていた。

「昼食の約束をキャンセルして駆けつけて来ましたが、いったいなにごとですか。なにがなんでもでてこいと言われるほどの案件がありましたかねえ」

あとからホテルに着いた川井が顔をしかめて言うと、藤本は険《けわ》しい顔で返した。

「上のレストランで、めしを食いながら話そう」

レストランの窓際のテーブルに着くなり、藤本が手にしていた大型の封筒をテーブルに放り出した。

「けさ七時に社長から電話があった。用件はこのことだ」

「なんですか。これは……」

封筒をひっくり返して差し出し人を確認した川井の顔色が変わった。

「森雄造って、企画部の森でしょう」

「いいから、読んでみたまえ」

「ええ」

「その前になにを食べる。わたしは舌びらめのムニエルぐらいにしておくが、きみは?」

「同じでいいです」

川井はなおざりに言って、血走らせた眼で建白書の文字を追っている。

藤本がウエイターに食事をオーダーした。

「ビールをたのもうか」

「ええ」

うわの空で川井が答えた。

「ビールは小瓶だったな」

「はい」

「それじゃあ、二本」

「かしこまりました」

ウエイターがテーブルを離れた。

ビールが運ばれてくるまでの間、藤本はたるんだ頬をさすったり、周囲を見回したり、落ち着かない風情で待っていた。

「おい、ビールが来てるぞ」

「ええ」

川井は生返事をして、建白書から顔をあげようとはしなかった。

藤本がゆっくりビールを飲み、煙草を一本吸い終わったところで、川井がやっとひきつった顔をあげた。

「ひでえもんだ。なんてざまだ」

川井は言いざま、ビールを一気に呷《あお》った。

こめかみに浮き出た静脈が一層怒張し、グラスを持つ手がふるえている。

「これと同じものが社長にも送られたわけだ。社長は相当気にしているぞ。森は速瀬と水野にも送りつけたんじゃないかな」

「…………」

川井は視線をさまよわせているきりだ。

「きみは、森に対してどんな対応をしたのかね。これじゃまるで窮鼠《きゆうそ》猫を嚙むようなものじゃないか。投機であけた穴にしても、わたしがきみから報告を受けている金額にしてもだいぶ違うねえ」

「こんなもの、ぜんぜんでたらめですよ」

川井がテーブルのレポートを顎《あご》でしゃくった。

「それにしても、速瀬がこれを……」

藤本もテーブルを顎でしゃくってつづけた。

「利用してことを荒だてようとすれば、できないことはない。まずい時期に変な口実を与えることになるから、社長が気にするのも無理ないな」

「…………」

「社長は今月中に、速瀬に引導を渡すつもりだったらしいが、これでできなくなったとも言ってたぞ」

「そんな弱気になることはありませんよ。速瀬が証拠をつかんでるわけでもあるまいし……」

「厳重に事実関係を調査したいと言い出されたらどうする」

「香港トーヨーはわたしと岡本で見てるんです」

「その岡本から森はいろいろ聞き出したんじゃないのかね」

藤本が頬をふるわせながらこぶしでドンとテーブルをたたいた。

近くの客がこっちを見ているのに気づいて、藤本はバツが悪そうに水を飲んでいる。

「社長には、あなたはすべて知らなかったことにしますからと言っておいたぞ。そんなことあたりまえだ、と、怒鳴られたが……」

「あとで岡本には電話をかけておきます」

「敵側に押しやるようなことをしなさんなよ」

「わかってます」

「…………」

「速瀬は経営会議に持ち出すでしょうか」

「当然、持ち出すだろう」

「事実無根で突っぱねて下さいよ。森のデッチ上げということにして下さい」

「そうなると森を処分しなければならなくなるぞ」

「森の処分は当然でしょう」

川井はうそぶくように言った。

テーブルの上に、舌びらめのムニエル、野菜サラダ、フランスパンなどがとっくに並んでいるが、二人ともまだ手をつけていなかった。

藤本がパンに手を伸ばし、ひどくいらいらした動作でバターをぬりたくっている。

「森の野郎！　このままでは絶対にゆるしませんからね」

「しかし、速瀬が副社長でとどまっているようだと厄介だぞ。速瀬は森の仲人だし、学校の先輩でもあるしな」

藤本はパンを千切って口へ放り込んだ。

「速瀬の子会社放出は既定方針どおり六月にやるべきです。わたしも社長に進言しますから、副社長からも社長によく言ってくださいよ」

「わたしの口からそんな露骨なことが言えると思うか」

「なぜですか」

川井は気色《けしき》ばんで、フォークを皿の上に投げ出した。

「社長は六月の総会を区切りに、会長に退《の》くつもりになっていたが、この一件で気持を変えないとも限らない。速瀬をトーヨー樹脂の社長に出せ、ということは、わたしの社長就任を催促してるのと一緒じゃないか」

「仮りにそうだとしても、いいじゃないですか。しかし藤本さんが言いにくかったら、わたしが言いますよ」

「そのほうが無難だな」

なにが無難だ、と言いたげに川井は藤本を険のある眼で見据えた。

「あしたの経営会議が思いやられるよ」

コーヒーになってから、藤本がぽつっと言った。

「とにかく絶対に弱みを見せないことですね」

「それにしても、川井君、あんまり派手にやるなよ。〝カトレア〟の社長とのこともここに書いてあるが、いい気になっていると足もとを掬《すく》われるぞ」

「森の野郎！　ほんとうにとんでもない野郎ですよ」

「森を恨むのもいいが、充分気をつけてもらわなければ困る」

「あの野郎、会社をさぼって香港くんだりまで、ほじくりに行ったらしいが、まったく嘗《な》めた真似をしますよ」

「投機の失敗やヤミ資金のことが東都銀行やM銀行にまで聞こえているとなると、きみが考えているより、事態は厳しいかもしれんな。慎重を期するに越したことはない」

「わかってますよ」

川井は投げやりに言って、がぶりとコーヒーを飲んだ。

4

営業本部の一角にある個室から、川井が香港トーヨーの岡本に国際電話をかけたのは、午後一時半である。川井はホテルから帰って、自席に着くなり受話器を取った。

岡本は、席を外していた。秘書の中国人女性は岡本の外出先がわかっているので、すぐ連絡を取りましょうか、と訊《き》いた。

「ああ、そうしてくれ。至急折り返し本社へ電話を入れてほしいんだ。二時から会議だが、呼び出してかまわん」

川井はそう命じて、電話を切った。川井はデスクの前でしばらく貧乏ゆすりをしていたが、会議まで三十分ほど時間があったので、森を呼び出そうかとも考え、受話器に手が触れたとき、電話が鳴った。

「川井だ」

「速瀬ですが……」

「ああ、どうも」

川井は、てっきり香港から岡本がかけてきたのだと早とちりして、うろたえ気味に口ごもった。

「お手すきだったら、わたしの部屋へご足労願いたいんだが、どうかな」

「すみません。二時から会議なんです」

「会議が終わってからで結構だ」

「それでは四時過ぎにうかがいます」

川井は受話器を置いて、いまいましそうに受話器を見やった。

会議室の川井にメモが入ったのは、二時を二十分ほど過ぎたころである。川井は取締役営業本部副本部長の小宮に、「ちょっと席を外すが頼む」と言いおいて、退席し、自席へ電話をまわすよう秘書の女性に指示した。

「もしもし、川井だが……」

「岡本です。お電話をいただいたそうですが、なにか」

心なしか岡本の声がうわずっているように思える。

「企画部の森に会ったそうだな。あることないこと喋ったそうだが、俺に含むところでもあるのか」

川井は高飛車に言った。

むっとした声が返ってきた。

「あることないことなんて喋ってませんよ」

「おい！　誰に向かってものを言ってるんだ。言葉に気をつけろ！」

「…………」

「なにを血迷ったのかしらんが、森が建白書などと大層なものを社長と副社長に提出した。ヤミ資金とか、投機に失敗したとか、カトレアとの関係とか、いろいろ書いてあったが、おまえが余計なことを話すから、こういうことになるんだ」

「…………」

「おい！　聞いているのか」

「はい。聞いています。森さんはすでに東都銀行で話を聞いてましたから、わたしが新たに話したことはひとつもありません」

「しかし、おまえが肯定したり、裏付ける必要はないだろう」

「とくに裏付けたわけでもないんですが……」

川井の勢いに気圧《けお》されて、岡本はしどろもどろになっている。

川井がぐっと抑揚をつけて言った。

「いいか、森の建白書などすべて嘘八百だ。でたらめだぞ。根も葉もないことだから、そう肝に銘じておけよ。きみの骨は必ず俺が拾ってやる。悪いようにはせん」

「恐れ入ります」

「森は遠からず処分する。さっき、藤本副社長とも話したんだが、副社長もそのつもりになっている。人心を惑わす森のような野郎は放っておけん。六月には藤本さんが社長になる。俺は専務で、人事も担当することになるが、信賞必罰を徹底するからな」

川井は声をひそめて、意味ありげに言った。

「よろしくお願いします」

「ああ、悪いようにはせんから、ひとつ頑張ってくれ」

「はい」

「速瀬副社長がきみになにか言ってくるかもしれんが、すべて事実無根で通せ。いいな」

「わかりました」

川井は電話が切れたあと、女性秘書に緑茶を所望し、ひと息入れてから、会議室に戻った。

川井が速瀬の部屋にあらわれたのは四時半である。

「五時に外出しなければなりませんので……」

硬い顔で川井はソファに腰を降ろした。

「そんなに手間をとらせるつもりはない、二十分もあればたくさんだ」

「そうですか」

「建白書のことはすでに聞いていると思うが……」

「まったくどういうつもりですかねえ、あきれてものも言えませんよ」

川井は顔を歪めて、吐き捨てるように言った。

「さっき、昼めしを食べながら森君から話を聞いたが、投書の件で君から犯人扱いされたことがえらくこたえたようだ。疑いを晴らしたい一念で、こうした行動に走ったということらしい」

「…………」

「わたしとしてはことを荒だてる気は毛頭ない。経営会議にこの問題を持ち出すまでもないと思っている。取るにたらんことだとは言わないが、過去のことをあれこれせんさくしても始まらんし、適当にお茶を濁されるだけだろう」

川井が不思議そうな顔で、速瀬を見上げた。

「わたしが心配しているのは、きみが森君に対して陰《いん》にこもることだ」

「冗談じゃありませんよ。あんなチンピラ課長、問題にしてません。森が勝手にひとり相撲をとってるだけじゃないですか」

「それならけっこうだ。きみから見ればチンピラ課長かもしれんが、前途有望な男だし、あのクラスではエース的存在だから、変に腐るようなことになると社にとっても大きな損失だからな」

速瀬は皮肉っぽく言って、煙草を咥《くわ》え、卓上ライターで火をつけた。

「陰にこもっているのは森のほうですよ。建白書とはなんですか。言いたいことがあったら直接わたしに言うべきでしょう」

「直情径行なところはあるが、ま、そのへんはわたしからも注意しておこう」

「しかし、副社長もえらい思い入れですね」

「とくに森に入れあげているつもりはないが、せっかくの人材をつぶす手はないからね」

速瀬が灰皿に煙草をこすりつけながら、川井を見上げた。

「ところで香港トーヨーのことだが……」

速瀬はソファに背を凭《もた》せてつづけた。

「わたしの管轄でもないのに、余計な口出しをするなと言われるかもしれんが、老婆心から言わせてもらいたい」

「なんでしょう」

川井の顔がこわばった。

「早い機会に解散すべきだと思うが、どうかね」

「………」

「いわば、香港トーヨーの使命は終わったんじゃないかね」

「どういう意味ですか」

川井は虚勢を張っているのか、ぐいと顎《あご》を突き出した。

「全部わたしに言わせることもないだろう。きみが一番よく知ってるはずだ。それにあの会社の存在意義がもうひとつはっきりせんのじゃないか。投機の失敗の穴埋めが香港トーヨー設立の目的なら、すでに使命は終わったということになるじゃないか、と口まで出かかったが、速瀬は言葉を呑み込んだ。

「副社長がなにをおっしゃりたいのか、よくわかりませんが、ご意見はご意見として承《うけたまわ》っておきます」

「経営会議に出してもいいが可及的速やかに検討してもらいたい」

速瀬は、おまえにその気がなかったら、経営会議の議題に乗せるぞ、と言外に匂わせたつもりだが、川井はそらとぼけているのか、返事をしなかった。

川井が退室したあと、速瀬は軽い後悔にも似た思いにとらわれていた。というよりいまいましさが胸に広がってきたのである。

ヤミ資金のことを経営会議に持ち出さないと、川井に約束してしまったが、これでよかったのかどうか――。

きりっとひきしまった森の顔が眼に浮かんだ。森からダラ幹だと言われるかもしれない、と速瀬は思った。

5

トーヨー化成工業の経営会議は、社長室で毎週水曜日午前九時から始まる。意思決定機関ではないが、ここで内定したことが木曜日の常務会なり月一度の取締役会で、否決されたケースは皆無である。

その日、経営会議で予定の会議を消化したのは午前十一時二十分過ぎだったが、閉会間際に、水野が発言を求めた。水野は営業部門を担当している。川井は水野の配下にいることになるが、実権は川井にあり、営業全般を取り仕切っているのは川井であった。もっともトーヨー化成工業の関連子会社は三百社に及ぶので、本体の営業部門は川井が見て、子会社全般を水野が見るという具合いに分野調整がついている。

水野は間延びした長い顔を心もち傾けながら、もったりした口調で切り出した。

「月曜日と火曜日に大阪のほうへ出張してまして、昨夜遅く帰ったのですが、月曜日の午後自宅にこんなものが送られてきたそうです……」

水野はファイルから、大型の封筒を取り出して、他の三人を見回しながらつづけた。

「差し出し人は、総合企画部付課長の森雄造ですが、香港トーヨーのヤミ資金のこと、香港の株式市場において株の投機に失敗したことなど穏やかならぬことが書き込んであります。これを受けとったのはわたしだけでしょうか」

「あんただけじゃない。ここにいる四人全員に来てるよ」

藤本がぶすっとした顔で答えた。楕円形のテーブルを四人で囲んでいるが、窓を背にしてふんぞり返るようにソファに座っている北見は不快感を露骨に顔に出している。

オットセイが眼鏡をかけたような顔で、黒い地肌がつややかな光沢を放っている。

北見は六十八歳だが、六十一、二の三人の副社長より十ほど若く見える。

「事実だとしたら、大変由々しき問題です。事実関係だけでも調査すべきだと思いますが、社長はいかが思われますか」

北見はつまらんことを聞くやつだと言いたげに、じろっとした眼を水野にくれた。

「近ごろの若い人はなにを考えているのかねえ。こんな過激なことを平気でやる神経は、わたしには理解しかねる。手続き論的にもいきなり経営会議のメンバーに建白書を送りつけるなんて、どうかしている。だいたい、きみは……」

北見は、左隣りの水野を指差してつづけた。

「川井君の上司じゃないか。こんなところで発言する前に、川井君にじかに訊いたらどうなんだ」

水野はあしざまに言われて、さすがに鼻白んだが、ぬるくなった緑茶をひとすすりしてから言い返した。

「香港トーヨーのことはわたしはまったくタッチしておりません。香港トーヨー設立の経緯から見ましても、藤本副社長の担当ということになるんじゃないですか」

「川井常務にまかせてますから……」

藤本はいかにも迷惑そうに、眉間に深いしわを刻んでいる。

藤本は、人事、総務、経理などの管理部門を担当している。ちなみに速瀬は、生産、技術、研究、開発、企画部門の担当副社長である。

速瀬はことの意外な展開に驚いていた。まさか、水野が問題提起するとは予想だにしなかったのである。水野が二日間出張中だったために、藤本としても根回しの時間がなかったのだろうが、それにしてももとんだ伏兵が飛び出したものである。

自分の部下でありながらコントロールの利かない川井に対してなにか鬱積した感

情が水野にあることを、速瀬はいまさらながら思い知らされた気がしていた。

経営会議の始まる前に顔を合わせた藤本から、「相変わらず血色がいいですねえ。わたしは低血圧なので、朝はどうも調子が出ません」とお愛想を言われたとき、なにかこうしてやられたような気がして、不愉快だった。どうせ、俺が香港トーヨーの件は問題にしないと約束したことを川井から聞いていて、ホッとしているに違いないが、もったいないことをしたと思わぬでもなかったから、予想外の水野の発言は、速瀬にとってもまんざらでもなかった。しかし、速瀬は発言をひかえていた。

「念のため川井常務に聞いてみたところ、事実無根だと怒ってました。ただし、税金対策といいますか節税を目的に香港トーヨーに、いま現在数億円の資金がプールされてますが、それはヤミ資金などという性質のものではありません」

「森君といえば、社長表彰を受けているほどのエリート中のエリートですよ。それほどの男が根も葉もないことを、建白書に書きますかねえ」

水野は、藤本の横顔を見ながら、食いさがった。

「社長表彰？」

北見が水野のほうへと眼を向けた。水野は社長表彰の内容までは正確に憶えていなかったので、速瀬に視線を走らせたのである。

速瀬がテーブルのほうへ上体を寄せて言った。

「十年以上も昔のことですから、社長はまだ銀行におられたのでご存じないと思いますが、合成樹脂の中間原料を開発したんです。例のトーヨープロセス3号ですが、森君は中央研究所時代に基礎研究にタッチし、本社の開発部に移ってからオルガナイザー的な役割を果たしたわけです。基礎研究から中間《パイロット》プラントの建設を経て本プラントの建設に至るまで一貫してたずさわったのは森君一人です。トーヨープロセス3号の開発なかりせば、当社は合繊の中間原料部門に進出することはできなかったでしょう。大変な功績です」

少しくどいかなと思いながらも、速瀬はつづけた。

「トーヨープロセス3号の成功によって当社は膨大なプロフィット（利益）を享受することができました。社長表彰は当然でしょう」

「なるほど森が大変なエリートであることはわかったが、そんなエリートがなぜこれほど過激なことをするのかね」

「たしかに方法論に問題はありますが、会社を思う一心であったことは間違いないと思います」

「そうですよ。森君がそこまで思い詰めていることに、われわれはもっと思いを致すべきです」

わが意を得たりという顔で、水野が言った。

北見は、二人の副社長からきつい視線を浴びて、渋面をあらぬ方へ向けていたが、仕方なさそうに藤本に命じた。

「事実関係をもう少し詳しく調査したまえ。二週間後の経営会議に報告してもらいたい」

「……………」

藤本は黙ってうなずくほかはなかった。

経営会議が終わったのは十一時五十分だが、速瀬は「五分ほど時間をください」と北見に言って社長室に残った。

こっちを気にしながら、藤本が退室したあとで速瀬が言った。

「今年は役員の改選期ですが、わたしは後進に道を譲ることにつきましては、やぶさかではありませんよ。子会社の社長のポストを用意してくださるとか、いろいろ噂も聞きますが、それで充分です」

「いやいや、まだそこまでは決めてません」

予想外の速瀬の申し出に、北見はうろたえて、つい心にもないことを言ってしまった。

「ご無理なさらなくてもけっこうです。ところで社長は会長になられるそうですね」

速瀬は、北見が一瞬厭《いや》な顔を見せたのを見逃さなかった。予想したとおりだ、と速瀬は思う。

北見は社長の椅子に執着がある。迷っているというか、まだふっきれていないのだ。

「立ち入ったことを申しまして恐縮ですが、会長になられて一段高いところから見るのもよろしいし、あと一期留任されてもいっこうにかまわないと思います。社長が後継者に藤本君を推されることにも異存はありませんが、次の次に川井常務をお考えになっているとしたら、重大な誤謬《ごびゅう》ではないかと思うのです……」

速瀬はくい入るように、北見の眼をとらえて話している。北見がかすかに眉をひそめたが、速瀬はかまわずつづけた。

「川井君はできる人ですが、野心家でありすぎます。残念ながらトップの資質を備えているとは思えません」

「柄が悪い、品位に欠けるということかね」

「それもありますが、もっと基本的なもの、統率力の欠如、さらに言えば人間性の問題と申してもいいと思います。非常に危険です。あとあと必ず大きな禍根を残すことになると思います。それとトーヨー化成は伝統的に学卒の採用が理科系と文科系が三対二の比率になっており、三代事務系の社長が続くとなりますと、技術屋さんたちの士気に影響します。常務、平取クラスに優秀な技術屋がそろってますから、社長候補にはこと欠きません」

「たとえば誰がいる？」

「なかでも取締役技術部長の中島は光る存在です。かれは、川井君と同期ですが、実力に比べて昇進が遅れてます。わたしは今現在代表権を持った副社長ですから、推薦権があるはずですが、六月の改選で中島君を常務に昇進させていただければと思います」

「中島君のことはいいよ。約束しよう。ただ藤本君の次は、わたしよりも藤本君が決めることだろう。仮りにわたしが代表権を持った会長で残っていたとしても、わたしがあまり出過ぎてもいかんしねえ。しかし、事務屋が三代続くことは、やはり問題は問題だろうね」

「川井君は参謀タイプで、指揮官タイプではありません」

「川井君について、速瀬副社長は感情的になり過ぎてないかね」

「わたしが個人的な感情でものを言ってると思いますか」

「まあ、ご意見はご意見として承っておくよ」

「それと……」

速瀬が言いかけると、北見が腕時計に眼を落として、顔をしかめた。

「まだ、なにかあるのかね」

「あとひとつだけです。香港トーヨーは解散すべきではありませんか。このことは昨日、川井君に言っておきましたが、一時期それなりの存在意義はあったのでしょうけれど、いまや無用の存在になっているようです。妙なスキャンダルに巻き込まれて、北見社長の威信に傷がつくようなことにならないうちに、解散したほうがよろしいと思います」

「わかった。検討させてもらう」

北見はうるさそうに言って、つと円卓を離れた。

窓際のデスクに向かう北見の大きな背中が不快感をあらわに出している。言い過ぎたかな、と速瀬は思わぬでもなかったが、リタイアしていく身なのだから、このくらい言わせてもらわなければ気が済まぬと思った。

「失礼しました」

速瀬は低音の太い声で挨拶して、社長室から出て行った。

6

いくら飲んでも酔いが廻ってこなかった。

それは仁科だけではない。森も飲めば飲むほど頭が冴えかえってゆくような気がしていた。

烏森《からすもり》の飲み屋でビール三本と銚子を九本も倒し、そして十時を過ぎたいまは桜田小学校にほど近い安バーのすみっこで、黙々とウイスキーの水割りを飲んでいた。

カウンターの中に若い女が二人いるだけで、スツールに坐らなければ水割りもこしらえてもらえない。ボックスの客は、ボトルとアイスボックスと、瓶詰めの水かソーダ水があてがわれて、セルフサービスで適当にやればよかった。

ものたりないといえばものたりないし、愛想がなさ過ぎるが、うるさくかまわれないのがかえって、せいせいできるような店だった。

当然信じられないくらい安上がりである。こういう店を森はよく知っていた。

仁科と森は話しづめに話したあとで、これ以上喋《しゃべ》ることはほとんどなくなっていた。

「この店も速瀬さんに連れて来てもらったんだ」

森がぽつっと言った。

「速瀬副社長もときどき見えるのかい」

「うん、たまに来てるらしいけど、このところ会ってない。おとといの夜、電話で話したけどね」

カウンターの前に客が少なく、ふたりの会話が耳に届いたのか、髪を肩まで垂らした方の女が言った。

「おととい、めずらしくひとりでみえたわよ。七時ごろだったかな、そういえば、森さんのことを訊いていたわ」

仁科が手をあげてカウンターに会釈してから、話をむし返した。

「それにしても、きみは川井常務には好《い》いとばかり思ってたんだが、とんだ認識違いだったなあ。三年ほど前になるかな、原料部で、きみが課長をやっていたころ、川井常務が担当していて、呼吸がぴったり合ってたんじゃなかったのかね。こうなると人事課長も落第だな」

「そういう話もあったが、あることで、俺が川井さんの意見に反対してから、きらわれたようだ。M社が合繊の基礎原料をアメリカから輸入してはどうか、っていう話を直接川井さんのところへ持ち込んできた件だよ」

「その話なら聞いている。国内のほうを削減して、輸入することになったね。いまでも続いているはずだが……」

「そのとおりだ……」

森は飲み差しのグラスをテーブルに置いた。

「しかし、川井常務ほどのキレ者がきみのような人材をなぜつぶしにかかったのかね。私的な好き嫌いの感情だけで動くだろうか」

仁科は、ウイスキーボトルを傾けて二つのグラスに注ぎながら言った。

森が氷を落とし、水で薄めて、マドラーでかきまぜた。

「俺は身近で二年近くあの人を見てきたが、キレ者かもしれないけど、決してじっくり冷静に判断する人ではないし、会社より自分の利害を優先するような人だよ。ダーティな面も相当ある。そのへんのところを俺に見られてるから、俺が憎くてしょうがないんだろう。もう一つは速瀬さんとの対立関係がある。俺が速瀬ファンであることはおまえも知ってると思うが、川井さんは速瀬さんによくないから、速瀬さんに社長になられてはなんとしても困るんだ。それで藤本さんをかついで、次の次を狙っているわけだ」

「速瀬ファンといえば、若いものはだれだってそうだろう。あの器量だから、若いものはみんな速瀬副社長を慕い、寄っていく。直接、一緒に仕事したことがない僕でさえ、あの人のふところの大きさに感心するくらいだから、推して知るべしだ。来るものは拒まずで、だれでも受け入れてくれるし、部下の能力を最大限に引き出してくれる人だから、人気が集まらなければおかしいよ。社長になってもらいたい人だね。しかし、分からないのは川井さんがなぜ速瀬さんから離反したかだよ」

「速瀬さんが川井さんの人間性を見抜いてしまったんだね。それで川井さんも速瀬さんをけむたくなったわけだ。どっちにしても、藤本さんが社長になったら酷《ひど》いことになるよ。川井さんを参謀長として登用することはまちがいないからね。それだけは阻止したいと思ってるんだ。だからこそリスクを冒《おか》して、香港トーヨーの件で建白書を経営会議のメンバー四人に送りつけたんじゃないか。私怨を晴らすのが目的じゃない。俺は、速瀬さんが立ち上がってくれることを祈る思いで待ってるんだが……」

「森の気持はわからないではないけれど、建白書はいただけないな。僕に相談してくれたら、きみを荒縄でしばりつけてでも阻止したんだがなあ」

仁科はさっきから何度同じことを繰り返したかわからない。

「だからこそ、おまえに相談しなかったんじゃないか。俺の読み勝ちだな」

「それにしてもエキセントリックというか、ドラスチックというか……」

仁科は慨嘆し、頭を抱えこんだ。

「われわれが経営トップの人事に関心をもったところで、どうなるものでもないじゃないか」

「じゃあ、おまえは藤本さんがトーヨー化成の社長になってもいいのかい」

森は充血した目で仁科を見据えた。

仁科は、強固な意志をあらわにしている輪郭のはっきりした森の顔をやわらかく見返して首を振った。

森は口もとを歪《ゆが》めて語気を強めた。

「あの人たちは、速瀬さんにミドルクラスの人気が集まっているのをやっかんで派閥をつくっているなんていっているらしいが、自分たちの不徳のいたすところ、ということがひとつもわかっていないんだ」

「………」

「ほんとうに速瀬さんは立派な人だ」

しみじみとした口調で森がつづけた。

「リチャード・アダムスというイギリスの児童文学者の書いた『ウォーターシップ・ダウンのうさぎたち』という本を読んだことがあるが、群れのリーダーたるものはつねに危機に対する予知能力をそなえていなければならない。企業も同じことで、リーダーたるもの情勢判断が的確で、シビアに行えなければならないが、わが社の上層部では、その条件を満たしているのは速瀬さんだけだ。川井さんに至っては、進め進めの勇ましいだけがとりえで、シェア競争に走ったのも情勢判断のつたなさ以外のなにものでもない。われわれが黄色いくちばしでいろいろいうことが速瀬さんにとってマイナスに作用するかもしれないけれど、たしかに速瀬さんこそ一軍の将たるに相応《ふさわ》しい人だと思うよ」

森が話し終えて、小皿のチーズを小ぶりのフォークですくいあげたとき、

「なんだか難しい話をしてるみたいね」

と、さっきの女がカウンターから出てきて、森のとなりに腰をおろした。

「もう、こんな時間だぞ。そろそろ退散しよう」

仁科は腕時計を見ながら言った。

「うちはまだいいのよ」

「しかし十一時を過ぎたとあってはそうもいかない。帰ろう」

仁科は思いきりよく腰を上げた。

新橋駅北口の改札口の周辺は、帰りの乗客で混雑していた。立ちばなしをしていると、繰り出してくる帰宅途中の人々の進路をさまたげることになる。仁科が酔客に背中をどやしつけられて、足をもつれさせ、森のほうへよろけた。森のがっしりした部厚い胸が仁科の長身をささえた。

その夜、十二時過ぎに帰宅した森に、佐和子が茶を淹《い》れながら言った。

「十時ごろだったかしら、速瀬さんからお電話がありました。十二時まで起きているそうですよ」

「つまり、折り返し電話をかけてくれということだな」

森は、コートを脱《ぬ》がずに煎茶をひと口すすって玄関へ引き返した。

速瀬は北鎌倉に住んでいる。ワイシャツのポケットから小型のアドレス帳を取り出して、速瀬宅の電話番号を確認してから受話器を取った。

三度めの呼び出し音で速瀬が出た。

「森です。お電話をいただきまして。遅くなって申し訳《わけ》ありません」

「今晩でなくてもよかったんだが、経営会議のことが気になってると思ったもんだから」

「ええ。大いに気にしていました」

「わたしは建白書の件は出すつもりはなかったんだが、水野君が言い出したよ。川井君と必ずしも呼吸が合ってないのかねえ、川井批判ともとれるニュアンスがあったし、きみが社長表彰を受けたことまで持ち出して、けっこうPRしてくれてた。水野君はエリート中のエリートの森がそこまで思い詰めてることに思いを致すべきだと言ってたが、なかなか泣かせるじゃないか」

「そうですか。水野副社長が……」

森は水野の馬づらを眼に浮かべながら胸を熱くしていた。

「わたしも、贔屓《ひいき》の引き倒しにならない程度に応援演説をぶっておいたが、副社長三人のうち二人から攻められて、社長も不承不承、事実関係を調査して経営会議に報告するよう藤本君に指示していた。しかし、形式的なもので適当にお茶を濁《にご》すのが落ちだろうから、あまり期待せんほうがいいと思う」

「香港トーヨーのヤミ資金に社長が関与してるんでしょうか」

「わたしは関与してると思う。そうでなければ、もっと毅然《きぜん》とした態度をとらなければおかしい。過去のことはともかくとして、問題はこれからだ。香港トーヨーは解散すべきだと社長にも川井君にも強く進言しておいたよ。二人とも利口な人だからこの意味がわからぬわけがあるまい。考えるだろう」

「しかし、香港トーヨーで甘い汁を吸っていたとしたら、そう簡単に放棄するでしょうか」

「小火《ぼや》のうちに消しておかないとえらいことになる。わたしとしては刮目《かつもく》して待つという心境だよ」

「…………」

「川井君からなにか言ってきたかね」

「いいえ。いまのところはまだありません。今夜、仁科、仁科というのは人事課長をしている仁科ですが……」

「仁科君ならよく知ってるよ、仁科君がどうした？」

「仁科とさっきまで飲んでたのですが、例の建白書を見せましたら、びっくりして、しばらく口がきけないくらいでした」

「そりゃ誰だってびっくりするよ。びっくりするやら、あきれるやらだ」

「その仁科が、川井常務から相当なリアクションがあるだろうと心配してました。リアクションなんてなまやさしいものではなくて、どんな手段で報復してくるかわからないとも言ってました」

「その点はわたしも心配だ。本人はチンピラ課長になんてかまけてる暇はないみたいなことを言ってたが……」

「副社長はそんなことまで川井常務に話されたんですか」

「うん。あんまり陰にこもるな、と言っておいた。機会を見て、川井君を入れて一杯やる手もあるかな」

「ありません。ご免こうむります」

「それじゃ、きみのほうが陰にこもることになるぞ」

速瀬は笑いながら返してきた。

「それはそうと、川井君を藤本君の次にもってくるようなことは絶対に避けてほしいと社長に念を押しておいたよ。これは、きみのサジェッションを入れたつもりだが、社長になる藤本君が決めることだ、と逃げを打たれた。いずれ、藤本君にも話すつもりだが、わたしもこれだけははっきり約束をとりつけてから辞《や》めたいと思っている。きみの言うとおりだ。川井君は会社をあやうくする」

「副社長はやはりお辞めになるんですか」

森は切羽《せっぱ》詰まったような声で訊《き》いた。

「きょう経営会議のあとで、わたしのほうから社長に辞意を洩《も》らしておいたよ。後進に道を譲れと言われて辞めるよりは、後進に道を譲りたい、と自分から言ったほうが気持がいいじゃないか。当社は人材にはこと欠かないからね」

「納得できません。副社長は社長になるべきです」

「お気持はありがたいが、これだけはめぐりあわせというものがあってね。ただ、川井君の芽だけは摘《つ》んでおきたい。刺し違えなんて、おどろおどろしいことを言ってはいかんが……」

「藤本さんと川井さんとどう違うんでしょうか。似たような体質ではありませんか」

「藤本君は川井君ほど悪くない。社員の人気を気にする人だから、そう変なことにはならないだろう」

「速瀬社長の実現をめざして署名運動を始めたい心境です」

「おい、冗談じゃないぞ。そういう軽挙妄動は慎《つつし》んでほしい。長くなるからこのへんで切りあげるが、静かにしてくれよ。たのむぞ」

速瀬は笑いながら言って、電話を切った。

森がリビングルームに戻ると、ソファから佐和子が立ってきて、コートを脱《ぬ》がしてくれた。

佐和子は、東大の薬学部を出ている。年齢は三十八歳で、森より三つ若い。次女の真知子が生まれるまで製薬会社の研究所に勤務していたが、長女の志保子と子供が二人になってから、主婦業に専念するようになった。おでこが出ていかにも聡明そうに見える。目鼻立ちも整っている。仁科に見合いをすすめられたとき「森にはもったいないような才媛だ」と言われたが、森はまさにひと目惚《ぼ》れした。佐和子の明るさがなによりも気に入ったのである。

「ずいぶん長い電話でしたね」

「相手は代表取締役副社長で、会社ではめったに口をきけないからな」

「土曜日に仁科さんから電話があったり、日曜日に書きものをしたり、会社でなにかあったんですか」

「いろいろ忙しいんだよ」

森はぎくりとしたが、あたりさわりのない返事をしてネクタイを外しにかかった。

第四章　人事部長の変心

1

六月二十二日に開催された定時総会後の取締役会で、トーヨー化成工業の社長に、藤本剛が就任した。社長の北見浩三は代表権を持った会長に昇格、副社長の速瀬一郎は非常勤取締役に退き、子会社のトーヨー樹脂の社長に就任した。従来の三副社長制が一副社長制に変わり、常務の川井久彦が専務に昇進し、営業担当から人事、総務、経理の担当に変った。取締役技術部長の中島卓朗が常務に昇進したが、川井の専務昇進は、北見が速瀬の意見を無視したことを意味する。しかも、川井は代表権を持った専務に抜擢《ばってき》されたのだから、実質的には二階級特進であった。副社長の肩書きこそ与えられていないが、経営会議のメンバーとなり、北見、藤本に次ぐナンバー3に伸《の》しあがったことになる。

もっとも、研究開発本部長の江田一男専務が代表権を持たされることになり、研究開発本部長を外れ、速瀬が担当していた部門を見ることになったので、序列の上では、川井はナンバー4となるが、学者肌で温厚な江田は経営会議のメンバーではありながら、発言もひかえ目で、川井の敵ではなかった。

七月一日付で部長、次長、課長クラスの大幅な異動が発令され、その中で北見明が同期で唯一人営業本部第一部の次長に昇進し、あからさまな情実人事として社内で話題を呼んだ。ついでながら香港トーヨーの副社長だった岡本和義は福岡営業所長で日本に戻された。森も仁科も今回の異動の対象とはならなかったが、七月上旬のある夜、東京駅八重洲口地下街のビヤホールで生ビールを飲みながら森が「暗黒時代の幕開けだな。みんなヤル気をなくして、ひどいことになるぞ」と嘆いたのも当然と言える。

「ウチの部長は、北見ジュニアの抜擢にはずいぶん抵抗してたんだが、川井専務は強引だからね。とうとう押し切られちゃったよ」

「今度の異動を見ると、川井色が露骨に出てるよな。技術屋が割りを食っている。ひどいもんだ。およそいるんだかいないんだかわからんような江田さんなんかに代表権を与えて経営会議のメンバーにしたのは、あの人なら人事に口出しをされる心配がないからだ。そのうち技術屋の暴動が起きるんじゃないか心配になってくるよ」

森がチーズクラッカーを力まかせに嚙み砕いた。

「そうカリカリしなさんな。振り子の原理じゃないが、右へ振れた振り子は必ず左へ戻ってくる。結局どこかでバランスがとれるようになってるんだ。たとえば今度常務になった中島さんなんか期待していいんじゃないのか」

「あの人は若いときから直言居士だったし、ものごとを公平に見る人だから俺も期待してるが、川井に潰される恐れもある。川井のやつ、いまや水をあけて、中島なんか目じゃないっていう顔してるが、ついこないだまではライバル視してたはずだ」

「そういえば二人は同期だな」

「速瀬さんの弱腰が結局は裏目に出たんだよ。あの人の悪口はいいたくないが、俺が建白書を突きつけたときに、もっと頑張るべきだったんだ」

森は唇を嚙んで虚空を睨《にら》んでいたが、大ジョッキに残っていた生ビールを天を仰ぐようにして喉《のど》へ流し込んだ。

「もう一杯いくか」

「うん。飲もう」

森が口の端についた泡を手の甲で拭いながらつづけた。

「川井の芽だけは摘んでおきたいなんてえらそうなことを言いながら、このざまはなんだと言いたいよ」

「そう怒るな。所詮《しょせん》人事権を持っている人にかなうわけがないんだ」

仁科はウエイターを手招きしながら返した。

二人は、四人掛けのテーブルに向かい合い、背広をあいている椅子に乗せ、ワイシャツを腕まくりしてビールを飲んでいるが、電話ではよく話すのに、ゆっくり会ったのは三月中旬以来のことだ。

「速瀬さんは、香港トーヨーを解散すべきだと北見と川井に勧告したと言っていたが、それも見事に無視されたな。藤本が投機の失敗と、ヤミ資金の問題について事実関係を調査することになっていた。〝余剰資金を効率的に運用する目的の為替投機で若干損失をこうむった程度。ヤミ資金は節税対策の一環〟なんて、きわめていい加減な報告が経営会議であったらしいが、要するにウヤムヤにしてしまったわけだ。だいたい藤本が川井を追及できるわけがないんだ。二人は、あるいは北見も含めて同じ穴のムジナじゃないの。泥棒が泥棒をつかまえられる道理がないものな」

「おい、もう少し静かに話せ。誰が聞いてるかわからんじゃないか。普通に話してても、きみの声は大きいんだから……」

仁科はあたりに眼を遣《や》りながら言った。森が、藤本や川井を呼び捨てにしていることも気になっている。第三者に対するときはそれが当然だが、社員同士話していると奇異に聞こえる。仮りにも相手は社長であり専務なのだ。しかし、森の気持も痛いほどよくわかる。森は悔《くや》しくて悔しくて仕方がないのだ。

二杯目の大ジョッキが二つ運ばれて来た。

森はさっそく手を伸ばした。仁科はまだ前のジョッキに少し残っている。

「岡本の福岡行きは意外だったな。誰が見ても左遷だもの。川井のダーティな面を一番知ってるはずだから、いわば弱みを握られていることになる。その岡本を左遷とは、どういうことだろうねえ。〝為替投機の損失〟の責任をとらせたかたちというか、少なくとも社内ではそう見る人が多い。それで岡本が黙ってるだろうか。一度、岡本に会って話してみたいと思ってたが……」

「たしかに懲罰人事ととれるが、川井専務なりに、なにか深い読みがあるのかねえ」

「岡本だって、罰を着せられて黙ってるほど、莫迦《ばか》じゃないと思うけどねえ。どっちにしても川井ってやつは、ひどいことをする男だよ。血も涙もないとは、あいつのことを言うんだろうな」

仁科が残りのビールを新しいジョッキにあけながら言った。

「森が暗黒時代とか、藤本―川井ラインは史上最低の執行部とか、社内で大きな声で言ってることは、すべてあの人たちの耳に聞こえていると考えたほうがいいぞ」

「あたりまえだろう。聞こえるように言ってるんだから」

「きみは多血質だなあ。無理に憎まれることはないじゃないか」

「どうせ憎まれてるんだからいいさ」

森はうそぶくようにつづけた。

「ほんとのことを言ってるに過ぎんよ。それで藤本や川井に少しは気にしてもらえるんだったら、ありがたいようなもんだ」

「少し口を慎《つつ》しんでくれ。これは、親友として言ってるつもりだ」

仁科が腕組みして、改まった口調で言った。

「いまさら、変えようがないな。俺は俺の地でいくしかないよ」

「ちがう」

仁科は激しく首を振って深刻な顔でつづけた。

「そんな拗《す》ねたようなことを言いなさんな。痩《や》せても枯れても森は技術陣のホープなんだ」

「ホープにしては薹《とう》が立ち過ぎてるよ」

まぜっかえすように言われて、仁科はむっとした顔で返した。

「エースと言い直せばいいのか」

「…………」

森は照れ臭そうに顔を歪《ゆが》めた。

「経理の杉山が心配していたぞ」

「杉山が……」

森は怪訝《けげん》そうに首をかしげた。杉山稔《みのる》は経理部の課長をしている。同期の事務屋の中では、森は気が合うほうだ。

「経理部のある課長が、きみの過去の交際費を洗い直しているふしがあるそうだ。僕は、にわかには、信じられなかったが、五月ごろから秘密のプロジェクトチームみたいなものが組織されて、森を徹底的にマークしてるんじゃないか、と杉山は言っていた」

「へーえ。そいつはご苦労なこった。それこそ、泥棒がおまわりさんをつかまえるような話だぜ」

「冗談を言ってる場合じゃないぞ。きみは建白書のことで川井さんに相当根に持たれてるから、どんな卑劣なことをされるかわからない。そのことがいいたくて、きょうきみを誘ったんだ」

森はさすがに表情をひきしめている。

「いま、こうして仁科と話しているところも盗聴まではともかく、監視されている恐れはあるな」

「あるんだろうな」

「仁科に迷惑がかからなければいいが」

「そんなことはいいが、なにか思いあたることでもあるか」

「大いにある。この一ヵ月ぐらいの間、尾行されてるなと感じたことが五、六度あったな。別にいかがわしい場所に出没してないからいいけどね。それにしても川井というやつは度しがたいやつだ」

森は普通の声で話しているが、仁科は気が気でなかった。

「俺はなにも悪いことはしていない。だからこそこそせずに正々堂々としてればいいと思っている。あいつ、俺にダーティなところを見られているから、怖いんじゃないのかな」

「しかし、当分静かにしてるに越したことはないな」

仁科がやけに声をひそめたのがおかしいのか、森が笑いながら言った。

「なにもそんなにびくびくすることはないよ。おい、仁科、吉原にでも繰り出そうか。数年前に行ったきり、とんとご無沙汰《ぶさた》だから。たまにはお風呂もいいじゃない」

「いい加減にしろ」

仁科は軽く森を睨《にら》んだ。

その夜、二人が二軒目の新橋の安バーで飲んで別れたのは十時過ぎである。

2

七月中旬の昼下がりのことだ。

社長室のソファに藤本と川井が気難しい顔をして向かいあっていた。

センターテーブルの上に〝週刊経済日本〟がページをひろげて投げ出されてあった。

トーヨー化成工業の人事問題を五ページにわたって特集していたが、批判的なトーンが強く、藤本は社長就任早々つぶてに見舞われたかたちだったから、不愉快なことこの上ないといった険悪な顔をしている。

〝不文律破ったトーヨー化成のトップ人事〟〝事務系偏重に技術屋の不満爆発〟〝川井抜擢《ばってき》は次への布石か〟と大きな見出しが躍《おど》っている。しかも、見出しにはなかったが、記事の末尾で会長の長男を次長に昇進させたことにも疑問符をつけていた。

川井が宙に向かって激越な言葉を投げつけた。

「森の仕業《しわざ》に決まってますよ。あの野郎！　静かにしてればまだ可愛げがあるが、こんどこそゆるさんぞ」

「森が書かせたとは思えんな。森だったら香港トーヨーのことを書かせるだろう」

「それじゃあ速瀬ですかねえ。速瀬に莫迦《ばか》に同情的に書いてますが……」

「いや、予想が外れた腹癒《はらい》せじゃないのか。半年ほど前だったか、たしか一月に速瀬社長説を流してたんじゃなかったかね」

「そういえば、速瀬を次期社長の本命なんてとんちんかんな記事を書いたのもこの雑誌でしたねえ」

「きみ、経済誌にこんな記事を書かれるようじゃ、広報室を置いておく意味がないねえ。しっかりするように言ってくれよ。広報でなんとか押さえられなかったのかね」

「注意しておきますよ」

川井は憮然《ぶぜん》とした顔で返した。

藤本が二重にくれた顎《あご》を撫《な》ぜながら、愚痴《ぐち》っぽく言った。

「経済誌が次長、課長クラスの人事異動にまで関心を持つとは思わなかったな」

「北見君のことですか」

「うん、北見ジュニアは、岡本と同期だと聞いたが、一方は次長に昇進させてお いて、岡本を福岡なんかに飛ばしてよかったのかね」

「岡本を本社の次長にしたら、なんだか見えすいてるじゃないですか。あいつには因果を含めてあります。二年たったら、本社に呼び戻して、次長にしてやりますよ。香港トーヨーで味噌をつけたことになってるんですから……。すべては人の噂も七十五日です。水野あたりがうるさいから、いっとき辛抱してもらったほうがいいでしょう」

「水野君は、遠からず子会社に出てもらう。会長もそのつもりだよ。私大出で副社長にまでなれたんだから、もって瞑《めい》すべしだ。きみは来年副社長になってもらう」

「どうも」

川井はにこりともしなかった。あたりまえだと言わんばかりである。

「そんなことより森の処分はまかせてもらっていいですね」

川井がズボンをたくしあげ、毛臑《けずね》をさすりながら言うと、藤本は「しょうがないだろうな」と鷹揚《おうよう》にうなずき返してから、つづけた。

「これだけ罪状がそろっているんだから」

「さっそく人事部長に話しますが、会長の耳に入れておかなくていいですか」

「その必要はないだろう。あの人は自分の息子以外は課長人事などに関心をもつ人ではないよ」

「それもそうですね」

川井はソファから起ち上がり、自室へ引き取った。営業担当常務時代は、三階の営業本部の中に個室を持っていたが、代表取締役専務に昇格してから、七階に移り、二十坪ほどの部屋におさまっている。川井は自室のデスクから、人事部長の山脇修平を呼ぶようにインターフォンで秘書に命じた。

山脇はおっとり刀で駆けつけて来た。

「総合企画部の森を懲戒解雇するように手続きをとって欲しい」

川井は高飛車に言ってから、デスクを離れてソファに坐った。山脇は紺のスーツに身を包んでいるが、川井はワイシャツ姿である。

「ま、立ってないで坐ってくれ」

「…………」

山脇は狐につままれたような顔でソファに腰をおろした。

「これを読めば森が懲戒解雇されて当然だということがわかるだろう」

川井は膝の上の書類をテーブルの上に放り投げた。

「拝見します」

山脇は老眼鏡を掛けてから書類を手にとった。B5判数枚のコピーの表題に〝総合企画部付課長森雄造に関する調査報告書〟と手書きの文字が横にならんでいる。

ページを繰って、眼を走らせている山脇の顔が次第に厳しくなり、ときおり、咳払いを飛ばした。緊張してくると知らず知らずのうち咳払いがでるのだ。

貧乏ゆすりをしながら、煙草をふかしていた川井は、山脇が最後の一ページになったところで、しびれを切らして口を挟んだ。

「どうだよく調べてるだろう」

山脇はそれが耳に入らないのか、なおも読み続けていたが、最後の一行を読み終えたとき、大きな溜息を洩《も》らした。

「森の解雇については問題ないな」

川井は尻をソファにずり落とした行儀の悪い姿勢で言い放った。

「ご冗談を……」

「なに！　冗談だと。誰も冗談など言ってはおらん」

川井は躰《からだ》を起こして、山脇を睨《にら》みつけた。山脇は色をなした。

「本気で、森君を懲戒解雇にしろとおっしゃってるんですか」

「あたりまえだ。こんなことが冗談や酔狂で言えるか！」

「そんな大きな声を出さなくても聞こえます」

山脇はひるまなかった。川井は営業担当時代から人事部に対して理不尽な圧力をかけてくることが少なくなかったが、人事を担当するようになって、その傾向がエスカレートしている。山脇は日頃の鬱憤《うっぷん》も手伝って、川井への反発を募らせていた。

「会長も社長も了解している人事にきみは反対するのかね」

「会長にまで話したんですか」

「ああ」

川井はあいまいなうなずきかたをしたが、北見会長が課長人事などに関心を示さぬことは重々承知していたので、山脇はにわかには信じられないといった顔で川井を見やっている。

「会長には、社長から話してるはずだ。どっちにしても社長のOKを取ってるものに、否《いや》も応もあるまい」

「社長に話す前になぜ人事部に話してくださらなかったのですか。しかも、人事部の知らないところで、森君の素行調査が行われていたことも承服できません。まず、どうして森の素行調査が行われるようになったのか説明してください。人事部で誰一人として関知していないことが、どんな形で、どんな経緯で行われるようになったのか、大いに関心があります」

山脇の皮肉たっぷりの言いかたに、神経を逆撫《さかな》でされて、川井は一層いら立った。

「あいつが故《ゆえ》なくして藤本社長や俺を批判していることを、きみは知らんのか！　俺が香港トーヨーを舞台に悪事を働いていると中傷したり、会社をサボって香港へ俺のアラ探しに出かけたり、それだけでも許せんのに、きょう出た〝経済日本〟の記事にしたって、森が書かせたに決まっている」

「あの記事はわたしも読みましたが、森君が書かせたという証拠はありませんし、森君がそんなことをする男とは思えませんが……。失礼ながら、専務は感情的になられてませんか。感情論だけで森を懲戒解雇にすることはできないと思います」

「阿呆《あほう》！」

川井はセンターテーブルを拳《こぶし》でたたきつけすさまじい形相《ぎようそう》で浴びせかけた。

「きみはこれのどこを読んだんだ」

川井はテーブルの書類に顎《あご》をしゃくってから吠えたてた。

「ウチの系列下の加工会社に対し架空の在庫証明にもとづいて融資したり、下請け会社への支払いを独断で決めたり、取り引き先から借金したり、課長補佐の分際で月に八十万円もの交際費を使い込んだり、そんなことが一流会社の社員のすることか！　服務規程に違反してることは明確だろう。もう一度よく読んでみろ！」

「これが事実だとしても、いずれも森君が関連事業部の課長補佐時代のことですね。七、八年も昔のことですし、いずれも始末書程度の問題じゃないですか。こんな古いことを引っ張り出してくることのほうが、よっぽど動機の不純さを疑われると思います」

「おい！ 俺のやりかたが気に入らんらしいが、俺にそこまで言うとはいい度胸だな。貴様の首をすげ替えるぐらいなんでもないぞ」

「専務ともあろうかたが、そんなヤクザみたいな言いかたをなさるなんて、ほんとうに悲しくなります。お好きなようになさってください。どうせわたしは今年十月で定年です」

山脇は背広の襟をかき合わせるようなしぐさをしながら、冷静に言い返した。

川井が猛《たけ》り立てば立つほど、山脇は気持が冷《さ》めていくのが自分でも不思議だった。

「とにかく、人事部としましては、森君の懲戒解雇には応じられません。再考願いたいと存じます」

山脇はソファから腰をあげかけたが、川井が手で制した。

「それはきみの独断ではないのか」

「次長、課長の意見を聞くまでもありません」

「いやに自信ありげだな」

川井の声が優しくなっている。

「この程度で会社を馘首《くび》になるということになりますと、該当者はそれこそ何人いるかわかりません」

「しかし、困ったもんだなあ。藤本社長や人事担当専務でもある俺の立場はどうなるものかねえ」

「わたしが部下に話さない限り、三人以外に知らないわけですから、なかったことにしましても、いっこうに差しつかえないように思いますが……」

「営業や経理の連中で森の調査にかかわった者が十人はいるからな」

「そこまでは人事部として責任がもてません。そういう不明朗ななさりかたをされたところに問題があるんだろうと思います。まして、始めに森の懲戒ありき、というのはどうにもいただけません」

「定年を目前に控え、ひらきなおってるわけか」

「どうとでもお取りください」

山脇は微笑を浮かべて返したが、図星を差されたという感じがないでもなかった。先に望みがあったら、ここまで冷静に対応できたかどうかあやしいと思わないでもなかったのである。

「話はそれるが、とりあえずきみに理事待遇で残ってもらい、二年後の改選期に役員に推薦したいと考えてるんだよ。コーヒーでももらおうか」

川井はこともなげに言って、サイドテーブルに備えられたブザーを押して、秘書に命じた。

「コーヒーを二つたのむ」

突然、話題を変えられて、山脇は眼をしばたたかせている。

「こう見えてもきみのことは、気にしてたんだ。労務管理のスペシャリストを、定年だからと言って、はいさようならというのも曲がなさ過ぎるからねえ」

「………」

「社長もかねがねつまり副社長のころからきみをなんとか役員にしたいような口ぶりだった。話すタイミングがどうかと思うし、動機が不純だとかなんとかきみに皮肉を言われそうだが、これは決して思いつきなどではない」

川井は、急に黙り込んでしまった山脇の反応を愉《たの》しむように、思い入れたっぷりにつづけた。

「ほんとうに、藤本社長は山脇君にご執心《しゅうしん》なんだよ。長い間、人事を担当して昔から、きみの力量はよく承知してるからねえ。いろいろいうやつがいるんで、出しそびれたんじゃないかな。たとえば、速瀬などは、親分肌だとかなんとかいわれるが、あれで案外保守的で、学歴をどうのこうのいう男なんだ。その速瀬も非常勤に回っていまや発言権がないからな。社長もかくいう俺もチャンスを待ってたような案配なんだ」

「………」

川井はいったん言葉を切り、ソファから身を乗り出して、センターテーブルの煙草函からハイライトを一本取って口に咥《くわ》えた。

山脇がふるえる手で、備え付けの卓上ライターを点火し、中腰になって川井の口もとへ運んだ。

川井はソファに背を凭《もた》せて、しばらく煙草をくゆらせていたが、充分手ごたえを感じて、含み笑いを洩《も》らし、咥《くわ》え煙草で窓際までゆっくりと歩いて行った。

先刻まで、森の懲戒解雇に反対して雄弁をふるっていた山脇が、まるで借りてきた猫みたいにおとなしくなってしまったのである。

「近々会長に進言するつもりだ」

川井はそこで背後を振り返ったが、山脇は首を垂れ、身じろぎもしなかった。川井はデスクの前の、全身をあずけられる背の高い椅子にどかっと腰をおろして、疳《かん》高《だか》い声で言った。

「会長はまだ人事権を手放さないので、社長もやりにくいが、二人がかりで会長を説得するよ。エリート好みの人だから四の五の言うだろうが、なに、説得する自信はある。きみはわが社にとって必要な人だからな」

川井は、天井に向かって煙草の煙を吐き出して、話をつづけた。

「きみが役員になったら、社内に大きなインセンティブを与えることになるんじゃないか。これは、きみ、近来にない快挙だよ。下の者への励みにもなる。商業学校出の取締役は、当社始まって以来のことだからな」

その川井の声が満足に耳に入らぬほど山脇は気もそぞろで、胸をどきどきさせていた。

山脇は労務管理のスペシャリストと自負していただけに、もしやという一縷《いちる》の望みをもたなかったといえば嘘になるが、九分九厘あきらめていた。努力家の山脇は、刻苦勉励し、一雇員《いちこいん》から社内の管理職資格試験にパスして、人事部長まで這《は》い上がってきたが、それだけでも出来すぎと考えなければならない。旧財閥系の一流といわれる企業の役員になれるはずがない、そう自分にいいきかせてきた。ところが、会長と社長の信任厚く、管理部門を掌握している代表取締役のお墨付きをもらい、いまや〝役員〟の椅子が現実のものになろうとしている。山脇は冷静でいられるわけがなく、胸中を激しく波だたせていた。

あれほどかたくなに自説を主張して譲らなかった男が、川井が〝役員〟を持ち出したとたんに口を閉ざし、ひとことも言葉を発していなかった。

コーヒーが運ばれてきたので川井は、デスクの上の灰皿に煙草をこすりつけて、ソファに戻ってきた。

「さて、本題に戻るが、森の件はどうしたものかねえ。きみを役員に推薦することと、森の解雇は別問題だ。それを取り引き条件にするほど俺はケチな男ではないが、ま、ひとつ考えてみてはくれないか。二、三日のうちに結論を出してくれればありがたいな」

川井は、横眼で山脇をとらえながら、コーヒーをすすっている。

「一応、検討させていただきます。この報告書はいただいてよろしいですか」

山脇は緊張し切った顔で答えた。その声がふるえている。

「うん。よろしく頼む」

川井は鷹揚《おうよう》にうなずいた。山脇はコーヒーに口をつけず、ソファから起ち上がって一礼した。

「ちょっと、待ってくれ」

ドアの把手に手をかけた山脇は呼び止められて、躰《からだ》の向きを変えた。

「なにか」

「人事課長の仁科に注意してくれ」

「はあ？」

山脇はおどおどした眼を川井に向けている。

「仁科は森とえらく仲がいいらしい。しょっちゅう二人つるんで飲み歩いてるというじゃないか」

「二人は同期ですし、大学で一緒にラグビーをやった仲だと聞いたことがあります」

「会社のカネで飲んでるに違いないが、ついでに調べておいたらいいな」

「…………」

山脇はどっちつかずにうなずいて、もう一度低頭して、退室した。

その日の夕方、川井は藤本に呼ばれた。

「人事部長に話したかね」

「ええ、さっき話しました」

「どうだった」

藤本は大柄《おおがら》な躰《からだ》に似合わず、せっかちなところがある。

「だいぶ抵抗してました」

「そうだろうなあ。わたしも、子会社へ出すか、工場へ戻して、現場で管理をやらせるか、そんなところがせいぜいじゃないかと考えてもいたんだ」

「どういうことですか。社長もこれだけ罪状がそろってれば懲戒解雇もやむを得ないとおっしゃったじゃないですか」

「たしかにそう言ったが、森は昔、トーヨープロセスの研究開発で、社長表彰を受けたことがあるだろう。そのことを思い出したんだ。以前、経営会議で水野君も話してたから、稟議書を回したときにクレームをつけられる心配があるぞ」

「そんな十年以上も前のことがなにになるんですか」

川井は顔をしかめて、腕を組んだ。

「しかし現に人事部長も拒絶反応を出したとなると、考えないといかんだろう」

「いや、山脇君は大丈夫です。役員に推薦するといったら、ひとたまりもありませんでした。ちゃんと、よしなに取りはからってくれますよ」

「役員なんて冗談じゃないぞ。そんな安請け合いをしてもらっては困る。会長がOKを出すわけがないだろう。きみ、そんなこともわからんのか」

藤本は顔色を変えて言いたてた。

「役員というのは言葉の綾《あや》ですよ」

川井は藤本の狼狽《ろうばい》ぶりに冷笑を浮かべた。役員の人事権を会長から奪取する気もないと見える。そんな弱気でどうすると、川井は内心言いたかった。

「しかし、学歴はありませんが、山脇はできる男ですよ。せめて理事くらいにしてやっても、よろしいんじゃないですか」

「理事か」

藤本は、つぶやくように小声で言って、考える顔になった。

理事は役員待ちのポストである。いわば、準役員待遇で、役員のポストが詰まっているときに定年を迎えた役員候補者などに与えられ、任期は役員並みの二年である。理事を経ずストレートに取締役に選任される者もいるが、いったん理事になってから取締役に選任されるケースも少なくない。稀《ま》れに理事になりながら、取締役になれないものもいるが、よほど運の悪い者ということになる。

「山脇を理事に推薦するくらいはいいでしょう。なんなら、わたしから会長に話してもいいですよ。だめで元々です」

「わかった。その件は考えさせてもらう。それより森はどうする?」

「強行あるのみです。弱気になる必要はないですよ。会社は、あいつのためにどれほどイメージを落としたかわかりません。社長の悪口を社の内外でどれだけ言ってるかご存じないんですか」

「…………」

「山脇にまかせましょうよ」

「そうだな。稟議を起こす段取りになったら、連絡して欲しい」

藤本は浮かぬ顔で言って、ソファから離れた。

3

あくる日、山脇はいつものように七時半に出社した。トーヨー化成工業に入社してから四十年このかた、山脇は工場支店勤務も含めて早朝出勤を励行してきた。本社の出社時間は九時だから、一時間半早く出社していることになるが、通勤ラッシュを避けて、電車の座席に坐って、本を読めるし、朝のうちに必要な書類に眼を通したり、余った時間に新聞を読めるなど早朝出勤の利点は少なくなかったのである。東中野の自宅から丸の内までの出勤時間を考えると、起床は朝五時半ということになるが、長年の習慣で苦になったことはなかった。ところがけさばかりはそれがつらかった。妻の里枝に二度もゆり起こされ、やっと寝床を離れたが、頭が重くてどうにもやり切れなかった。昨夜、十一時過ぎには、就寝したのだが、三時過ぎまで寝つかれず、何度輾転反側《てんてんはんそく》を繰り返したかわからない。寝つきのいいのが自慢で、就寝中、夢ひとつみずに熟睡できるたちなのに、階下の置き時計の時間を告げる音がこれほど大きく聞こえるとは思わなかったほど、三時まで全部憶えていた。

隣の蒲団《ふとん》の中から聞こえる女房の寝息までが耳につく。森、川井、藤本、それに部下の仁科の顔まで眼にちらついて仕方がなかった。

山脇がさんざん悩んだあげくある結論に到達したのは、窓の外が白み始めた三時過ぎである。

女房に起こされていつものとおり七時半に出勤したが、山脇は新聞を読む気にもなれず、自席で生あくびばかり洩《も》らしていた。

八時半になると、女性社員が出勤してくる。

八時四十五分に、山脇は秘書室へ電話を入れ、川井専務付きの女性秘書を呼び出した。

「人事部の山脇ですが、川井専務の朝の予定はどうなってますか」

「十時来客がありますが、それまではとくにありません」

「それでは、出社され次第、連絡してください。至急お話ししたいことがあります」

「かしこまりました。お席におられますか」

「ええ、ずっと席にいます」

山脇は、電話を切ってトイレに立ち、席に戻ってからも時計ばかり気にしていた。

九時三十分過ぎにやっと秘書室から電話がかかった。

山脇は背広の袖に腕を通しながらデスクを離れた。

「おはようございます。昨日は失礼しました」

「やあ、おはよう」

川井は機嫌がよかった。宴会好きで昨日も遅かったが、二日酔いというほどでもない。

秘書が用意したレモンジュースを美味《うま》そうに飲んでから、悠然とソファのほうへ足を運んできた。

「立ってないで、坐ってくれよ」

「失礼します」

山脇は腫《は》れぼったい瞼《まぶた》をこすりながら川井に続いてソファに腰を降ろした。

「森の件は考えてくれたかね」

「はい、一晩寝ずに考えました」

「ふーん。それで眠たそうな顔をしているのか。徹夜して考えた結論を聞かせてもらおうか」

「やはり、懲戒解雇は適当とは思え……」

言い終わらぬうちに川井は血相変えて、咆哮《ほうこう》した。

「ひと晩寝ずに考えてそんな結論しか出せんのか」

「お待ち下さい。最後までわたしの話を聞いてください」

「きみの世迷いごとを聞いてるほど、俺はひま人じゃない」

川井がソファから腰を浮かしかけたが、山脇はかまわず話をつづけた。

「ただし、森課長にも落度があったことは確かですから、トーヨー化成を退職してもらいます。わたしから退職を勧告します」

「……………」

川井はソファに坐り直した。靴を履《は》いたまま脚を山脇のほうへ突き出すようにセンターテーブルに乗せて、寝そべるような姿勢になっている。

「経理で調べてみましたら、森課長は会社に住宅融資の残金が六百万円ほどあります。自己都合退職ですと四百万円ほどにしかなりませんが、森課長のこれまでの功績を考えまして、会社都合退職にしまして、多少めんどうを見てやりたいと存じます。つまり六百万円の退職金を支給したいと考えております」

「泥棒に追い銭みたいなもんだな」

「そうは思いません。トーヨープロセス3号の研究開発ひとつとりましても、森課長がトーヨー化成にもたらした功績は多大なものがあります」

「あれだけの罪状をあげられたら、そんなもの吹っ飛んでしまうぞ。きみは森に弱みでも握られているのか」

「冗談にせよ、言っていいことと悪いことがあります」

きっとした顔を向けられ、川井は眼をそらした。

「森課長の口ききでトーヨー化成に入社した東大工学部出身の社員が多数おります

し、同僚や後輩社員の人気もあるようですから、懲戒解雇扱いでは、社内が収まりません」

「たかが、技術屋の一部が騒いだくらいで、おたおたすることはないだろう。森を擁護する勢力などものの数ではない。そんなもの無視してかかればいいんだ」

「しかし、懲戒解雇では再就職にさしつかえます。森君も妻子を養っていかなければなりません。依願退職にもち込むことさえ、大変ですが、なんとか説得したいと思います」

山脇は禿《は》げあがったひろいひたいに汗をにじませて、切羽《せっぱ》詰まったような表情で懸命に説いた。

「目ざわりなあいつの顔を見ないで済《す》むだけで、よしとせないかんのか。なんだか釈然としないが、きみの恩情に免じて罪一等減じるか。罪一等どころか恩赦みたいなものだが、きみがそこまで言うんじゃ、しょうがねえだろう。その線で社長に話しておくよ。いずれにしても森の処分は一日でも早いほうがいいぞ」

川井は皮肉な口吻《こうふん》ながらあっけないほど、簡単に折れた。

山脇は、脇腹に冷たい汗をかくほど身のすくむ思いで話した甲斐があったと思った。もっとも、森が〝依願退職〟をうけてくれるかどうかはこれからだ。

しかし、これがぎりぎりの妥協だと山脇は思うのだ。理事、あわよくば役員ポストにありつけるかもしれない。それを天秤《てんびん》にかけて、見つけ出した結論はこれしかなかったのである。

うしろめたいものがまったくないかと問われれば、うつむくほかはないが、〝依願退職〟を取りつけたことでいくらか救われる。

七階の役員フロアから五階の人事部に戻って、山脇はすぐに仁科を部長応接室へ呼んだ。

「困ったことになりました」

山脇は沈痛な面持ちで切り出した。

仁科は胸騒ぎを覚えた。硬い顔の山脇から手招きされたとき、厭《いや》な予感がしたのである。

「総合企画部の森課長のことなんですが……」

やっぱりそうか――。仁科の顔がさっと緊張した。

「森君がどうかしたのですか」

「ちょっとこれを見てくれませんか」

山脇は背広の内ポケットから細長く二つに折った書類を広げながら、仁科に手渡した。

「総合企画部付課長森雄造に関する調査報告書……」

仁科は声を出してそれを読んで、顔をあげた。

「なんですか、これは」

「とにかく全部読んで見てください」

山脇は咳払いをひとつして、

「ちょっと失礼します」と、トイレに立った。

山脇がトイレから、いったん自席へ戻り、時間を計って応接室へ顔を出すと、仁科は報告書を読み終えて、待っていた。

「これは、いったいなんですか。報告者は書いてないし、怪文書としか言いようがありませんね」

仁科は嚙《か》みつかんばかりに激しい口調でつづけた。

「この報告書がどこから部長の手に渡ったか察しがつきますが、黙殺する以外にないと思います。莫迦莫迦《ばかばか》しくって、読むに耐えないしろものです。部長はこんなものを読まされて腹が立ちませんか」

「きみ、もう少し冷静に話してください」

山脇は当惑した顔を伏せた。仁科の反発は予想されたことだが、のっけからこれほど激しく出られるとは思わなかった。

「最近の森君の言動は限度を越えていると思います。経営トップを批判するのもけっこうだが、藤本―川井ラインではトーヨー化成が傾いてしまうようなことを誰かれなしに言って歩くのは困ったことです。〝経済日本〟の記事も、森課長が書かせたと上のほうは見ている。お察しのとおりこれは川井専務が営業、経理などでプロジェクトチームをつくって調査させたものですが、社長も含めて、森課長を懲戒解雇にすべきという意見です」

「懲戒解雇……」

仁科は絶句した。

山脇も深刻な顔で口をつぐんでしまった。

仁科がわれに返って言った。

「怪文書まがいの報告書を信じる気にはなれませんが、仮りにここに書かれてることがすべて事実だとしても、始末書か譴責《けんせき》処分程度が妥当でしょう。懲戒解雇などという恐しい言葉がどこを押したら出てくるんでしょうか」

「しかし、トップの意向が明確に出ている以上、これを押し返すのは相当難しいですよ」

「その前にうかがいますが、部長はここに報告されてることが事実だとして、懲戒解雇に相当するとお思いですか」

山脇は切なそうに眼をしばたたかせながら返した。

「わたしは森課長の懲戒解雇に反対です。川井専務にもそう申しあげたが、ここに書かれてることが事実だとすれば、上のほうが懲戒解雇に処すると言うのもわかるような気がします」

「この程度で懲戒解雇ということになりますと、わたしだって懲戒解雇されかねませんよ。森君が私的に交際費を乱費したことがここに書いてありますが、どこまでが公的でどこまでが私的かあいまいなままに、伝票を切るということは多くの管理職にあると思うんです。早い話、わたしはつい先日、森君と一杯やりました。厳密に言えば、これも私的に交際費を乱費したことになります」

「それは程度問題ですよ。ただ、森君とのつきあいはほどほどにしたほうがいいと思います」

「ですから線の引きかたがこれでいいのか疑問があると言いたいんです。森君が理由なくして交際費を乱費しているとは思えません。この報告書が森君を懲戒解雇することを目的につくられたことは明白です」

昨日、自分が川井にまくしたてたことを、いま部下の仁科から聞かされているに過ぎない――。まさに〝始めに懲戒解雇ありき〟なのだ。そう思うとやり切れなくなるが、山脇は仁科に同調するわけにはいかなかった。

「ちょっとお待ちください」

なにを思ったのか、仁科はソファから腰をあげ、応接室から出て行ったが、二分足らずで戻って来た。

「本社従業員就業規則を持って来ました。この第六十三条を読みます。……」

仁科が読みあげた本社従業員就業規則第六十三条には次のように書かれてあった。

従業員が次の各号に該当する場合には、罪状により、降職または懲戒解雇に処する。ただし、情状により譴責、減給または出勤停止にとどめることがある。

①氏名または経歴を偽り、その他詐術を用いて雇傭された場合。

②前号の事情を知りながら保証人となった場合。

③虚偽の申告その他不正な行為によって賃金、手当その他の金銭もしくは物品を不当に受けるか、受けようとした場合。

④会社の材料、動力、機械、器具等を利用して私品を作成、または作成しようとした場合。

⑤許可なく社品を事業場から持ち出し、または持ち出そうとした場合。

⑥会社の機密を漏らし、または漏らそうとし、その他会社の不利益を図った場合。

⑦職務に関連し、収賄その他私利を図る行為があった場合。

⑧職務上の指示、命令に違反し、職場の秩序を乱した場合。

⑨他の従業員に対し、不法に退職を強要し、若しくは暴行、強迫を加え、または他の従業員の業務遂行を妨げた場合。
⑩故意に作業能率を低下させ、またはこれを阻害した場合。
⑪正当な理由がなくて無届け欠勤連続五日以上若しくは年間を通じ十日以上に及んだ場合。
⑫正当な理由がなくしばしば遅刻、早退または欠勤し、勤務に不熱心な場合。
⑬会社の許可なく他に雇傭され、または兼業した場合。
⑭故意に危害予防に関する法令、規則に違反した場合。
⑮刑罰に触れる行為があった場合。
⑯前号による譴責、減給または出勤停止を数回受けてもなお改悛の見込みのない場合。
⑰前各号のほか、前各号に準じる程度の不都合な行為があった場合。

低い声で読み終わった仁科は、挑《いど》むような眼で山脇をまっすぐとらえた。

「森君が架空の在庫証明にもとづいて融資したこと、下請け会社への支払いを独断で決めたことなどが、事実だとして、従業員規則のどこに抵触するんでしょうか。しかも本人の弁明も聞かずに懲戒解雇なんて短絡してますよ。百歩譲《ゆず》って服務規程に違反してたとしても、情状酌量の余地がないとは思えません。社長表彰まで受けている優秀社員を懲戒解雇することの矛盾に、川井専務は気がついてないのでしょうか」

「きみの気持はわかりますが、森課長が問題児であることは、はっきりしてるんです。きみも、森課長とは距離を置いたほうがいいと思いますよ」

「森のどこが問題児なんですか」

仁科は声高に言い返した。

「森課長がこの会社にとどまっていることはかれにとっても不幸なことだと思うんです。しかし、懲戒解雇は過酷ですから、わたしとしてはなんとか依願退職にもっていきたいと思ってます。きみが友人として森君のためを考えてるんなら、退職を勧告すべきじゃないんですか。それだって、上のほうの了解を取りつけるのは大変ですが、わたしとしても、なんとか頑張ってみたいと思ってるんです」

「…………」

「森課長は会社に六百万円ほど借金してます。自己都合退職ですと退職金は四百万円ほどにしかなりませんが、会社都合退職扱いにして、六百万円の退職金を支給するということで借金を棒引きしたいと思うんです。それが情状酌量ということになるんじゃないでしょうか。川井専務には恩情が過ぎると怒られるかもしれませんが

「……」

山脇は伏眼がちに喋《しゃべ》っている。過去形で話すべきところなので、内心咎《とが》めるものがある。しかし、まんざらの嘘でもないのだから、この程度はゆるされるだろう、と山脇は胸の中で言い訳した。

「森課長ほどの人でしたら一流企業への再就職も可能でしょう。ここは思い切って方向転換し、新天地で出直すべきだと思うんですよ。われわれがそう勧《すす》めることが、結局は森君のためにもなるんじゃないでしょうか」

「部長、いい加減にしてください。どうかしてますよ。わたしは森の親友として退職を勧告するなんて、とってもできません。それこそ六十三条の九号に違反しますよ。不法に退職を強要することになりませんか」

「………」

山脇は冗談を言ってる場合ではないと言いたげに、仏頂面《ぶっちょうづら》をそむけた。

「藤本社長がなんと言おうと、川井専務がなんと言おうと人事部は断々固として森を擁護すべきです。人事部をあげて反対すべきです」

「そんなお家騒動みたいなことができるはずがないでしょう。仁科君ほどの人がなんですか。きみの発言とは到底《とうてい》思えません」

「理不尽なことを理不尽だと指摘することが、どうしてお家騒動になるんですか……」

仁科は一歩も引かずに、声をひそめてつづけた。

「北見明君のことでも、部長は頑固に抵抗してくださった。結果的にかれの次長昇進は実現してしまいましたが、かれこれ一年は抵抗を続け、人事部としてせいいっぱいの配慮をし、大幅な異動の中で目立たないようにやりました。それでも社内の顰蹙《ひんしゅく》を買ったのですから、川井専務の圧力に屈して一年前にやっていたらどうなっていたか――。一年抵抗を続けたことの意味は決して少なくなかったと思うのです。公平な人事を旨《むね》としている部長をわたしは尊敬しています。〝感情的になってはいけない、人の長所を最大限引き出すような人事を心がけようではないか〟と部長はつねづね言っておられます。森にも欠点はありますが、それを相殺《そうさい》して余りある長所が森にはあるはずです。川井専務のいわれなき圧力を押し返して下さい」

「わたしも押し返すべく努力はしたつもりです。しかし、社長、会長の了承もとりつけ、しかも、これだけの罪状をつきつけて解雇しろと要求してきているものを、どうして押し返せますか。依願退職を取りつけることがせいいっぱいのところですよ」

山脇は仁科の射るような視線をはね返すことができずに、また眼を伏せた。

「ともかくきみから、森君の意向を打診してみてください。案外本人も厭気《いやけ》が差していて、依願退職に応じないとも限らないでしょう」

「はっきり言いますが、川井専務は〝建白書〟の意趣返しをしようとしてるんです」

「〝建白書〟ってなんのことですか」

「ご存じなかったんですか」

仁科はかいつまんで〝建白書〟の経緯を説明した。

仁科の話を聞きながら、山脇が何度も咳払《せきばら》いをしたのは緊張と興奮のせいかもしれない。

「なんでしたらトーヨー樹脂の速瀬社長に話を聞いてください。〝建白書〟の件をよくご存じのはずです。森君が当時の速瀬副社長に近づき過ぎたことも、川井専務の不興を買ったようですが、感情論だけで優秀な人材を懲戒解雇にしようとしている川井専務の側《がわ》にこそ問題があると思います」

「川井専務ほどの人が感情論だけで動くでしょうか。森課長に対して肚《はら》に据えかねていることがあると思うんですが……」

「森にダーティなところを見られているので、遠ざけたいというところはありませんか」

「それにしても、〝建白書〟はやり過ぎですよ。いままでよく社内で噂《うわさ》にならなかったものですね」

「森が速瀬さんやわたしの忠告に従って、騒ぎ立てるようなことをしなかったからでしょう。つまり我慢に我慢を重ねて、かれは沈黙を守ったんです。しかし、こんなことなら、沈黙すべきでなかったかもしれませんね」

「上の意向がはっきり出てしまっていますからねえ」

山脇は吐息と一緒に言って、ソファから腰をあげ、

「きみが話したくないのなら、わたしから森課長に話してみましょうか」

と、つづけた。

「部長は〝依願退職〟しか考えていないわけですね」

仁科が山脇を見上げた。

「それ以外にとるべき選択肢はないと思います」

山脇は苦痛にも似た表情を見せながら返した。

「いや、わたしから話します。その前に事実関係の調査をやらせてください」

「そんな余裕はありません。一両日中に結論を出すように指示されてるんです」

「サラリーマンにとって懲戒解雇がどれほど厳しいものかおわかりになっていて、部長は暴力的な上の指示に従うつもりですか。人間一人の生死に匹敵するような重大な問題ですよ」

仁科は眦《まなじり》を決して言いたてた。

仁科を見おろす、山脇の眼がうろたえている。

「とにかく森課長に事情を話してください。三日ぐらいのうちに依願退職の線でまとめたいと思ってます」

仁科はなにか言おうとしたが、山脇はもう背中を向けていた。

4

仁科は、山脇と話し終わったあと、二人の課長代理を応接室へ呼んだ。山脇がちらちら視線を投げ、こっちを気にしている様子だったが、ドアを閉めて、二人と向かい合った。吉岡と松野である。

「総合企画部の森課長が、ここに書かれてることを理由に懲戒解雇されようとしている。部長はなんとか依願退職の線におさえたいと言っているが、僕は始末書程度が妥当だという意見です。この報告書を読んでから、かつて森君と一緒に仕事をした同僚なり部下から裏付けをとってください」

唖然《あぜん》として顔を見合わせている二人に、仁科は事務的な口調で指示した。

やっとわれに返った吉岡が眼鏡のフレームに手をやりながら言った。

「あの森課長が懲戒解雇なんて信じられませんねえ。なにかの間違いじゃないんですか」

「僕もそう思いたいが、川井専務から部長に話があったらしい」

「また、川井専務ですか」

吉岡は、嫌悪感をあらわにして言い募《つの》った。

「今回の人事異動にしても評判がよくないところへもってきて、そんな強引なことをやっていいんでしょうか。森課長は歯に衣《きぬ》着せず言いたいこと言う人ですから、川井専務に嫌われたのはわかりますが、それにしても懲戒解雇はないですよ。詐欺《さぎ》、強盗、かっぱらいかなにかしでかして、警察につかまったとかいうことでしたら、仕方がないかもしれませんが……」

「なんです、これ……」

報告書をぱらぱらめくりながら拾い読みしていた松野が調子の外れた声を出した。

「みんなずいぶん昔のことじゃないですか。森さんが関連事業部で課長補佐をやっていたころのことばかりですよ。しかも架空の在庫証明にもとづく融資とか、独断による下請《したうけ》会社への支払いとか大したことじゃないですよ。少なくとも懲戒解雇に相当する大罪とは思えません」

「ここだけの話ですが……」

吉岡が声をひそめてつづけた。

「僕は人事部に来る前、営業本部の業務にいましたが、川井本部長の指示で一度系列の加工会社に架空の在庫証明を書かせて、融資したケースにタッチしたことがありますよ。そうしなかったらその加工会社が潰《つぶ》れてしまうんですから、緊急避難として仕方がなかったんです。もちろんレアケースで恒常化しているわけではないし、褒《ほ》められたことではありませんけれど、商取引きの中であり得ることだと思います」

「川井専務の指示で？」

「ええ。当時は常務ですが、間違いありません」

「きみ、それを証言できるか」

仁科の顔に朱がさしている。声もうわずりぎみだ。

「いいですよ。こんなことで森さんが免職されるようなら、僕も首を洗って待たなければなりません」

「きみがタッチしたという在庫証明のコピーは手に入らんのか」

「そうですね」

吉岡は首をひねって、五秒ほど考えていた。

「業務部長も、次長も、三人いる課長も、全員川井親衛隊ですからねえ。下の連中にわけを話して協力を得られないことはないと思いますが、ちょっとリスキイですね」

「そうか、無理はすることはないが、いつ、どこのなんという加工会社に、架空の在庫証明を書かせたか、なるべく正確に思い出して欲しいなあ」

「わかりました。それぐらいはできます」

松野が腕組みして、天井を見上げながら、引っ張った声で言った。

「部長が依願退職なんて言い出しているとしたら、おかしいですねえ。ウチの部長は気骨《きこつ》のある人だし、躰《からだ》を張って川井専務の横車《よこぐるま》を押し返す人だと思ってたんだがなあ」

「依願退職にもってゆくだけでも大変だと言っていた」

「そうですか。人事部あげて立ち向かうくらいの気魄を見せる人だと思いましたけど。そんなにあっさり腰がくだけるとは案外でしたねえ」

松野は、山脇への疑問を卒直に表白したに過ぎない。

「そう言えば部長らしくないなあ」

吉岡も松野に同調した。吉岡は松野の一年先輩社員である。年齢は三十三と二だ。

「よくわからないが、それだけ川井専務の圧力が強かったということだろう。ともかく、事実関係の調査が先決です。社内に話が広まるのは時間の問題だが、まだ結論が出たわけではないので、部長を含めた四人限りということにしてください」

仁科がソファから腰をあげようとするのを吉岡が手で制して言った。

「ただ、取引き先から借金というのはいただけませんね。森さんらしくないというか。この点はちょっとひっかかります」

「僕もそう思う。交際費のこともあるから、僕から直接森君に訊《き》いてみよう」

仁科は厳しい顔で返したが、松野は「それにしたって、課長のおっしゃったとおり始末書がせいぜいですよ」と森に同情的であった。

仁科は、昼食時間を犠牲にして、森と会った。おちおち昼めしなど食べていられる心境ではなかった。

こそこそする必要はないと考えて、十二時十分前に森のデスクに電話をかけ、足止めしておいて六階の総合企画部のフロアに押しかけたのである。

森は昼食の約束があったらしいが、仁科が電話で「断われないか」と強引に言うと、ことがらの重大さを察したとみえ「わかった。待ってるよ」と折れた。

六階の会議室で〝総合企画部付課長森雄造に関する調査報告書〟を読み終わると、森はにやっと不敵な笑いを浮かべた。それは錯覚で、忿怒《ふんぬ》のあまり顔がひきつったのかもしれない。

「川井のやりそうなことだな。トーヨー化成の代表取締役専務ともあろう者が、岡っ引みたいな真似をしてたわけか」

「事実なのか」

「架空の在庫証明の件は事実だ。取引先のプラスチックの加工会社との相互信頼関係にもとづいて、前渡し金を支払ったが、実害は発生していないし、それによって両社ともプロフィットを享受できたのだから、俺の判断は正しかったことになると思う。独断でなされたことが社内規律の上から妥当性を欠いたと言われればそれまでだが、一刻を争っているときに上司に相談する時間はなかったし、加工会社が潰《つぶ》れてしまって元も子もなくすよりは、権限逸脱だと言われても、あとで始末書を書けばいいくらいに思っていた」

「一千万円の融資はここに書いてあるとおりなの？」

「うん。融資というより、前渡し金だよ。支払いの時期を繰り上げて運転資金に詰まっていた加工会社の窮状を救ったわけだ。しかし、架空の在庫証明のことは、加工会社の経営が立ち直ったあとで、課長にも部長にも報告してあるし、川井も承知していたはずだ。そのとき俺は始末書を書くと申し出たが、そんな必要はないと言われた。それを今ごろになって……」

森は怒りに燃える眼を仁科のそれに絡《から》みつかせた。

「一事不再審ということがあるが、こんなことなら始末書を入れておくべきだったな。それにしてもひどい話だ。人事部の吉岡が言っていたが、吉岡は、川井常務の指示で架空の在庫証明を下請会社に書かせたことがあるそうだ」

「思い出した。川井は俺がやる前に同じようなことを自分で部下の課長に指示したことがある。あのとき、たしかトーヨー樹脂を使って、二千万円、加工会社に支払ったはずだ」

「ということは、森が架空の在庫証明を書かせた以外に、少なくとも二件は同じことが行われていたことになるな」

「恐らく十件じゃきかないと思うな。それよりこんなものをつくらせた狙《ねら》いはなんなんだ」

森はテーブルの報告書を指差して、いらだたしげに訊いた。

「川井専務は、ウチの部長に森を懲戒解雇にしろと言ってきている」

「なに！　懲戒解雇だって。こんなことで、どうして俺が会社をクビにならなければいかんのだ」

「…………」

「こんなことが解雇理由になるのか」

森はテーブルの報告書を掌で叩きながら、激昂した。

「落ち着けよ。われわれも解雇理由としてまったく不当だと考えている。それはそうとして事実関係だけでも把握しておきたいからこうして話してるんだ」

「……」

「三友商事からの借金についてはどうなんだ。あの会社と当社は取引関係にあるが……」

「ここに書いてあるとおり、住宅資金が不足したので、三百万円借りたよ。期間は三年、金利は年一割だ。ゴルフ場の会員権を担保に出したが、元利ともに完済してるよ」

森は頰をふくらませ、唇をとがらせて話している。できることならそのへんのものを叩き壊したかった。川井からリアクションがあるとは予想していたが、懲戒解雇とまでは考えていなかった。九州あたりの工場へ飛ばされるぐらいは覚悟していたが、懲戒解雇とは、あまりと言えばあまりではないか。膝がしらが、ガタガタふるえているのは、怒りの抑えようがなかったからである。

「しかし、森ほどの男が取引き先から借金したのは、いささか軽率だったな」

「その点は反省している。だが天地神明に誓って言うが、そのために三友商事との取引き関係が歪曲《わいきょく》された事実はない。約定の金利を支払っていないならともかく、三友商事の社長には個人的に親しくしてもらってるので、私的に借金したに過ぎない。調べてもらえばわかることだ」

「痛くもない腹をさぐられることにはなるだろうな。私的に交際費を費消したというのはどうなんだ」

「断じてない。どんな目的で、誰といつどこで飲んだり食ったりしたか、逐一テイクノートしてあるから、内容はすべて明確にできる。私的に多額の飲食費を費消したなんて、とんでもない言いがかりだ」

「わかった。それにしても森に対する川井専務の怨念はすさまじいな」

「あいつは香港トーヨーのことで俺に弱みを握られてるからな。こうなったら、香港トーヨーのヤミ資金問題をオープンにしてやる」

「そういきり立つな。それではドロ仕合じゃないか。いま、われわれがやらなければならないことは、懲戒解雇を撤回させることだろう。ドロ仕合をして傷つけあったところで得るものはなにもないし、会社のイメージを落とすだけだ。森は必要以上に川井専務に憎まれようとしているみたいだぜ。なにもすり寄っていけとまでは言わないが、きみは川井専務、それに藤本社長の悪口を言い過ぎるよ。悪いようにしないつもりだから、少し静かにしててくれないか」

仁科は懸命に森を宥《なだ》めた。

森はふくれっつらをあらぬほうへ向けている。

「念のために訊《き》くが、依願退職するつもりはないだろうな」

「どういう意味だ」

「山脇人事部長は依願退職の線できみを説得したいらしい。その前に川井専務を説得しなければならないが、会社都合退職扱いにして、退職金を割り増して出すことも考えてるそうだ。このまま森がトーヨー化成にとどまっていても不幸だと考えているらしい」

森は脚をテーブルの下に投げ出して天井を仰いだ。

長い沈黙が続いている。仁科が森の返事を待たずに言った。

「人事部長にしてみれば、せめて懲戒解雇扱いにはしないように頑張りたいということらしいが、僕は反対だ。始末書で片づけるよう努力するよ」

「藤本、川井が俺を退職に追い込もうとしている限り、勝ち目はないかもしれんなあ。速瀬さんを退《ど》けて、うるさいのがいなくなったから、俺に手をつけるということなんだろうな」

森は妙に弱々しい声で言った。

「そう弱気になるな。依願退職の件は受け入れたらいかんぞ」

仁科は椅子から起ちあがって森の肩を叩いた。時計は一時を回ったところだ。

5

人事課長の仁科英が、総合企画部付課長である森雄造の進退問題に関し、部下の吉岡と松野の協力を得て、長文の意見書をまとめ、人事部長の山脇修平に提出したのは七月二十一日朝のことだ。

そのなかで仁科は事実関係を明確にした上で、懲戒解雇は不当であり、譴責に処すべきだと結論づけていた。

山脇は意見書を突きつけられて、当惑し切った顔で、仁科をうらめしそうに見上げた。

「きみは事態の厳しさがわかっていないようですね。もはや、こんな段階ではないんです」

山脇はデスクの上の意見書をぽんと掌《て》で叩いた。

「部長とも思えないご意見ですね。人事を尽くすべきではありませんか」

仁科は吉岡たちの熱いまなざしを襟あしのあたりに感じながら声を励ました。

「一応おあずかりしますが……」

「一応なんて困ります。藤本社長、川井専務にもぜひ読んでいただきたいと思います。森君のことを聞き及んだ後輩社員が嘆願運動、助命運動をやると興奮しているそうです。そんなことにならないように、部長から川井専務によく話してください」

「とにかく読ませてもらう」

山脇は苦り切った顔で、ぶっきらぼうに返し、意見書を手に、ひとり応接室に閉じこもった。

意見書は、仁科がまとめたものだけあって、〝総合企画部付課長森雄造に関する調査報告書〟がいかに意図的かつ恣意的にまとめられたものかを見事なまでに理路整然と衝《つ》いていた。

読み終わってから、部長付きの女性秘書が淹《い》れてくれた緑茶をすすりながら、山脇はいく度吐息を洩らしたかわからない。

しかし、山脇は意見書を握りつぶすことに始めから決めていた。これを川井なり藤本に提出することは、仁科を傷つけるだけだ。仁科のためにそうしてはならないと山脇は思っていた。

第五章　懲戒解雇

1

人事部第一課長の仁科英が労働組合との定期的な会合で労組本部のある関西工場に出張したのは七月二十三日だが、その日午後三時過ぎに、人事部長の山脇修平は総合企画部付課長の森雄造を秘書室に頼んで確保しておいた七階の役員応接室に呼びつけていた。

部長応接室に比べて造りがしっかりしているので、多少声高に話しても人に聞かれる心配はないし、よほどのことがない限り呼び出しがかかる心配もない。

山脇は三時五分前に、役員応接室へ入ったが、森はまだ来ていなかった。この日、山脇は十時前に、藤本社長に呼び出された。低血圧のせいか朝のうちは気分がすぐれないらしく、藤本は不機嫌なことが多い。大柄で押し出しも立派なわりには感情の起伏の激しい男で、虫の居どころが悪いときの藤本は眼も当てられない。

山脇の挨拶を藤本は無愛想に顎《あご》で受けたが、けさはさほど不機嫌でもなさそうだった。

「お呼びでしょうか」

「うん。昨夜、パーティで会長と一緒だったので、例の件を話しておいたよ」

山脇は眼をしばたたかせた。例の件と言われても、咄嗟《とっさ》にはなんのことかぴんとこない。森の問題かなと思わぬでもないが……。

「理事の件だよ。川井専務から聞いておらんのか」

「はい、恐れ入ります」

山脇は小さく咳払いをして、身を硬くした。

「会長は自分の息子が私大出なのに、東大か一橋しか認めないようなところがあるので苦労したが、なんとかOKをとりつけた。川井君からやいのやいのせっつかれたから、チャンスをうかがったんだが、わたしも大役を果たしてホッとしたよ」

「身に余る光栄と存じます」

「うん。きみも頑張ってほしいね。役員までは保証しかねるが、いずれ折りをみて推薦するよ」

「ありがとうございます」

「ところで、森の件はどうした？」

「ええ。まだ、結論は出ておりませんが、そろそろ……」

山脇は口ごもった。

「急いだほうがいいな。川井君の話では依願退職ということらしいが、それならそれでいい。穏便に処置することに越したことはないからな。ついでに、会長の耳にも入れておいたよ」

山脇は間もなく満五十七歳の定年を迎えるが、理事は準役員待遇で、任期は二年だから、それだけ定年が延びることになる。理事職は役員待ちポストでもあるから、二年以内に取締役に選任されないとも限らない。川井から話を聞いたとき、半信半疑だったが、どうやら間違いないようだ。

山脇は社長室から席へ戻って、すぐに森に電話をかけ、三時の面会を取りつけた。

仁科の出張中に森に引導《いんどう》を渡すことに、気が差さないでもないが、ゆきがかり上やむを得ない。

ノックの音が聞こえ、山脇は現実に引き戻された。

「失礼します」

森は一礼してソファに腰をおろした。

「ご苦労さまです」

「ご用件はなんでしょうか」

森はソファに背を凭《もた》せて、小柄な山脇を睥睨《へいげい》するように堂々と構えている。まるで悪びれたところがない。

山脇は咳払いを一つしてかすれた声で話し始めた。

「人事課長から聞いてくれたと思いますけれど、私なりに努力したつもりです。まあ、これがその限界だと思います。森さんに関する案件について申しあげるが、本件については人事担当専務の承認を得ています。懲戒解雇を主張する向きもないではないのですが、わたしとしてはそんなことは断じてできませんし、行き過ぎであることも確かです。そこで、わたしはゲタをあずけられたかっこうなんですが、なんとしても森さんの名誉のためにも最悪の事態は回避したい、そう考えまして……」

不得要領な話で黙っていたら際限なしにつづきそうだった。

「いかがでしょう、もちろん森さんなりにいろいろ言いぶんもおありでしょうが、ここはこらえていただいて……」

「結論をお願いします」

森はじれて、怒ったような声で山脇をさえぎった。

山脇は気圧《けお》されたように眼をしょぼしょぼさせたが、姿勢を直して一気に言った。

「森さんには自発的にトーヨー化成を退職することを勧告します」

「依願退職ということですね」

「そうです。願いによる円満退職とし、退職金については会社都合として六百万円支給するようとりはからいます。参考までに申し上げると自己都合退職ですと君のばあい約四百万円ということになります」

山脇はつとめて事務的な口調で言って、ちらっと森をうかがった。

「僕は会社をやめたくないのですから、依願退職というのはおかしいですよ」

森はあぶら気のない髪がひろいひたいに落ちてくるのをかきあげながら言った。

「それに僕は会社をやめなければならないほど悪いことをした覚えはないですよ。僕が依願退職を申し出なかったらどういうことになりますか」

森はことさらにゆっくり言って、山脇の答えを待つように組んでいた脚をほどいた。

山脇は当惑したように右手でさかんに頬やえりあしのあたりをさすっていたが、

「よわりましたね」

と、ため息まじりに言った。

「わたしはいままでもあなたの立場を理解しているつもりです。だからこそ、懲戒解雇相当という上のほうの強い意向をわたしなりに最大限努力して抑えてきました。

会社の譲歩を引き出した点を汲んでいただかないとわたしの立つ瀬がありません。一週間以内に返事をお願いします」

山脇は気持がふっきれたのか、めずらしく毅然とした態度をみせた。

「僕にいわせれば、依願退職も懲戒解雇も同じことですが、どっちにしてもきちっとした理由があって、納得ずくでなければ、辞表など書く気になれないのは当然じゃないですか」

「わたしとしては非常にいいにくいことですが、あなたがどうしても依願退職はいやだとおっしゃるんなら、上のほうの懲戒解雇という主張をもはや抑えられなくなります。しかし、それはどうにもわたしとしても忍びがたいので、会社都合でやめてもらうよう手続きをとるほかありません」

山脇はそう言いながら背広のポケットからメモを取り出し、

「労働基準法第二十条を適用することになると思います。つまり、使用者は会社の都合によって労働者を解雇することができる、但しそれは一ヵ月の予告手当を支払うか、一ヵ月前にすればいい。しかし、公傷で手当てしている者などはこの限りにあらず、という規定です」

と、抑揚のない声で棒読みするように言った。

「ひどい。まったくひどい話だ」

森は声をふるわせた。

「森さん、わたしとしては今後ともできるだけのことはするつもりです。あなたのような優秀な人ならどこへでも行けると思いますが、ご希望なら再就職についてお世話させてもらいますよ。一度こじれた話はなかなか厄介《やっかい》なもので、元へは戻しにくいものです。ここはあなたの将来のためにも方向転換されたほうが得策だと思うのです。わたしならいさぎよく身をひいてそうしますが……」

「考えさせてもらいます」

森はつと起ちあがった。なにか言わなければと思いながらも声が出なかった。

山脇は、棒立ちの森に軽く頭を下げて、先に役員応接室をあとにした。さすがにあと味の悪さに胸がつかえた。

仁科が森から電話で事情を聞いたのは、日帰りで出張先から自宅へ戻った夜九時過ぎのことだった。

「きょう人事部長から死刑の宣告を受けたよ」

「なんだって！　そんな莫迦な！」

仁科は受話器を握り締めながら絶叫した。

「一週間以内に辞表を出せって。出さなければ会社都合退職の手続きをとるそうだ」

周囲の喧騒で、森の声はひどく聞きとりにくかった。

「どこから電話をかけてるの？」

「銀座のクラブだ。仁科に一応報告しておこうと思ったわけだが、おまえは気にしなくていいからな。身から出た錆《さび》かもしれんし……」

「身から出た錆なんて、変なこと言いなさんな。ヤケ酒を飲みたい気持はわかるが、自暴自棄になるのはまだ早いぞ」

「そんなんじゃないから安心しろ」

「まだ九時だなあ。そっちへ行こうか。この時間ならタクシーを飛ばせば、三、四十分だろう」

「なに言ってるんだ。関西工場へ行ってたそうじゃないの。日帰りで疲れてるのに。お気持だけいただいておくよ」

「いや、新幹線の中で寝てたから、たいして疲れてない。よし、いまから行く。店の名前を教えてくれ」

「いいから、いいから、じゃあな」

電話は一方的に切れた。

仁科は受話器の前で茫然と立ち尽くしていた。

いま、森はどれほどみじめな気持でいるだろう。「死刑を宣告された」と言った森の心情が仁科には痛いほどよくわかる。形式はどうあれ、懲戒解雇であることには変わりはないのだ。サラリーマンにとって、これ以上の極刑はない。山脇から辞表を出せと言われた森がどんな思いで酒を飲んでいるか――考えただけで胸が重苦しくなってくる。

それにしても山脇はどういうつもりなのか。仁科は怒りがこみあげ、乱暴に受話器を取ってダイヤルを回していた。

すぐに「もしもし、山脇ですが」と、夫人の声がした。

「夜分恐縮です。会社の仁科ですが……」

「まあ仁科さん、ご無沙汰《ぶさた》ばかり致しまして。主人がいつもお世話になっております」

「部長はまだお帰りになってませんでしょうか」

「いいえ、帰っております。いま替りますので、少々お待ちください。お近いうちにぜひ遊びに来てくださいね」

仁科は、山脇宅に何度か顔を出している。山脇夫人は実に愛想のいい人だ。

仁科は、夫人の優しい声を聞いて、いくらか気持が鎮静していた。

「山脇です。森君からなにか聞きましたか」

「ええ、いま自宅に電話がありました」

「きみから電話だと聞いたとき、そんな気がしたんです。びくびくしてたわけでもないが、どうも厭《いや》な役回りで、わたしも憂鬱《ゆううつ》ですよ」

「わたしが部長に提出した意見書は読んでいただけましたか」

「もちろん読みましたよ」

「社長と川井専務に回していただけましたか」

「いや。申し訳ないが、わたしのところでストップさせてもらいました」

仁科はくらくらめまいがするほど頭がカッと熱くなった。

「どうしてですか。僕はごくニュートラルな立場で書いたつもりですが」

「それはよくわかります。しかし、社長はおろか会長まで森君を処分する方針を出しているんですよ。意見書を見せたところで詮ないことなんです。恨まれるだけ、つまらないじゃないですか。わたしは、きみのためを思ってそうしたつもりです」

「なんということを！　それでもあなたはトーヨー化成の人事部長なんですか！」

仁科は腹立たしさを通り越して、なさけなかった。北見ジュニアの昇進問題で見せたあの反骨はどこへ行ってしまったのか。

「言葉の足りないところは勘弁してもらいますが、きみが憎まれる必要はないと思うんですよ。わたしの気持は必ずわかってもらえると信じてます。きみからも森君へ辞表を出すようすすめてください」

「藤本社長、川井専務の意向とはいえ、事務局として処理の仕方が異常に拙速過ぎるとは思いませんか。わずか二日か三日で結論を出さなければならない問題でしょうか」

「…………」

「感情的というか恣意《しい》的というか、あまりにも短絡したやり方で、これでは藤本社長、川井専務に嫌われたら、会社をやめなければならないということになりませんか。事務当局なりの対処の仕方があるはずです。僕の意見書はごく公平なものだと考えます。森君の依願退職の件は白紙に返すことを藤本社長に進言してください。そうでなければ社内の秩序は保てません。社内をおさえることはできないと思います。失礼ですが、山脇部長ともあろうかたがどうして、こうも簡単に妥協されたのか理解できません」

「わたしのやりかたがまずいとは思わない。これしかなかったと信じている」

「そうでしょうか。一人の人間の社会的生命がかかっている重大な問題です。おざなりではなく、慎重に時間をかけて検討すべきだと思います」

「きみは大げさなことを言うね。森君なら転職の途《みち》はいくらでもありますよ」

「どうしてもわかってもらえませんか」

「森君の問題はわたしにまかせてください。きみはこの問題にタッチしないほうがいいと思います」

「僕は人事課長ですよ。むしろ、僕にまかせてもらう性質の問題です」

「そうはいきません。遅いのでこれで失礼するが、きみは手を引くように。きみのためを思えばこそ、お願いしてるんです」

電話が切れたあとで、仁科は放心したようにしばらくぼんやりしていた。

2

あくる日、七月二十四日金曜日の昼過ぎに、仁科は同じ五階のフロアの総務部に総務課長の高野を訪ねた。

高野弘も同期入社組である。

「俺もおまえに会いたかったんだ」

高野は如才のない男で、にこやかに仁科を迎えた。

仁科は、総務部次長が席を外しているのをいいことに、高野の席に次長席の椅子を密着させて坐りこんだ。

「森のことで相談に乗ってもらいたいんだ」

「やっぱりなにかあるんだな」

高野は仁科のほうにぐっと躰《からだ》を寄せてきた。

「なにかあるって、森のことでなにか聞いているのか」

「さっき食堂で杉山に会ったら、松本から森のことを聞いたそうだよ。杉山が二ヵ月ほど前に新橋の飲み屋で偶然松本に出くわしたとき〝森は間もなく、これだよ〟……」

高野は猪首《いくび》に手刀《てがたな》をくれて、思わずあたりに眼をやり、課員の目がこっちに向けられていないことを確かめてから話をつづけた。

「そのとき松本はだいぶ飲んでいたようだったが、酒の上の話だから冗談とばかり思って、杉山はそのことを忘れていたらしい。ところが三週間ほど前、森の交際費を過去数年間にわたって徹底的に洗い直すように経理部長から指示された課長がいるそうだ」

松本三郎は営業本部化成品事業部の販売管理課長で仁科たちと同じ年次の入社組だった。

「森がなにかしでかしたのか」

高野はぐっと声を落とし、眉根《まゆね》に深い縦《たて》じわを刻んでいる仁科の顔を覗《のぞ》きこんだ。

女性社員が茶を運んできたので、仁科は、

「ありがとう」

と、礼を言って、茶托ごと掌《てのひら》に乗せて、ひとくち、すすった。

「どういうことなんだ」

高野は返事を催促した。

「森を懲戒解雇にすべきというのが川井専務の判断で、それをうちの部長が依願退職扱いにさせたんだが、どっちにしても会社をやめなければならなくなっている」

仁科は沈痛な面もちで答えた。

「なにをやらかしたんだ」

高野がせきこむように言った。

「そんな大層なことじゃない。架空の在庫証明で系列の加工会社に融資したとか、独断で下請会社に支払いをしたとか、いずれも会社のためを思ってやったことで、ずいぶん昔のことをいまごろ持ち出してくるほうがおかしいし、森を嵌《は》め込もうとしているのがみえすいている」

「……………」

「杉山の話は、僕も聞いているが、森が一時期交際費をすこし使い過ぎたことはあるようだが、不審な点はないといってたよ」

「俺もそう聞いている」

高野が眉を寄せてつぶやくようにつづけた。

「あいつは川井専務に嫌われてたからなあ。藤本社長と川井専務のやりかたをずいぶん露骨に批判してたしな」

次長の青山が席へ戻ってきたので、仁科は椅子をあけなければならなくなった。

高野が廊下まで仁科を送ってきて、

「今晩どうだ」

と、酒を飲むしぐさをしてみせた。

「いいよ」

「それじゃあ、杉山を誘おう。ついでに松本にも声をかけてみるか。あいつは川井さんの腰ぎんちゃくよろしくやってるから、なにかのたしにはなるかもしれない。あとで場所は連絡するよ。森はどうする」

「………」

「本人はいない方がいいかもしれんな」

高野は勝手に決めて、部屋へ戻った。

その夜、総務課長の高野がアレンジした新橋の中華料理店の一室へ集った顔ぶれは、仁科、高野、杉山、松本、村田の五人だった。村田茂は技術部の課長だが、森と比較的親しい間柄ということで高野が声をかけたのである。

六時の約束から三十分ほど遅れて、松本が円卓に着いた。

「錚々《そうそう》たる顔ぶれじゃないか。きょうのきょうでこれだけ集まるとは、さすが人事第一課長の威光はたいしたもんだ」

「営業の花形課長さんがよくあいてたな。きみと一杯飲むためには、ひと月前に予約しておかなければだめかと思ってたよ」

遅刻の言い訳もしない松本に、杉山はむかっとしたらしく、にこりともせずに浴びせかけたが、松本は緩慢な動作でメタルフレームの銀色の眼鏡をはずし、おしぼりで顔を拭《ぬぐ》いながら、

「先約がキャンセルになったんでね」

と、悪びれずに返した。

幹事役の高野がこまごまと気を遣《つか》って、ビール、老酒《ラオチユー》、料理などをオーダーしている。

「ご本尊はどうしたの？　森の一身上の弁明が聞けると思って、俺はきたんだが」

「初めから森は誘ってないんだ」

高野が横から口を出し、

「きょうは、森の友人として、われわれでなにかしてやれることはないか、という

のが趣旨で、森の話は別の機会に聞こうじゃないか」

と、つづけて言った。

「話があべこべだな。森の釈明を先に聞かなければ、考えようがないじゃないか。もっとも、俺にいわせれば弁明の余地はないし、この期《ご》に及んでじたばたしても始まらん。いさぎよくシャッポを脱ぐように、いちど森に忠告しようと思ってたんだ」

松本は視線を高野から仁科に移した。

仁科がきっとなった顔で言った。

「弁明の余地がないとはどういうことだ。僕は、森から詳しく話を聞いたが、会社を辞めなければならない理由はどこにもないと思ってたがね。だいたいきみが今度の森の問題をどれほど正確に理解しているか知らないが、森に対して偏見があるんじゃないか」

「ニュートラルであるべき人事課長が、こんなにとりのぼせてたんじゃ話にならんな。心情的に仁科が森を応援したい気持は分かるよ。おまえは森の事実上の仲人で、親戚づきあいをしている仲だから森に肩入れするのも当然だが、人事課長の立場を考えてもらいたいな。森の話だけで実態を把握したと思ったら大間違いだぞ」

「それじゃ、きみは森の懲戒解雇はやむをえないとでもいうのか」

仁科は頭に血がのぼってつい声を荒らげて、隣の高野に袖を引かれた。

「とにかく乾杯しようじゃないか」

高野がビール瓶を持ち上げたので、仁科は口を封じられたかたちで、コップを持った。前菜が運ばれてきた。テーブルを回して、小皿にくらげをすくい取りながら、杉山が言った。

「松本は相当以前から森の一件を知っていたようだね。森と仕事の上で直接関係はないと思うが、どういうルートで察知したのか、俺にはそのほうがよっぽど興味があるよ」

杉山はいつもずけずけしたものの言い方で、愛想も悪いが、さっそく松本は杉山一流の皮肉をぶつけられて、返答に窮し、考えをまとめるようにゆっくりビールを飲み、うすら笑いを浮かべた。

「営業管理をやっていると、いろいろ耳に入ってくる。それに、仕事の関係で川井専務に接触する機会が多いんで、専務から直接聞いたこともあるな」

「ほう、きみが森の周辺を調べまわっていたグループの一人じゃなくて安心したよ」

杉山はなおも言い放った。

松本も負けずに言い返した。

「杉山こそ森がなにをやらかしたか知ってるはずだがな」

「交際費の件なら、すべて説明がつく。森が個人的な遊興飲食に費消した事実はないな」

「経理部長はそうは見ていないそうじゃないか」

「そんなことまでご存じとは恐れ入ったな。経理部長は課長代理の分際で限度を越えていると言ったまでで、森が個人的な飲み食いに費消したとはいっていないはずだ。しかもすべて当時の部長がサインしている。サラリーマンならだれだって会社のカネでただ酒を飲むことはあるだろう。現にきょうの席だってだれがサインするか知らんが、会社で持つことになるんじゃないのか」

「きょうは割り勘でいこう」

高野が苦笑しいしい言うそばから、松本が声高に言った。

「話をそらすなよ。要は程度問題じゃないのか。交際費の問題は措《お》くとして、千万円単位の資金を架空の在庫証明にもとづいて関係各社に融資したことや、勝手に下請《したうけ》に支払いをさせたり、取引き先から三百万円も個人的に借金したり、こんな独断専行が赦《ゆる》されていいのか。言語道断だよ」

「時効とはいわないが、七、八年も前のことをいまごろになってひっぱり出してくる意図はなんだろう」

杉山が疑問を投げかけた。

「さあね。しかし、そういうことはよくあるんだろう。なにかのきっかけで昔の悪事が露顕することは……。社長宛の投書が無ければこんなことにはならなかったのかもしれないが……」

松本は興奮して、つい口をすべらせたが、果たして杉山がそこを衝《つ》いた。

「投書ってなんのことだ」

「香港トーヨーをめぐって、担当の川井専務に不正があったという怪文書まがいの投書が社長宛《あて》にあったそうだ。森がだれかにやらせたというのがもっぱらの評判だ。川井専務が怒るのも無理ないよ」

松本がひらきなおったようにぶちまけた。

「森がやらせたという確証でもあるのかい」

と、高野が訊《き》くと、

「そんなこと俺が知るか」

松本はふてくされたように答えた。

仁科が松本に眼を遣《や》った。

「情報通の松本も知らないようだが、投書は森がやったわけでもやらせたわけでもない。森は香港まで行ってそれを突きとめてきている。株の投機をめぐって利害が対立した華僑の仕業だということは、東都銀行香港支店の次席が証明している。ついでに言わせてもらうが……」

仁科はビールをひと口飲んで、一同を見回した。

「この期《ご》に及んで隠しておく必要もないと思うので話すが、森は香港トーヨーの投機の失敗と、ヤミ資金の問題で、〝建白書〟を経営会議のメンバーに提出している」

仁科は、〝建白書〟の件を詳細に話した。四人とも息を詰めて聞き入っている。

話し終わったとき、松本がむすっとした顔で言った。

「信じられんな。森のつくり話じゃないのか」

「信じたくなければそれもけっこう。しかし、このことをきみたちは誰も知らなかった。森が沈黙を守っていることに思いを致してほしいね」

「香港トーヨーがきわめて胡散《うさん》臭い存在であることは間違いないな。経理部のカネの流れを見ている俺が言うんだから間違いない」

杉山が仁科に加勢した。

松本が口惜《くや》しそうに眼をぎらぎらさせながら煙草をふかし始めた。

「それより投書がなければ森の一件はでてこなかったというのはロジックがおかしくないか。私闘私怨めいた話になってくるが」

杉山がそう口をはさんだとき、それまでひとことも発言しなかった村田が初めて口を開いた。

「それにしても森は自分の領域を逸脱してたような気がするな。思いあがりというか、いい気になりすぎてたんじゃないか。もう少し謙虚であるべきだったと思う。あんなにむきになって、藤本社長や川井専務を攻撃するのはよくないよ」

薄くなった頭髪に掌をあてて気にしながら村田が話すと、松本はわが意を得たりといった顔で、なんどもうなずきながら村田のあとをひきとった。

「異議なしだ。あいつは、たかが課長のくせにトップ人事に関心を持ち過ぎる。森程度の男が速瀬さんを担《かつ》いだからって、速瀬政権が実現するわけでもないのに、速瀬、速瀬と言い過ぎたよ。いい気になるな、思いあがるなと言いたいね。速瀬さんが社長になれば、森の将来は隆々たるものだものな。ひょっとしたら、次の次か、またその次ぐらいか知らんが、社長の椅子を狙《ねら》ってたんじゃないのか。森の速瀬担《かつ》ぎは常軌を逸してたが、あいつのことだから相当な打算が働いてたと思うな」

「きみ、ちょっとひねくれてないか」と、杉山が松本を睨《にら》みつけて、つづけた。

「打算で動く男が〝建白書〟を首脳部に突きつけるようなリスクを冒《おか》すかね。森が打算だけで香港くんだりまで身の潔白を証明しに行くと思うか。俺たちが考えている以上に、森は純粋《ピュア》なんじゃないのかね。あいつは熱血漢なんだよ」

仁科が口に含んだ老酒を嚥下《えんか》して言った。

「森が一点の曇りけもないほど純粋かどうかわからないし、自身の栄達を考えなかったとは言い切れないかもしれない。しかし、仮りにそうだとしても神ならぬ人間なんだから、それが赦《ゆる》されないという法はないんじゃないかなあ。だいいち、トップ人事に関心を持たない社員なんていないと思うな。いくら組織力を誇るトーヨー化成と言ったって、トップによって会社はかなり左右されるからねえ」

「関心の持ちかたの度合いに問題があると俺は言ってるんだ」

松本は、眉間《みけん》にしわを刻んで仁科に投げつけるように言った。

仁科がなにか言い返そうとしたとき、松本がそれをさえぎった。

「みんな冷静に森のしたことを考えてみろよ。だいたいこんな中途半端な会にしないで、本社にいる同期入社組だけでも声をかければよかったんだ。森のやりかたを苦々しく思っている者が大勢いるはずだ。役員並みにハイヤーは乗りまわす。料亭には出入りする。森のあのでかい態度はどうだ。いくらなんでもやり過ぎじゃないのか……」

「ハイヤーぐらい俺だって乗るさ。財務の課代のとき銀行の接待でよく使わせてもらったし、高級だか中級だか知らないがけっこう料亭にも出入りしたよ。要するにそれだけ森が仕事ができるってことじゃないのか。それだけ仕事もしてるんだから、ある程度のオーバーランは眼をつぶってやってもいいと思うが」

杉山に話の腰を折られて、松本は色をなした。

「杉山や森が仕事ができるかどうかは知らんが、仕事ができればなにをやってもいいというのか。なにをやっても赦《ゆる》されるのか。それで組織は保てるのか」

「そんなことは言っていない。問題は森のしたことが極刑に価するかどうかだ。問題をすりかえるな」

「問題をすりかえているのはおまえのほうだろう」

もはや言葉の投げ合いであった。

「それにしても取引先からの借金はいかにもまずいな。李下《りか》に冠《かんむり》を正さずというが、どう誤解されてもしょうがないな」

高野が、杉山と松本のやりとりに割って入るように、間延びした声でいった。

仁科は、高野の言葉のニュアンスに微妙な変化を汲みとり、いよいよ気持を滅入《めい》らせていた。

「その点はたしかに高野のいうとおりだ。森も反省している。三年で返済したそうだがね。しかし、杉山が言うように極刑に価するとは僕も思わない」

「仁科の言うとおりだ。まったく同感だ」

杉山がアクセントをつけて返した。

「だいたい、松本も村田も、高野もそうだが、友達甲斐《がい》がないとは思わないか。森にも反省すべき点がないとは言わないが、懲戒解雇になろうとしている同期の仲間を助けてやろうという気持にどうしてなれないのか不思議だよ。森の功績を考えてみろ。その点はみんな足もとにも及ばないはずだ。村田、そう思わないか」

杉山にきつい視線を送られた村田は気まずそうに顔を伏せた。

杉山に勢いづけられた恰好で仁科が言った。

「こういう言いかたはしたくないが、架空の在庫証明にもとづいて系列の加工会社に融資したり、支払い時期を早めたりすることは、森が初めてやったわけではないらしいよ。森以外に川井専務の指示で架空の在庫証明を書かせた例を僕は知っている」

松本が厭《いや》な顔をしたのを杉山は見逃さなかった。

「松本あたりは身に憶えがあるんじゃないのか」

「おい、冗談はよせよ。俺を森と同列に並べようというのか」

松本は気色《けしき》ばんだが、痛いところを衝《つ》かれていきり立っているようにも見える。

なんともあと味の悪い会になってしまった。

中華料理店がおひらきになってから、自然に仁科と杉山、松本と村田の組にわかれるかたちで銀座へ出た。高野はなにやら理屈をつけて帰って行った。

七丁目のバーでスツールに陣取ってウイスキーの水割りを嘗《な》めながら、杉山はさかんに松本の非を鳴らした。

「あの茶坊主め。いまごろさっそく、川井専務にご注進ってなもんだろう。必ずなにかリアクションがあるからみててみろ」

「それより、僕には村田の態度がショックだったよ。あいつは、森の親友のはずだし味方だとばかり思ってたが、その味方を敵に回すところに森の限界があるんだろうか」

考え込むように仁科が言った。

「村田と森は永い間、三十七年入社組技術系の双璧みたいにみられてきたが、村田は森にくらべたら数等落ちる。到底《とうてい》、森の敵じゃない。そこのところは、村田がいちばんよく知ってるから、森の凋落は願ってもないってことだろう。花の三十七年組なんていったって、そろそろ次長、部長レースが始まっている。壮烈な競争《コンペティション》になるのは、分かってるじゃないか。松本にしても、仁科をライバルとして相当意識してるよ」

杉山はシニカルな笑いを浮かべ、ウイスキーを呷《あお》ってつづけた。

「高野のご都合主義《オポチュニズム》はいまに始まったことじゃないから、いいとして、仁科はこれから辛《つら》くなるなあ」

「きみはどうなんだ」

「俺のことは心配ない」

「どうして」

「いずれ会社をやめて、親父の事務所を手伝うことになると思う」

「そうか。杉山は公認会計士の資格をもってたんだったな。羨《うらや》ましい限りだ」

「仁科はトーヨー化成で偉くならなければ嘘《うそ》だよ。俺が心配するのは、森を支援することは仁科にとってリスキイじゃないかということなんだ」

「川井専務に睨《にら》まれるってことだな」

「まあ、そうだな。あんななりふりかまわないのが、結局会社では偉くなるのかねえ」

「川井専務が仮りに次の社長になったとしても、未来永劫にトップであり続けるわけがないし、必ずどこかでバランスがとれるものだよ。森の苦労なり厳しさを考えれば、多少川井専務に睨《にら》まれるぐらいなんでもないが、森のしていることが蟷螂《とうろう》の斧《おの》に過ぎないとしたら、なんとも虚《むな》しいなあ」

「なんとか森を救う手だてはないものかねえ」

杉山がネクタイをゆるめながら、溜息をついた。

仁科も吐息まじりに返した。

「人事部長が川井さんの圧力にあっさり屈してしまったことが、どうにも解《げ》せないんだ」

「山脇さんは間もなく定年じゃなかったか」

「そういえば、十月で五十七歳のはずだ」

「それだよ……」

杉山は、したり顔で言って、水割りを呷《あお》った。

「どういうこと」

「川井専務から、なにか反対給付を取りつけてるとは考えられないか。子会社の役員のポストにありつくとか、トーヨー化成本体の役員は無理だとしても……、いや、それもありうるかもしれないぞ。なるほど理事なら充分、考えられるな」

杉山はひとりで決め、ひとりでうなずいている。

「あの人は、そんな自分の利害を優先するような卑劣な人じゃないよ」

仁科は胸をざわつかせながらも反論した。

「仁科は性善説であり過ぎるな。それが卑劣と言えるかどうか。人間なんてそんなに強くもなければ立派でもないよ。まして山脇さんは、いわばノンキャリアだろう。その人が理事のポストをちらつかされたら、腰がくだけないほうが不思議だよ」

「ずいぶんうがったことを言うね」

そう返しながらも、仁科は一層胸の動悸《どうき》が速くなっていた。

杉山が唐突に話題を変えた。

「村田を見ればわかるが、技術屋っていうのはやたら自意識過剰のくせに、自分の領域だけをちまちま守ってるようなやつが多い。木を見て森を見ないというか、会社の全体像なんかてんでわかっていないんだよな。ところが森は違う。あいつは並の技術屋とはわけが違う。研究開発でも実績をあげたが、オルガナイザーとしての資質も充分そなえている」

「…………」

「底知れない男だ。豪胆でいて、けっこう細心の気遣《きづか》いもみせる。トーヨー化成程度では器が小さ過ぎるのかもしれないな。速瀬さんは森の資質を見抜いてたから、研究開発部門や、工場に長く閉じこめておくことをしなかったんだろうね。関連事業部で、子会社や系列会社を担当させたり、資材をやらせたり、ジェネラリストとして大きく森を育成しようとしたんじゃないかなあ。その結果、川井さんとぶつかったり、いまのところ裏目に出た感じはするが、どう考えても川井さんのほうに問題がある」

仁科は眼を細め、水割りを嘗《な》めながら、しばらく杉山の話を聞いていた。百パーセント首肯できると思う。しかし、ことさらに水を差すように言った。

「森の欠点は、黙ってられないというか、相手をこてんぱんにやっつけてしまうところじゃないのか」

「そうでもないだろう。ま、そういう側面があるとすれば、自分より上の者に対してだけじゃないのか」

ふたりは水割り二杯ずつで一時間ほどねばって烏森《からすもり》へ足を延ばした。仁科は森に逢《あ》えるような気がして、いつかの店へ杉山を誘ったのである。仁科と杉山は烏森のバーで、ひとしきり話し込んだ。いくら話しても森を救う妙案は出てこなかった。

杉山が、署名運動でも始めるか、と冗談ともつかず言ったが、きょうの集まりの様子《ようす》では心もとない限りで、期待はもてないと仁科は思った。仁科はドアが開くたびに視線を投げかけたが、森はあらわれなかった。かんばんまで飲んで、ふたりは店を出た。仁科は足もとがふらついたが、頭の芯は冴《さ》えていた。

仁科がタクシーで駒込の自宅へ向かっているころ、山脇は受話器を握り締めて平身低頭していた。寝入り端《ばな》を起こされたが、電話の声を聞いたとたんに眠気はふっとんだ。癇走《かんばし》った声で、相手は一方的にしゃべっていた。

かなりアルコールが入っているらしく、論旨が乱れがちで、繰り返しが多かった。

「仮りにもトーヨー化成で役員にもなろうというものが、部下の課長を抑えられないでどうするんだ。人事第一課長がなにを画策してるか知らんが、同期のものを五人ほど集めておだをあげたらしいぞ。軽挙妄動するなと釘を刺しておけ。騒いでも一文の得にもならん」

「五人というのは、仁科以外にはだれですか」

「総務課長の高野、経理の課長をしている杉山、販売の松本と、それに技術課長の村田だ。杉山が仁科に同調してるらしいが、総務課長はどっちつかずだったらしい」

「…………」

「月曜日に森が辞表を出さなかったら、直《ただ》ちに処置しろ。会社都合退職などと甘やかす必要はないぞ。懲戒解雇だ。あの野郎、俺を嘗《な》めやがって。常務以上に稟議書を回すように準備しろ。人事課長がぐずぐず言ってやりづらければ、飛ばしてもいいぞ」

「仁科にはわたしからよく言って聞かせますが、森課長には一昨日一週間以内に辞表を出すよう申し渡してありますから、月曜日というわけにはまいりません」

「とにかく愚図《ぐず》々々しないで、早くやれ」

「社長も穏便に処置するに越したことはない、と申されてます」

女房が起きてきたので、山脇は受話器を掌《てのひら》でおさえ、

「会社の専務からだ。大したことじゃないから臥《ね》てなさい」

と、急いで言った。

やっと電話が切れた。居間のあかりをつけて置き時計を見たら午前零時を過ぎていた。

こんな時間に電話をかけてくるとは非常識な人だ、と思いながらも、川井が自分を役員に推《お》してくれていることに思いを致し、山脇は心を鎮《しず》めた。

今夜、仁科が招集したメンバーのだれかが川井に通報したのだろうが、山脇は背筋にひやりとしたものを感じ、それが仁科に対する危惧の念に変わるまでにたいして時間はかからなかった。

仁科を森から引き離さなければならないという山脇の思いは、もはや動かしがたいものになっていた。このまま放っておけば仁科を傷つけることになると山脇が考えたのは、森に依願退職を勧告した日に、仁科から電話で食ってかかられたときだ。仁科が森問題にのめり込んで、ぬきさしならなくなるようなことになっては、会社にとっても大きな損失だと山脇は考えたのである。

一緒に仕事をしていて、仁科ほどたのもしい男はいなかった。事務的能力にも秀《ひい》で、上下左右を問わず人望も厚く、人事についても決して無理をせず、じっくり対話をし、いつも細心の配慮をみせる仁科のような男は、トーヨー化成にとって貴重な人材だった。この男なら、トーヨー化成の将来を背負って立つに相違ない、トーヨー化成の将来を託すに足る男だと山脇は仁科を買っていた。いま仁科を人事部から失うことはつらいが、仁科がつまらない問題にかまけて深手を負うようなことになっては、会社にとってマイナスではないか——そう山脇は結論づけたのである。

仁科を中央研究所の事務部長に転任させようと、山脇は思った。

仁科も承知していることだが、中央研究所の事務部長のポストが空席のままで、早急に補充する必要に迫られていた。

事務部長の栗原が急性腎炎で倒れたが、医師の見立てでは二、三ヵ月で出社できるということだったので、手をつけずにいた。ところが、栗原はその後の精密検査の結果、ネフローゼと判明し、一年以上の長期療養を余儀なくされることになったのである。

このポストは、技術屋の研究所長を補佐する立場上、本社の次長職が占《し》めるならわしなので、年次的にも仁科を起用することは栄転の扱いとなる。

そう腹が決まると、山脇はいますぐに仁科と連絡をとりたい衝動にかられたが、時間を考えてさすがに思いとどまった。

3

夢うつつの中で遠くのほうから妻の声がきこえた。あたりがぐらぐら揺《ゆ》れてるような錯覚で、仁科はやっと眼が醒《さ》めた。

「あなた、起きてください。山脇部長さんからお電話よ」

秀子はまだ仁科を揺《ゆ》り動かしている。

「部長から？　いま何時だ」

「もう九時を過ぎてますよ」

「土曜日だっていうのに、なんの用だろう」

仁科はベッドから脱《ぬ》け出して階下へ降りて行った。

「お待たせしました。仁科ですが」

「寝てるところを起こしてしまったようですね」

「昨日《きのう》、杉山や高野たちと飲んで遅かったものですから」

「それは悪いことをしました」

「いいえ。もう起きる時間ですよ」

「ほんとうにお休みのところをおさわがせして申しわけない。たいしたことでもないんですが、ひまをもてあましてたんです。どうでしょう、よかったら遊びに来てもらえませんか。なんならわたしの方から出向いてもかまいませんが」

森のことに違いないと、仁科は思った。たいしたことでもない、といっているそばから、自分の方から出向くとは、よくよくのことに相違ない。

「分かりました。うかがいます」

「無理をいって申し訳ない。おひるの用意をしておきます」

「これから朝食をとるところですから、そんなご心配はどうかなさらないでください」

仁科は電話を切ってから、ふと森を誘って行こうかと考えたが、すぐに打ち消した。

山脇の用件が森問題であることは明白だが、あまり出過ぎた真似をしてもまずいと考え直したのである。

「お出かけですか」

「うん。部長から呼び出しがかかった。すぐ食事にしてくれないか」

「はい。森さん、会社でなにかあったのですか」

秀子は、洗顔を終えた仁科にタオルをさし出しながら言った。

「えっ」

仁科は唖然として、しばらく濡《ぬ》れた顔のまま秀子を見つめていた。

「森のことをなんできみが知ってるのかね」

「きのう、佐和子さんが訪ねてみえたんです」

「…………」

「森さんの様子《ようす》がどうもおかしいそうなの。あの朗《ほが》らかでよくしゃべる人が、家でもほとんど口をきかなくなっちゃったんですって。お酒を飲んだりするそうなのよ。不眠症にかかったみたいに夜中なんかもひとりで起き出して、余計な口出しをするなって、とりあってくれないんですって。ときどきお友達の弁護士さんから電話がかかってきたり、ただならぬ様子なので、わたくしにあなたからなにか聞いてないかと思って、佐和子さん、それでみえたのよ。心配で夜も眠れないそうですよ」

「そんな大事なことを何故《なぜ》きのう話さなかったんだ」

「あなたがお帰りになったの何時だと思ってらっしゃるの。一時近かったんですよ。わたくしは、あなたのお話が聞きたかったから、時計ばかり見ながら待ってたんです。それなのにお電話もくださらないで。帰って来るなり、ものもいわず寝てしまったのはあなたのほうじゃありませんか」

秀子は、頰をふくらませて言った。

仁科は、秀子の話を憂鬱な気持で聞いた。

あの頑健《タフ》な男が神経をすり減らして、参っているとは――。いわれてみれば、まるみのあった顔が眼ばかりぎょろつかせて尖《とが》ってきたように思える。

仁科は、秀子が用意してくれた熱いミルクを飲みながら、なんとかしなければ、という思いを強くしていた。

佐和子を森にとりもったのは仁科夫婦だった。それだけに秀子も気になってならないらしく、

「わたくし、佐和子さんになんてご返事してさしあげたらよろしいの」

と、すっかり沈黙してしまった仁科の返答を促《うなが》した。

「山脇さんのお電話も森さんのことですか」

なおも秀子はくいさがった。

「たぶんそうだろう。森はいま会社の中でピンチに立たされている。しかし、森がダーティなことをしたということでは絶対にない。もうしばらく待ってくれ。佐和子さんから連絡があったら、たいしたことではないから心配しないようにいってほしい」

これがたいしたことではないのか、と仁科は自分のおざなりな返事に疑問を感じたが、いまは説明のしようがなかった。

仁科はミルク一杯とトースト一枚で朝食を切りあげ、自室へもどった。

秀子があとから従《つ》いてきた。

「あなた、このところ会社が遅いようですけど、やっぱり森さんの問題ですか」

「それればかりじゃない。来年の採用のことや、定期の異動のことなんかで、けっこ

う忙しいんだ」

仁科はめんどうくさそうに言って、パジャマを脱《ぬ》ぎワイシャツに着がえた。

「子供たちも、お父さまに会えないって心配してましたわ」

「うん。きょうは晩めしに間に合うように帰ってくるよ」

「ご近所のかたに、あなたがいつも遅いから仁科さんのお宅はいつお子さんをつくるのかって、皮肉をいわれました」

「ふん。ずいぶんよけいな心配をする人がいるもんだね」

仁科は中一、小五、小二と娘ばかり三人の父親だった。

いくぶんうらめしそうに見送る妻のふっくらとした顔を思い浮かべながら、仁科は十日ほど妻に接していないことに気づいた。なるほど近所の人の話をひきあいに俺の気持を引こうとしたのか、あれは秀子のせいいっぱいの気持の伝達だったのか。そういえば顔を赤くしていた、と、仁科は蛍光灯よろしく思い当たって、あわてて出てくるんではなかったと後悔した。多少、勃然とした気持になって、仁科は急いで頭の中を切りかえにかかった。それどころではない。重大な局面を迎えているのだ。仁科は急ぎ足になった。

仁科が東中野の山脇の家に着いたのは正午近くで、近所の寿司屋からとり寄せたにぎりずしを馳走になりながら話をした。

「きのうは行き違いになっちゃって、話ができなかったが、森君は辞表を出してくれますかねえ」

「一週間のタイムリミットの間によく考えたいということでしたが、会社のやりかたに憤慨してました」

「一週間なんて悠長なことはいってられないかもしれません。森君がぐずぐずしてるようだと、せっかくの依願退職のチャンスがなくなってしまわないとも限らない。上のほうが強硬だからねえ。実は、きょうきみをお呼びたてしたのは、森君のことじゃないんです。もちろん、月曜日にお話ししてもよかったんだが、心の準備もあるから、早いほうがいいと思いましてね」

「なんでしょう」

仁科は箸を置いて、身構えた。

「きみにひと肌脱《ぬ》いでもらいたいんだ」

「…………」

「きみもご存じのように中研の事務部長のポストをなんとかしなければならないが、それをきみにお願いしたいんです。関係役員のたっての希望で、中研の所長もきみなら願ったりかなったりだといってよろこんでいます」

「社命とあれば従わざるをえませんが、ずいぶん急な話ですね」

はぐらかされたという思いと、新たな緊張感とがないまぜになって、仁科は名状しがたい感情に襲《おそ》われていた。

「申し訳《わけ》ないが、ひとつ曲げてお聞き届け願いたいんです」

山脇はテーブルに両手をついて、頭を垂れた。いくらか芝居がかった山脇のしぐさに、仁科はうんざりした。

「僕が中研への転任を受けざるをえないとして、時期はどういうことになりますか」

「早ければ早いほどいい。明日でも、というのが現場の希望です」

「しかし、すくなくとも森の問題を片づけたうえでなければ、お受けしかねます。まるで僕を森から引き離すために、中研へ追いやられるようではありませんか」

「いやいや。そんなつもりは毛頭ありません。ただ、森君の問題はわたしにまかせてください」

山脇はあわてたもの言いで、手を振った。

着物の袂《たもと》がテーブルを掃《は》き、湯呑み茶碗が倒れそうになった。

「ノーといいたいところですが、そうはいかないでしょう。しかし、明日にも地方へ赴任しろというのは人道問題ですよ。すこしは考える時間と、準備する時間をいただかなければ……」

仁科は冗談めかして言ったが、どれだけ時間がかせげるかが問題だと胸の中で計算していた。それまでに森の問題で目処《めど》をつけておかなければ、この問題から逃避したといわれても仕方がない。それどころか、お手盛りで中研の事務部長のポストをせしめたとみられるのが落ちである。

「それで、僕の後任はどういうことになりますか」

「意見があれば聞かせてもらいたいが、川井専務の意向も聞いて、早急に手を打ちます」

「事務的な引き継ぎもありますから、その点は僕の意見も聞いてください」

「けっこうです。とにかく、一日も早く中研へ行くように準備してもらいたいんです。きょうは七月の二十五日ですね。一応八月一日付の発令ということにして五日ごろに赴任してもらうということはどうでしょう」

「その点はちょっと考えさせてください。一日付は早すぎますよ」

「月曜日までに心づもりを聞かせてくれますか。常務会に諮《はか》らなければならないし、その前に川井専務の了解もとりつけなければなりません」

「考えておきます。それより、部長は森の件をまかせてくれとおっしゃいますが、あくまで会社をやめさせる方針ですか」

仁科はまた問題をむし返した。

中研への転任の件と森の問題が連動していることが見えているだけに、ここははっきりさせておかなければならない、と仁科は思った。仁科は山脇の眼をまっすぐとらえて離さなかった。

山脇は眼を伏せて、ひたいにしわを刻んだ。

「依願退職の線で合意が得られないようだと、会社都合でやめてもらうほかはないが、それさえ難しくなってきています。情勢は日々森君にとってマイナスに動いていると考えなければなりません」

「森君が仕事に一生懸命になりすぎたために、フライングをやって、それでクビになるようなら、ほかにも該当者はいくらでもいると思います。僕もその例外ではないかもしれません」

「人情としてきみが森君をかばう気持は分かるが、話を元へもどすことは不可能ですよ。とにかくここは心を鬼にして森君に対応してください。きみはカタタタキということを知ってるでしょうが、それを拒否することが出来ないことを、賢明なきみが分からないはずはない。森君についてもそういうふうに受けとめてもらうのがいいんじゃないんですか」

「つまり、理屈じゃない。森は執行部の意にそまないからやめてもらう、そういうことになりますね」

「いや、そこまでは言いません。とにかく、森君の件についてはわたしにまかせてほしいし、わたしの意のあるところを汲んでください。できるだけ森君の立つようにしたいと思ってるんです」

「なんだか、部長は人が変ったみたいですね」

仁科はせいぜい皮肉をこめて言った。

杉山が言っていた〝反対給付〟のことを訊《き》いてみたい欲求に駆られたが、さすがに切り出せなかった。

「なんと言われても仕方がありません。そのうち、きみにも分かってもらえるでしょう」

「しかし、そう簡単に投げ出せる問題ではありません。限られた任期中に、僕なりに最善を尽くしたいと思ってます」

仁科は重い気分で言って、口をつぐんだ。こんな頑《かたく》なな山脇に接したことは、かつてなかった。

第六章　人事課長の友情

1

　七月二十六日の日曜日、森雄造は午前十一時過ぎに妻の佐和子に起こされた。就眠は午前三時だったから、それでも八時間は寝ていたことになる。昨夜、高校時代のクラスメートで弁護士の宮地と会って帰宅したのは午前零時に近かった。佐和子はまだ起きていた。というより手ぐすね引いて待っていたというべきかもしれない。

　森がシャワーを浴びて、リビングルームに戻ると、佐和子はビールの用意をして待っていた。佐和子は半袖のTシャツにショートパンツ姿で、ソファに坐っている。

「こんな時間になっても、まだ蒸し暑いなあ」

　ブリーフ一つでクーラーの前に仁王立ちになって、汗の引くのを待っていた森が、バスローブをまとって、佐和子の前に坐るまで五分ほど時間を要した。

「わたしもお相伴させていただきます」

「へーえ。めずらしいじゃないか」

森は、佐和子の酌を受けたあと、ビール瓶を取って佐和子のグラスに傾けた。

グラスを触れ合わせたあと、佐和子は一気に飲み乾《ほ》した。小ぶりのグラスとはいえ、佐和子がこんな飲みっぷりを見せたことはかつてなかったことである。佐和子は手酌で自分のグラスを満たした。

「きみ、いつからそんなに手があがったんだ」

「わたしだってお酒を飲みたくなることぐらいありますよ」

「寝酒をやってるわけでもないんだろう」

あきれ顔で森が言うと、佐和子は軽く夫を睨《にら》んで言い返した。

「あたりまえでしょう」

佐和子はさすがに二杯目になると、水を飲むようなわけにはいかず、がくっとペースが落ち、いかにも不味《まず》そうにちびちび嘗めている。

「あなた、会社でピンチに立たされてるそうですね」

「誰からそんなことを聞いたんだ」

森の声が尖っている。

「きのう秀子さんから聞きました」

「仁科の妻君がなんでそんなことを……」

森は顔をしかめた。

「あなたがなんにも話してくださらないから、先おととい、仁科さんのお宅にお邪魔したんです」

「仁科は会社のことをぺらぺら女房に話してるのか。あいつは妻《さい》ノロだから……」

「なにを言ってるんですか」

佐和子はきつい眼を向けながら、森の話をさえぎった。

「わたしがお願いしたんです。夫の様子がただならないので、仁科さんに会社でなにがあったか聞いてくださいって。きのう秀子さんが電話をかけてくれたんですよ」

「それで、俺がピンチに立たされてると言ったんだな」

「仁科さんもあんまり喋《しゃべ》ってくれなかったそうですけど、森は会社でピンチに立たされてるが、ダーティなことをしたということでは絶対にないから、心配しないようにに。そうわたしに伝えてほしいとおっしゃったそうです」

「ふうーん」

森は、粛然とした気持になった。仁科がどれほど俺を心配してくれているか――。人事課長というポストがそうさせているのだとしても、心ならずも仁科を巻き込む結果になってしまったことがつらかった。

「あなた、なにをひとりで悩んでるんですか。ひとりで苦しまなければいけないことなんですか。女房のわたしにも話せないことなんですか」

佐和子は色白の美しい顔を桜色に染めてたたみかけた。

森は、ビールを飲みながら、話していいものかどうか思案していたが、佐和子にウイスキーの水割りを用意させ、それを飲みながら、辞表を出すように迫られているまでのいきさつを話す破目になっていた。

「宮地さんって、弁護士さんのお友達でしょう」

「うん。宮地をはじめ何人かの弁護士が親身になって相談に乗ってくれてるが、俺はこのまま引きさがるつもりはない。俺に言わせれば、依願退職も懲戒解雇も一緒だよ」

「仁科さんはなんとおっしゃってるんですか」

「始末書程度の問題だと意見書を出してくれたり、いろいろ応援してくれてるが、社長、人事担当専務、人事部長のラインが俺の退職を決めてるんだから、仁科がいくら頑張ってもどうにもならんよ」

「このまま引きさがるつもりはないって、そんなことができるんですか」

「藤本社長と川井専務を名誉毀損で訴えることも考えたが、それじゃ弱い。仁科とも相談してみるが、地位保全で仮処分の申請書を東京地方裁判所に出すことを宮地たちから勧められている。つまり会社を訴えることになるわけだ」

「そんなことまでして会社に残れたとしても、つらい思いをするだけじゃないんですか。いっそのこと、人事部長さんがせっかく依願退職の線を出してくれたんでしたら、それに従って、どこか別の会社に就職するか、どなたでしたっけ、会社を辞《や》めて塾の経営者になった人がいましたでしょう……」

「斎藤孝太郎のことか」

「そう、斎藤さんでしたね。ああいう生きかたも悪くないと思うわ」

「俺の名誉はどうなるんだ」

森は虚空を睨《にら》んで、つづけた。

「それだけじゃない。ここで俺が引きさがってしまったら、藤本と川井にトーヨー化成は蹂躙《じゅうりん》されてしまう。あの人たちの跳梁跋扈《ちょうりょうばっこ》をゆるしておいたら、会社は衰退してしまうよ」

「速瀬さんが社長になるって、あなた話してませんでした？」

佐和子に、速瀬の名前を持ち出されて、森は苦い思いが喉《のど》もとへ突きあげてきた。

速瀬が社長になっていたら、こんなことになっていなかったことはたしかである。

「北見会長に嫌われたというべきか、藤本と川井の陰謀にやられたというべきか

──。しかし、速瀬さんにもう少し野心があれば、社長の椅子ぐらい奪取できたはずなんだ」

「速瀬さんの力添えは期待できないんですか」

「もう、子会社の社長で、非常勤取締役だからねえ」

「会社と裁判で争うなんて、わたしは賛成できないわ。わたしが働きますから、しばらく骨休めしたらどうですか」

「俺が動けなくなったら、せいぜい頑張ってくれよ」

「子供たちも手がかからなくなったし、わたし、ほんとうにお勤めに出ようかしら」

「いい加減にしてくれ」

森は激しく首と手を振った。

佐和子は薬剤師の資格もあるし、病院へ勤める気なら就職口を探すことはそう難しいとは思えない。三、四年前、大学から講師の口がかかったこともあった。

こんなことで佐和子が勤労意欲をそそられ、主婦業を放棄されてはたまらない、と森は思った。

森夫婦が深夜の三時近くまで話し込むことなど初めてのことだが、森は佐和子にすべてを話してしまったことで気持がらくになったのか、久しぶりに熟睡できた。

十一時に起こされたのは、仁科から電話がかかったからである。

「午後二時に藤本社長の自宅にお邪魔することになったが、一緒に行ってもらいたいんだ」

「会ってどうするの」

「人事部長に提出した意見書を握りつぶされちゃったので、それを社長に読んでもらいたいと考えたわけだ。郵送よりもじかに話したほうがこっちの意のあるところが通じると思うんでね」

「よくアポイントメントがとれたな」

「いま、お宅へ電話をしたんだ。折り入ってお話したいことがあるので、お伺いしたいと言ったら、二時ごろなら在宅してるという返事だった。本人は電話に出てこなかったが、お手伝いさんらしい女の人がちゃんととりついでくれたから、どうやら面会してもらえるらしい。藤本社長が副社長で、人事担当のときに、部長と一緒に何度か会ってるので、憶えててくれたんだろうね」

「社長に会っても、らちがあくとは思えないな。暑いのに出かけて行って、厭《いや》な思いをするだけ、つまらんじゃないか」

「だめでもともとと考えれば気はらくだよ。案外、道はひらかれるかもしれないし、とにかく人事を尽くそうじゃないの。騙《だま》されたと思ってつきあってくれよ」

「仁科がそこまで言うんじゃ、断われないな」

森は、一時半に国鉄高円寺駅南口の改札口で落ち合う約束をして、電話を切った。

2

森が一時二十分過ぎに高円寺駅に着くと仁科は先に来て待っていた。

二人は、駅前の喫茶店へ入って、コーヒーを喫《の》んで時間をつぶした。

「俺が一緒に行くと言ってないんだろう」

「うん。しかし一人で行くとも言っていない。まさか門前払いを食うこともないだろう」

「あの人の顔を見るのは気が重いな」

「いいか。徹頭徹尾、低姿勢で社長の誤解を解くという気持であたってくれよ。間違ってもふてくされたような態度はとらないでほしいんだ。謙虚に反省し、心を入れかえて、職務に邁進《まいしん》する、ひたすらお詫《わ》びし、お願いするという態度で接してほしい。恭順の意を表しに行くと考えてもらいたいな」

仁科は諄《くど》いほどしつこく念を押した。

「そんなに卑屈になる必要があるのかねえ」

森は不服そうにしかめっつらを振っている。

「方便じゃないの。懲戒解雇か依願退職かしらないが、それを撤回させるのが目的なんだから」

「頭を下げるぐらいはいいが、俺としては香港トーヨーのヤミ資金のことを訊《き》いてみたいよ」

「冗談よせよ。そんな話をしたらぶちこわしだぞ。頼むからいまは香港トーヨーのことは忘れてくれ」

仁科はテーブル越しに取りすがらんばかりに躰《からだ》を森のほうへ寄せて言った。

「わかった。仁科の振り付けたとおりにやってみるよ」

森は投げやりに返して、伝票をつかんで起《た》ちあがった。

南高円寺の藤本邸まで徒歩十分足らずの距離である。森は険《けわ》しい顔で、肩を怒らせて歩いている。敵陣に乗り込む心境なのだろうか。

「もう少し肩の力を抜いたらどう」

仁科はひやかしたが、自身も相当肩に力が入っていることに気づいて、わがふりなおすつもりで声をかけたのだ。

二人は藤本邸の門の前で、抱えていた背広を着てネクタイを締《し》め直した。

応接室に通され、麦茶を出されたが、藤本が半袖のスポーツシャツ姿であらわれたのは十五分ほど経《た》ってからだ。

二人がソファから起ちあがり、挨拶しても藤本はにこりともせず、尻もちでもつくようにどかっとソファに腰をおろした。

「きみ、一人じゃなかったのかね」

藤本はたるんだ顎《あご》をぶるぶるふるわせながら、森を連《つ》れて来たことをあからさまに非難した。

「事前にご連絡ができず申し訳ありませんでした。森君の話を社長に聞いていただきたいと思いまして、私が勝手に森君を誘ってきました。おゆるしください」

「こういう騙《だま》し討ちみたいな真似《まね》はしてもらいたくないな」

藤本は森のほうには一瞥《いちべつ》もくれず、仁科を睨《ね》めつけた。

「社長、森も深く反省しております。なんとかお赦《ゆる》し願い、森に起《た》ち上がるチャンスを与えていただけませんでしょうか」

仁科は懸命に訴えた。

「わたしの顔など見たくもないんじゃないのか。どの面《つら》さげて来たか知らんが、きみはさかんにわたしの悪口をいってるようだな。川井君の悪口もいっている。藤本、川井ラインでは会社はもたないなどともいってるらしいな」

藤本は、はじめて森を鋭くとらえた。

「そういう事実はないと思います。社長に対する個人的な信義の念ではいささかも変わってないとわたしは森から聞いています」

「きみに訊いてるんじゃない」

「わたしにかかっている詮議が、個人的な感情によるものではないと信じていますので、二、三弁明させていただきます。仮在庫証明にもとづく融資の件は、そうしなければ、系列会社が倒産する恐れがあったためにわたしの一存でしたものです。そのおかげで、時点のずれはありましたが、在庫証明に見合う製品をユーザーに納入することができたのです。こうした架空の在庫証明書による便宜的融資につきましては、かつて川井専務もおとりになった先例があります。第二の……」

「先例は関係ない！」

突然、藤本が喚《わめ》いた。たるんだ頬がふるえ、顳顬《こめかみ》に青筋が浮き上がった。

「他人が泥棒したからといって、貴様の泥棒が合法化されるとでもいうのか。恥を知れ。貴様のような恥知らずには用はない。さっさと帰れ！」

仁科は一瞬ぎゅうっと眼を瞑《つぶ》った。まずい、いかにもまずい、と仁科は思ったが、勇を鼓《こ》して言った。

「社長、それは誤解です。森は人一倍責任感の強い、愛社精神に燃えている男です。冷静に事実関係をお調べください」

「ふざけるな。なにが愛社精神だ」

藤本はすさまじい形相で咆哮し、応接室から出て行った。

藤本と入れかわりに手伝いの若い女が応接室に入って来たので、仁科は「これを社長にお渡しください」と、封筒に入れた意見書の写しを手渡した。山脇に提出したとき、コピーしておいたのである。

「社長によろしくお伝えください」

仁科が挨拶したので、森も頭を下げたが、胸の中はふつふつと泡立っていた。

二人は青梅街道に出て、タクシーを拾って、新宿へ向かった。

タクシーの中で、森はひとことも口をきかなかった。

仁科も、なんと慰めの言葉をかけたらいいのか途方に暮れる思いだった。こんなことなら、一人で来るべきだった。森を誘ったことが裏目に出てしまった、と仁科は後悔した。

新宿駅東口でタクシーから降りたあとで、森は思いきり大きな伸びをした。できることなら大声で叫びたかったが、気が触《ふ》れたと思われるだけだから、それで我慢したのだ。

「仁科、腹は減ってないのか」

森はにこやかに訊《き》いた。

仁科は呆気《あっけ》にとられて、咄嗟《とっさ》に返事ができなかった。人前で面罵され、泥棒よばわりされて、口もきけぬほど打ちひしがれているはずなのに――。仁科は不思議なものでも見るように森を見つめた。

「そんな深刻な顔をするなよ。僕はすっきりしたぞ。よし、これで決まった、と思ったら、急に腹が減ってきた。考えてみたら、お前から電話があって、そのあとトースト一枚とコーヒーを一杯飲んだだけだものな」

「…………」

「タクシー代をおまえに払わせちゃったから、俺にめしを奢《おご》らせてもらおうか。鮨《すし》でも食べよう」

森は、仁科の返事も聞かず、もう歩き出していた。

鮨屋のカウンターでビールを飲みながらの話になった。

「俺の言ったとおりになったな。これで仁科もよくわかったと思うが、要するに理屈じゃない。感情の問題なんだ」

「そんなことはわかってるさ。だからこそ忍の一字で、ひたすら頭を下げてればよかったんだ。藤本社長のような単細胞の人には理詰めじゃだめなんだよ」

「俺がちょっと理屈をこねたことがお気にめさんらしいが、だからといって事態が改善されたと思うかい」

「それはわからんが、あんなふうに最悪の幕切れにはならなかったろうね」

「仁科は俺に藤本の前で土下座させたかったんだろうが、土下座してもだめなものはだめなんだ。藤本も川井も俺を追放しなければ気がすまんのだ。感情の問題と言ったが、これは闘いでもある。速瀬さんを追放し、次にかれらは俺を追い出しにかかった。そうしなければ、闘いが完結しないとかれらなりに考えてるからだろうな」

「…………」

「もっとわかりやすく言えば、悪事の露顕を恐れてるんじゃないかなあ」

「さっき、これで決まったと言ったが、どういう意味なの」

「俺は法的措置に訴える腹を固めたよ。昨夜弁護士の友達と最終的に打ち合わせたんだが、会社から懲戒解雇の理由を文書で出して貰《もら》って、とりあえず地位保全の仮処分の申請書を地裁に出すことにした。名誉毀損じゃ弱い。アピールしないから、形式としては会社を相手取って訴えることになる」

「そんな、早まったことをしてはいかん」

仁科は、ほとんど叫ぶように言った。

カウンターの向こう側で若い職人がびっくりして、顔を見合わせたのが眼に入らないほど仁科は興奮していた。

「いや。これしかない。熟慮のすえの結論だ。きみは聞かなかったことにしてくれ」

「そうはいかない。僕はトーヨー化成の社員だし、人事課長でもある。たのむから、考え直してくれ。そんなことが最善の方途であるわけがない」

「それじゃ、仁科は俺に辞表を出せというのか。黙って会社を辞《や》めて行けとでも言うのか。俺の名誉はどうなるんだ」

「北見会長は、ジュニアのことでは盲目的になっているが、それでも川井専務や藤本社長に比べれば、まだ良識人だと思うんだ。僕から直訴してみようか」

「そんな思いつきというか、気やすめを言っても意味ないね……」

森はグラスを空にして、つづけた。

「速瀬さんを子会社に出して、藤本を後継者として指名するような人だぜ。それだけでお里が知れるよ。以前、速瀬さんも言ってたが、三人とも同じ穴のムジナと考えるべきなんだろうな」

「……………」

「だいたい、仁科は少し首を突っ込み過ぎたな。おまえの友情は決して忘れないが、そのために割りを食ってるおまえを見るのは忍びないよ。例の意見書を社長の家に置いてきたが、あれもまずかったな。やり過ぎだよ」

か」

「見るに忍びないとは、よくぞ言ったもんだね。それは僕の言うせりふじゃないのか」

仁科が微苦笑を洩らすと、森も力なく笑った。

「しかし、やるだけはやってみよう。そうだ、北見会長に手紙を書いてくれないか」

仁科は、森の酌を受けながらつづけた。

「めんどうなら、僕が下書きするから、きみはリライトして投函してくれればいい」

「いったいなにを書くんだ」

「監査室など第三者機関の公平な詮議をお願いします、というだけでいいんじゃないのか」

「それほど意味があるとは思えないが、書いてもいいよ」

森は態度を軟化させた。

「ぜひそうしてほしい。法的措置は最後の最後だ。いや絶対とるべき手段ではない」

仁科はやっと愁眉をひらいた。

3

翌日、仁科は、山脇からさんざんあぶらをしぼられた。午前十時過ぎのことだ。

「きみはなんで、こんな莫迦《ばか》な真似をしてくれたんだ。これで、わたしのプランはだいなしだ。白紙に返さざるをえなくなってしまった。中研へ転任の件を切り出せなくなってしまったじゃないですか」

山脇は、朝一番で藤本と川井に呼びつけられて、部下の監督不行き届きを責められたのである。森のような過激派に同調するああいう男を人事課長にしておくのは危険だ、と言われては、栄転含みの中研への転任を切り出せないのはもっともなことといえた。

部長応接室の山脇の声が人事部の大部屋に聞こえたほどだから、山脇も相当頭にきてたのだろう。

「きみは、わたしの気持がひとつもわかってくれないんですね。親の心子知らずというのか、仁科君ほどのひとがなぜそんなにむきにならなければいかんのですか。わたしには、きみの気持がさっぱりわからない」

「部長のご好意はありがたいと思います。しかし、森が懲戒解雇になろうとしているときに、僕が中研の事務部長でもないと思うんです。森の問題に眼を瞑《つぶ》って、それを受けるほど、鉄面皮にはなれません。だいいち、昨日森を連れて社長のお宅へうかがっていなかったにせよ、川井専務が僕の中研への転勤にＯＫを出すとは考えられませんよ」

「そんなことがなぜ言えるのかね。それこそ思いあがりも甚《はなは》だしい。しかも、ともあろうに意見書まで置いてくるに及んでは、なにをか言わんやです」

「人事課長としての使命感と言ったら大袈裟《おおげさ》かもしれませんが、森の辞表はどうしても賛成できません」

「いつまでもそんなことを言ってると、きみも上のほうに危険人物と見做されますよ。わたしも庇《かば》い切れなくなります」

「それは覚悟のうえです」

仁科はいくらか感情的になっていた。そうでなければ、次のような言葉は出てこなかったはずである。

「部長は、森を処分することによって、なにか反対給付が得られるといいますか、メリットがおありになるんですか。裏取引とは敢《あ》えて言いませんが……」

「きみはなにを言うんだ！」

果たして、山脇はいきり立った。

「わたしを侮辱するんですか」

声がふるえている。

「失礼しました。部長ほどのかたが、まさかとは思ったんですが勘繰《かんぐ》る不届き者がいないでもないんです。しかし言い過ぎでした。申し訳ありません」

仁科は頭を垂れた。だが、素直な気持でそうしたのではない。山脇の怒りかたに、どこか不自然なものを感じていた。

「きみになんと言われようと、どう思われようと、森君にとって、会社に残ることは不幸なことだとわたしは信じています。だからこそ、かれの名誉を考えて上のほうに依願退職を認めさせたんじゃないですか」

「会社に残ることがどうして不幸なんですか」

「かれは四面楚歌の中にいるんですよ」

「四面楚歌とは思えませんが。一部の人に嫌われてるに過ぎないんじゃないですか。森は八方美人ではありませんから、森を嫌ってる人がいないとは言いませんが……」

「もう、けっこうです。森君が一両日中に辞表を出さないようなら、常務以上に懲戒解雇で稟議を回します」

山脇は険《けわ》しい顔で言いざまソファから起ちあがった。

森は、その日の午後二時に山脇から役員応接室に呼び出された。

「依願退職に従っていただけますか」

「…………」

「依願退職はあくまで形式で、実質は会社都合退職扱いにします。そのほうが退職金を割り増して支給できるので、森さんにとってお得だと考えるからですが……」

「仮りに辞《や》めるとしたら、名目も実質も、依願退職にしてもらいます」

森は無表情でつづけた。

「そうでなければ、名誉は保たれませんよ。もっとも、名目も実質もないかもしれませんけどね」

「どういう意味ですか」

「だってそうじゃないですか。素行調査、周辺調査はされるわ、人事部長からは呼び出されるわ、けっこう派手にやられてますから、多くの社員は僕がなにかとんでもない悪事を働いたと見ているでしょう。だから、名目も実質も依願退職にしてほしいと言ったところでたいした意味はないんですよね。ほんの気やすめ程度の問題で、二百万円をパーにするのも莫迦《ばか》げているといえばいえるんですがねえ。実質もくそもないことはわかってるんですが、それじゃ僕の気持がすまないんですよ」

森はどこかひらきなおったような感じである。それとも、気持がふっきれたということなのだろうか――。少なくとも山脇はホッとした思いになっていた。

「あなたの気持はよくわかります。しかし、社内の噂がどうあれ、人事部としては願いによる退職であることを明確にしますよ」

「それなら、普通は嘘でも慰留されるものですけどね」

森は冷笑を浮かべた。

山脇はバツが悪そうに頬のあたりをさすっている。

「きょう辞表を出してもらえますか」

山脇が背広の襟をかきあわせるようなしぐさをしながら訊《き》いた。

森は組んでいた脚をほどいてみたり、天井《てんじょう》を見上げたり、眼を瞑《つぶ》ったり懊悩しているようなゼスチャーを見せていたが、意を決したように背筋を伸ばした。

「申し訳ありません。あと二、三日猶予をください。今週中に、いや木曜日までにはっきりさせます」

山脇が大きな吐息をついた。

「上のほうに、きょう中に辞表が出なければ、懲戒解雇の手続きをとれという強硬な意見もあるんです。そうなると退職金も支給できなくなりますよ」

「…………」

「しかし、森課長のお立場もよくわかりますから、三日間だけ待つようにはからいます」

山脇は、はぐらかされたと思う反面、森が辞表を出す気持に向かいつつあるという感触を得て、そこにウエイトをかけることが、せめてもの惻隠の情だとわが胸に言いきかせたのである。しかし、その感触は、錯覚であった。というより森の演技にまどわされたというべきかもしれない。

森は、仁科が振り付けたとおり、時間をかせいだに過ぎない。けさ、書留速達で投函した北見会長宛の手紙の反応をたしかめるまでは、結論を出さないことを約束させられていたのである。

4

金曜日の夜、森は仁科と会った。火曜日から木曜日まで、森は連日、連夜、仁科から電話をもらった。

「どうだい?」「まだないか。おかしいなあ」「応答なしか」「やっぱりだめか」

仁科はそんな短い言葉で、北見会長へ宛《あ》てて出した直訴の手紙について反応の有無を問い合わせてきた。日中自席から電話をしてくるときも、夜、自宅にかけてくるときも、仁科は「例の法的措置は、どうにも気乗りしないんだが、なんとか回避できないものかねえ」と必ず最後にひとことつけ加える。

それに対して森は、「それしかないね」と木で鼻をくくったように答えていたが、北見会長に黙殺されたことが動かせなくなった金曜日の午後三時過ぎに、仁科が総合企画部にぶらっと顔を出した。

森はぽつっと離れた窓際の席でぼんやりしていて、仁科の長身がデスクの前に立つまで気づかなかった。

森はハッとした顔で仁科を見上げた。

「しばらくじゃないか」

「…………」

仁科は怪訝《けげん》な顔をした。このところ電話で何度も話してるし、今週の日曜日に会ったばかりである。

「どうせ、碌《ろく》な用事じゃないんだろうな」

「ちょっといいかい」

「いいよ。どうせひまをもてあましてるんだから」

森はすぐにデスクを離れた。

「外へ出るか」

「いや、どこか部屋はあいてないか」

仁科は四周を見回しながら答えた。部長席、次長席から、こっちをうかがっている顔にぶつかったので、目礼を返すと、あわてて眼を逸《そ》らす。

「コーヒーが喫《の》みたいから、やっぱり外へ出よう」

「そうするか」

隣りのビルの地下一階にあるティールームの隅のテーブルで二人は向かい合った。

二人とも背広を着ていない。時間が時間だから客は二組しかいなかった。

「総合企画部の雰囲気はよくないね。よそよそしいというのか、しらじらしいというのかしらんが、森もつらいところだな」

コーヒーのアメリカンをオーダーしたあとで仁科が言った。

「いまに始まったことじゃないから、こっちはなれっこになってるよ」

「そんなものかねえ」

仁科のほうが表情を翳《かげ》らせている。

「俺なんかに会いに来ていいのか」

「どうして？」

「注意人物の俺と会ったりしたらきみの身に危険が及ぶだろう」

「いまさらなに言ってるんだ。人眼を忍んでこそこそする必要はまったくないね。

それにきょうは公用でもある。人事部長命できみに会いに来たんだ。もっとも、ここ、二、三日、顔を合わせても碌に口をきいてないけどね。総合企画部ほどでもないが、人事部の空気もあんまりよくないんだ。なんかぎくしゃくしてね。ただ、僕が森と違うところは針の筵《むしろ》ということはない。どっちかといえば、部長ひとりが浮きあがってるようなところがある」

仁科は話しながら、先刻、森が「しばらくじゃないか」と言った意味がわかりかけてきた。

森なりに気を遣《つか》っているのだ。

「昼前に、人事部長から電話があった。タイムリミットだというから、月曜日の朝にしてくれと言っておいた。仁科の顔をたてて、今週いっぱい待ったが、だめなものはだめなんだ」

「………」

「公用ってなんだ？」

「決まってるじゃないか。辞表を出すように念を押してくれってことだよ。一応伝えます、と言って出てきたんだ」

仁科はコーヒーをすすって、慨嘆した。

「会長への直訴が無視されるとは思わなかったな。それにしても、裁判沙汰とは、まいったなあ」

「俺はこうなることは初めから分かっていたよ。夜も眠れないほど悩んだこともあるが、腹をくくったら、不思議によく眠れるようになった。決して強がりをいってるんじゃない。裁判を通じて、自分の潔白を表明し、藤本さんや川井さんの所業を白日の下に晒《さら》してみせるよ」

実際、森はすっきりした表情で、打ちひしがれたように悄然《しょうぜん》としている仁科と対照的だった。これでは、まるで仁科のほうが会社を放逐されようとしているようにみえる。

「きのう山脇さんから文書で解雇理由をとりつけたから、あすにでも手続きをとるつもりだ」

「それ以外にとるべき途《みち》は、ほんとうにないのだろうか」

仁科は、森の眼をくいいるように見つめた。

「ないね」

森は断定的に言った。

「もし、俺がこんな理不尽な暴力に屈服して依願退職にしろ、懲戒解雇にしろ黙って受けていたら、両親に対して、妻子に対して、友人や恩師に対して顔向けできると思うか。俺はあの人たちを人間として赦《ゆる》すわけにはいかない。批判精神を認めようとせず、自分たちの野心のさまたげになる俺を暴力的にクビにしようとする。そんなやりかたに唯々諾々《いいだくだく》と従っていたら、俺の人生に陰が出来てしまう……」

森はしゃべっているうちに、激情にかられて眼をうるませた。

「おまえ、干《ほ》されるってどんなものかわかるか」

「………」

仁科は咄嗟《とっさ》に呑み込めず、首を左右に振った。

「仕事を与えられないこと、仕事をさせてもらえないことのつらさ、やりきれなさは経験したものでなければわからんだろうな」

「なるほどそういう意味か」

「俺は、二月に東南アジアの市場調査の仕事をしてから、まったく仕事をしていない。サラリーマンにとってこれほどつらいことはないんだぜ。まさに拷問と同じだ。会議にも呼んでくれない。部の例会にさえ出してくれないんだぜ。一度会議室に入ったら、部長にきみは出なくていい、と言われて、それでおしまいだ。若い連中は優しさがあるから、俺に気を遣《つか》ってくれて、上司の眼を盗んで隠れるように相談にきてくれた者もいるが、部長や次長に見つかったら、かれらが可哀相だから、俺のことは気にしなくていいと言って、断わったくらいだ」

森はコーヒーを喫《の》んで、話をつづけた。

「川井配下の営業本部の連中が部長のところへ打ち合わせで来たときなんか、まだいるのかっていうような眼で俺を見る。まるで汚ならしいものでも見るようにな。総合企画部で俺にまともに口をきいてくれるのは女の子たちだけだ。ちゃんとお茶も淹《い》れてくれるし、むしろ、同情して、優しくしてくれるが、仕事上のことで口をきいてもらえないっていうのは、これはつらいぞ。俺は、この三、四ヵ月の間、よくぞ耐えられたと、わが神経の強靱ぶりにあきれてるくらいだ。会社になにをしにくるかといえば、それこそ弁当を食べにくるようなものだものな。並の神経では、一ヵ月とは持たないだろう」

仁科は聞いていて、眼がしらが熱くなった。初めて森の肉声に触れた思いがした。

「そんなことになってたのか。どうして、僕の耳に聞こえてこなかったのかねえ」

「川井さんの命令で俺を干さざるを得なくはなったけれど、みんなやりきれない思いをしてたんじゃないかなあ。あるいは、これは俺の思いすごしということがあるかもしれないが、総合企画部としても、外聞をはばかるみっともないことだから、また、俺を庇《かば》う気持があったかもしれない。それで、人事部までは聞こえなかったのかねえ。しかし、六階のフロアで、このことを知らない者は一人もいないだろうな。それと営業本部でも俺は有名人なんじゃないか」

「つらかったろうな」

仁科は声をつまらせている。

「だから、藤本さんに泥棒呼ばわりされるくらい、どうってことないのさ。大抵《たいてい》のことに俺は耐えられるってことがわかったよ」

森は急に思案顔になった。そして、ややあってから首をかしげながら言った。

「しかし、どう考えても俺のことは会社で話題になってるはずだから、仁科の耳に入らなかったのは、俺ほどではないにしろ、おまえがマークされてるってことになるんじゃないのか」

「さあ……」

仁科は一瞬遠くを見るような眼をしたが、

「そんなことはないだろう。ちょっと前に、杉山や高野と飲んだとき、そんな話は出なかったもの」

と、すぐにそれを否定した。

「それならいいんだ」

「しかし、俺ぐらいにはこぼしてくれてもよかったのに」

「女房にも話してないよ。俺は見えっ張りだからな」

森はにこっと笑って、コーヒーカップをからにした。

「それは見えっ張りということじゃない。森の勁《つよ》さだよ」

仁科がしみじみとした口調で言った。

「とにかく川井っていう男の質の悪さ、陰険さは想像を絶するよ。企画の連中もそれはわかってると思うんだ。川井が怖いから、俺を干しているものの、みんなそれを気にしている様子がわかるのがせめてもの救いだった。それと、仁科の支援はうれしかった。どれほど心のささえになったかわからない」

「なにもしてあげられなくて申し訳ないと思っている」

仁科はぽつっとした言いかたで返し、また涙ぐんだ。

「川井の恐怖政治だけはなんとかしなければ、この会社はおかしくなってしまう。みんなが川井の顔色をうかがい出したら、この会社はいったいどうなっちゃうんだ。この会社は活力が失われて、二流、三流会社になってしまうぞ」

森は激しい気魄をこめてつづけた。

「俺は自分のため、名誉のためだけで法に訴えようとしているわけではない。俺が投じる一石が必ず会社のためになると信じているからだ」

「たったひとりの、つらい闘いになるぞ」

「たったひとりのつらい闘いか」

森は鸚鵡《おうむ》返しに言って、口もとを歪めた。

「それでけっこうだ。覚悟はしている」

仁科はつらい気持で、ぬるくなったコーヒーをすすっていたが、あることが頭にひらめき、表情に生気が戻ってきた。

「最後に、一つだけお願いがある」

「まだあるのか」

「うん。ある」

仁科は勢い込んでつづけた。

「大学時代の恩師に話をしてくれないか。きみの結婚式で来賓代表で挨拶した人、たしか高沢教授だったかなあ」

「そう高沢教授だ。よく憶えてるな」

「高沢教授にすべてを話して、教授から会長か社長にとりなしてもらうようにしたらどうだろう」

「そんな無駄な努力をしても、しょうがないんじゃないか」

森は乗ってこなかった。

仁科は懸命に森を説得した。

「やるだけはやってみようよ。高沢教授は、東大で工学部長までされたかただから、高沢教授を怒らせたら、トーヨー化成と東大工学部の関係は悪くなって、学生が当社を志望してくれないことだって考えられる。とくに工学部の学生なんて、ゼミの教授の言いなりみたいに、企業を選択することが往々にしてあるから、人事部としては先生がたに非常に気を遣《つか》っている。高沢教授が動いてくれたら、このプレッシャーは相当なもんだぜ」

「しかし、仮りにそれで俺が会社に残れたとしても、そして仕事が与えられるようになったとしても、藤本―川井体制が変るわけじゃないからなあ」

「そのことはあとだ。いまは、森が会社にとどまることを考えるべきじゃないか。だいいちここまでやって、だめなら、あきらめもつくじゃないの。やるだけのことはすべてやった。それでも会社は森を退職に追い込もうとした、ということになれば、法的手段に訴えても、大義名分は立つ。多くの社員の支持は得られるはずだ。及ばずながら、僕も法廷で証言台に立つよ。よろこんで証言する」

仁科は興奮し、顔をほてらせている。

「わかった。大義名分のための布石みたいなことになるんだろうが、高沢教授に会ってみようか」

「ありがとう。すぐ教授のアポイントメントをとりつけてくれないか。僕も同行させてもらう」

仁科が白い歯を見せた。森も明るい顔で、うなずいた。

5

森と仁科が広尾のマンションに東京大学名誉教授の高沢考一郎を訪問したのは八月一日土曜日の午後のことだ。あらかじめ二人で打ち合わせたとおり会社の恥部になるようなことはなるべく伏せて、森が退職を迫られている経緯をこもごも話すと、教授は深刻に受けとめ、その場で田園調布の北見会長邸へ電話を入れてくれた。

北見は留守だったが、高沢が日曜日の予定を訊くと、在宅しているという夫人の返事だったので、午後にでもおうかがいしたいと言って電話を切った。

「そろそろおいとましよう」と仁科が言ったあとで森が高沢に頼んだ。

「先生、本日仁科と二人でお邪魔したことは、北見には伏せておいていただけませんか」

「話したらまずいのかねえ。きみたちの友情に、わたしは胸を搏《う》たれてる面もあるんだが」

教授は銀髪をかきあげながら、いぶかしそうに反問した。

「これ以上、仁科の立場を悪くしたくないんです」

ソファに並んで坐っている仁科が森のワイシャツの袖を引っ張った。

「これ以上、僕の立場が悪くなりようはないから、気にしなさんな」

「藤本社長の家に行って、ひどい目にあったじゃないの」

「あそこまでやってて、いまさら引き返しようがないでしょう」

「いや、いまからでも遅くないよ」

二人のやりとりをパイプの刻み煙草をくゆらしながらにこやかに聞いていた高沢が言った。

「森君がこんなに気を遣《つか》う男とは寡聞にして知らなかったね」

「先生、それはないですよ。冷やかさないでください」

「ふふっ」と、高沢は含み笑いを洩らした。

「学生時代から、この男は相手を完膚なきまでにやっつけてしまうようなところがあってねえ。相手がどう思おうが、どんなみじめな気持になっていようが、斟酌《しんしゃく》しないんだ。人をやっつけるときは逃げ道を残しておいてやらなければいかん、おまえはその退路まで塞《ふさ》いでしまうようなところがある、と注意した憶えがあるが……」

高沢はにやにやしながら森のほうへ視線を移した。

仁科が微笑を浮かべて言った。

「先日、同期入社の男と酒を飲みながら話したときにも、いま先生がおっしゃったこととまったく同じような話が出ました。ところが、それはどうも皮相的にしか森を見てないんじゃないか、森は部下思いで気持のあったかい男なんだ、ということがわかってきました」

「それは、仁科さんのリップサービスか、森君に対する友情じゃないのかな」

「いいえ。こんな話があるんです。もう十年以上も昔のことですが、森君が合織の中間原料の研究開発で、社長表彰を受けましたときに、金一封が出たんですが、それでネクタイを三十本ほど買い込んで、研究所や工場の関係者に配ったんです。ところが、それでは足りなくて、さらに二十本ほど買い足したらしいんですね。結局、金一封では足りなくて、それと同じくらい持ち出しになったそうです。あの男にあげて、この男にあげないのはまずい、とあれこれ考えてるうちにプレゼントする相手がどんどんひろがってしまったんでしょうが、その対象はほとんど部下だと聞きました」

「おまえ、そんな話誰に聞いたんだ」

森が不思議そうな顔をして、仁科を覗《のぞ》き込んだ。

「僕は人事課長だから、その程度の取材はしてるさ」

「いい話だね。たしかに森君にはそういうところはあるかもしれないねえ。上に対して向かっていくし、悪いことには眼を瞑《つぶ》らないが、部下にはけっこう思いやりがあるのかなあ」

「そうでもないですよ。先生に注意されたことは肝に銘じてます」

森は照れくさそうに顔をしかめた。

「この男は学生時代から才能というか活力というか、そういうものをもてあましてるようなところがあった」

「そんなことはありませんよ」

森はさかんに頭をかいている。

森と仁科が高沢宅を引き取ったのは五時過ぎだが、その三時間後に北見から高沢に電話がかかった。両人は面識はないが、お互いの名前ぐらいは知っている。

「留守中お電話をいただいたそうですが……」

「さっそく恐縮です。あすの午後にでもおうかがいしようと思ったのですが」

「ご用件はなんでしょう」

電話ということがあるにしろ、北見の切り口上に、高沢は厭《いや》な感じがした。

「実は、さきほど森雄造君が拙宅を訪ねて来てくれました」

「森雄造ってなんですか」

「失礼ですが、会長さんは総合企画部の課長をご存じないんですか」

高沢はむかむかしていた。北見が森雄造を知らぬわけがない。直訴の手紙を出したことを高沢は聞いたばかりであった。建白書のこともむろん聞いていた。

「ウチには一万五千人からの従業員がおるんです。社員の顔までは憶えてませんなあ」

「それはどうも。しかし、いろいろ問題になっている管理職ですよ」

「管理職だけでも千人や二千人じゃききませんからね」

売り言葉に買い言葉のような具合になっている。

「ほんとうに森君の件はご存じないのですか」

「課長クラスのことは社長以下にまかせてますから」

「あなたに窮状を訴える手紙を出して、黙殺されたとこぼしてましたよ」

「ああ、変な手紙が来てましたねえ。困るんですよ。ああいう身のほど知らずというかラジカルなのは……」

「はっきり言わせていただきますが、わたしはあなたに東大名誉教授の立場で抗議したい気持なんです。内政干渉するつもりはありませんが、森君はわたしの教え子ですから、このまま見すごすわけにもまいりません。森君が会社を辞《や》めなければならない理由はまったくないと思います」

高沢は感情的になっていた。声高になっているのはそのせいだ。

「森という男は社内で鼻つまみになっている男です。私文書偽造みたいなことまでやった不良社員です。そんな男を庇《かば》い立てすると、先生に傷がつくんじゃないですか」

「やっぱりご存じゃないですか。知らないとおっしゃるから、びっくりしましたよ」

高沢は皮肉たっぷりに言って、ちょっと溜飲を下げたようなつもりになっていた。北見はバツが悪い思いをしてるのか、言葉につまっている。そう考えると、いくらか冷静になれる。

「私文書偽造って、在庫証明のことを言ってるんですか」

「先生はそんなことまでご存じですか。しかし、十二分に調査した上で、森を処分することにしてるようですから、どうかご放念ください」

言葉は丁寧だが、北見はぴしゃりと言い切った。

高沢は逡巡したが、抑え切れなくなって言い返した。

「人事課長の仁科さんも一緒でしたが、仁科さんも会社のやり方を一方的だと非難してましたよ」

「…………」

「わたしに免じて、森君の処分についてもう一度再考願えませんか」

高沢の声がやわらいでいる。

「それは無理です。会社として方針が決まってるんですよ」

「わたしがここまで言ってもだめですか。こういう不祥事が表面化しますと、学生が動揺しますよ。御社を志望する学生がいなくなってもよろしいんですか」

これは、仁科に知恵をつけられたのだが、北見は一笑に付した。

「まさか、天下のトーヨー化成を振る学生がおるんですかねえ。だいいち、表沙汰にはなりません」

「わかりました」

「人事課長まで先生にとんだ泣きごとを申したようで申し訳ありません。よく叱っておきます。近ごろの若い者は恥知らずで困ります」

「なにをおっしゃいますか。大変立派な人事課長さんじゃありませんか。仁科さんの心意気に、わたしは心をゆさぶられました。くれぐれもよろしくお伝えください」

高沢は電話が切れたあとも、むしゃくしゃして老妻にあたりちらした。北見の顔を見ないだけ救われるが、会って話していたら、つかみかかりたくなるところだ、と高沢は思った。

6

八月三日月曜日の午後、総合企画部付課長、森雄造の懲戒解雇に関する稟議書が常務以上の役職役員の間に回覧された。

山脇は、仁科に稟議を起こすように命じたが、仁科は「わたしにそれをやれというのは酷ではありませんか」と言って、応じなかった。

「情において忍びないのはわかるが、ここは心を鬼にして事務的にやってもらえませんか。それではきみのためにならないよ。きみは、いまどんな立場にいるのかわかっているんですか」

「よく存じてます」

「わたしは、きみが稟議を起こしてくれたことを川井専務に報告して、とりなすつもりでした。会長までがきみを人事部から外すように言ってきている。わたしの気持はわかってもらえませんか」

部長応接室で、山脇はほとんど哀願するように言った。

「部長のお気持はありがたいと思いますが、僕にはどうしてもできません。たとえこれが森ではなく、ほかの社員でもそうしたと思います」

「わたしがここまでお願いしても聞いてもらえませんか」

「申し訳ありません」

仁科はとうとう拒絶し切った。気持が動かなかったと言えば嘘になる。俺が断わっても誰かが稟議を起こすのだから、結論は同じではないか、と囁《ささや》く声が聞こえたし、それを森がわかってくれることもたしかだが、やはり出来なかった。

結局、山脇自身が稟議を起こした。

十七人の役職役員で、森の懲戒解雇に反対したのは水野副社長と中島常務の二人だけであった。

中島は〝不当、始末書程度が適当と思われる〟と付箋を付けた上に、山脇を自室に呼びつけて事情を聴取する念の入れようだった。

山脇はすぐに中島の部屋へ駆けつけて来た。

「失礼します」

山脇はドアを後ろ手で閉めながら、

「なにか」

と、こわばった顔で訊いた。

「森君の件で稟議書が回ってきたが、きみが起案したんですか」

「はい。川井専務にいいつけられましたので、そうさせていただきました」

「それで、もう本人には伝えたんですか」

「はい」

「なんといってます」

「解雇の理由を文書にしてほしいということでしたので、四項目をタイプにして渡しました」

「きみ、人事部長として、こんなことでいいと思ってるのかね」

山脇は言葉に詰まった。

「もうすこし、血のかよったやりかたがあると思いますが、わたしは、方法論として拙劣きわまりないと思っています」

「私の立場では、こうするより仕方がございませんでした。森君が依願退職の勧告を受けてくれなかったことが残念でなりません」

山脇は佇立したままの姿勢でこたえた。

「もうけっこうです」

中島は、速瀬から「森のことをよろしくたのむ」と言われていたが、どうにも手の打ちようがなかった。

しかし、念のため秘書に頼んで時間をとってもらい、川井の部屋へ出向いて行った。

「さっき、人事部長とも話したんだが、森の件は納得できないですね。川井専務がむきになって力ずくで押し切るようなこととは思えませんが……」

「社長も了承してることをきみだけが反対しても始まらんのじゃないか」

川井は、中島に切り込まれて、一瞬たじろいだが、すぐに言い返した。

「やりかたが一方的で不明朗に思えますが……」

「一方的で不明朗なものに、十何人もいる役員が判をつくかね」

川井は傲然と言い放った。しかも、自席から起とうともせず、ソファの中島を睥《へい》睨《げい》するように見おろしている。

「水野副社長も反対してると聞いてますが……」

それには答えず、川井が言った。

「きみが変に立ちまわると、まずいことになるぞ。本件は担当のわたしにまかせてもらおう」

「しかし、森君のしたことは、始末書程度で済むことではないいんですか。いってみれば、言いがかりではないでしょうか。なにか森君に弱みでも握られていて、それで処分を急いでいるようにも思えますよ」

中島は負けてはいなかった。

「言葉を慎《つつし》んだらどうだ」

川井は顔をひきつらせて、浴びせかけた。

「いずれにしても、わたしが反対したということはテイクノートしといてください」

「あたりまえだ。テイクノートしておく」

川井は、激しい言葉を投げつけて、椅子を回転させて、中島に背を向けてしまった。

仁科が、とつおいつしたあげく森がとろうとしている法的措置について山脇に報告したのは、その日の午後五時前のことだ。森から口止めされていたが、あすになればわかることだし、それによって会社が森の懲戒解雇を撤回しないとも限らない――そうした淡い期待が仁科をして、踏み切らせたと言える。

仁科は部長応接室へ山脇を誘った。

「森は何日付けで懲戒解雇になるんでしょうか」

「北見会長が夏休みで軽井沢に行かれてるので、会長のサインがまだもらえないんでねえ。ま、八月二十日付になると思います」

「…………」

「森君が辞表を出す気になったんなら、いまからでもなんとかなると思いますが……」

山脇はさぐるような眼で仁科を見上げながら、つづけた。

「藤本社長と川井専務が決裁してますから、これを撤回するのは相当困難だと思いますが、そのくらい骨を折ることはやぶさかではありませんよ」

「部長もさすがに気が咎《とが》めるんじゃないんですか。懲戒解雇はあんまり残酷ですからね。しかし、黙って稟議書に判を押す人たちにくらべたら、部長は良心的ですよ」

山脇は渋面をあらぬほうへ向けたが、気を取りなおして訊《き》いた。

「稟議書が回ったことを森君は知ってるんですか」

「もちろん話しました」

「ショックを受けたでしょうねえ」

「そうでもありませんでした。むしろ、さばさばしてたと言っていいんじゃないですか」

山脇は気持をかきまわされて、複雑に顔を歪《ゆが》めている。

「森は、会社を訴えると言ってますよ」

「会社を訴える？」

「ええ。ことここに至ったら仕方がないと思います」

「どういうことですか」

「地位保全仮処分申請書を一両日中に東京地裁に提出することになるんじゃないでしょうか。相当以前から準備していたようです」

「なんですって」

山脇の顔から血の気が引いた。

「すぐ社長に報告しなければ……」

山脇はおろおろとソファから起ちあがった。

「きみも一緒に来てください」

「いいですよ」

仁科は、山脇につづいて応接室を出た。

山脇は、眼もあてられないほどうろたえている。エレベーターを待つ間も貧乏揺《ゆす》りが止まらなかった。

エレベーターを降りて、前のめりになるような歩き方で、秘書室へ着くなり、山脇は息せき切って言った。

「藤本社長は？」

「いま、来客ですよ。プライベートな寄り合いがあるとかで、五時には退社されるそうです」

勿体《もったい》ぶった口調で秘書室長の木原がこたえた。

山脇は腕時計に眼を落した。五時十分過ぎだった。

「重要なお客さんなのかい」

「合織工業会の専務理事さんです」

藤本付きの秘書の女性が代わって返事をした。

「お急ぎのご用でしたら、メモを入れましょうか」

「そうしてほしいな」

「はい」

山脇のただならぬ様子に、秘書の女性は気をきかせてくれた。

十分ほどして、初老の男が秘書室のほうに軽く頭を下げながら通り過ぎて行った。

山脇は仁科を伴って藤本の返事も待たずに社長室へ押し入るように入った。

「あまり時間はないが、急ぐ用かね」

藤本が不快そうに眉を寄せて訊《き》いた。

「はい。森君が法的措置に訴えるといっているそうです」

「立ってないで、坐ったらどうだ」

藤本は、悠然と躰《からだ》をソファのほうへ運んできた。

「法的措置って、どういうことかね」

「地位保全の仮処分の申請書を一両日中に地裁へ提出する、そう私に申しておりました」

「そんなことができるわけがないだろう。自分の恥を天下に晒《さら》すようなものじゃないか」

藤本は一笑に付した。

仁科は愕然とした。社長ともあろう人がこの程度の認識とは——。仁科はあきれて、口をきく元気がなくなった。

「おそらく森は、本気でしょう。仁科君の話では、相当以前から周到に準備していた形跡があります」

「すまんが、いま川井君に来て貰《もら》うから、相談してくれたまえ。わたしは五時半からちょっと外せない用があるんだ」

藤本は、そう言いながら席へもどり、電話で秘書を呼び出し、用件を告げた。

「あとは川井君にまかせるが、ま、放っておいていいんじゃないか。とりあわんほうがかえっていいと、わたしは思う」

藤本が帰り仕度をしているところへ、川井がかけつけてきた。

「森のことで、ちょっと話を聞いてやってほしい。きみの判断にまかせるよ」

藤本はそれだけ言って、部屋から出て行った。

仁科は、内心舌打ちしたいような気持だった。

「森がどうしたって」

ソファにどっかと尻を落して川井が訊《き》いた。

仁科が経過を説明した。

「ふん」

川井がせせら笑うように鼻を鳴らした。

「それで、会社を恫喝してるつもりか。解雇処分を撤回させようっていう魂胆か。世の中そうは甘くない。社長がどんな意見か知らないが、無視するのみだ」

仁科はやり場のない憤怒で、躰《からだ》が火照《ほて》った。

「人事課長はもう帰っていい。わらわせるな、と森にいっておけ。そんなこけおどしに乗せられてたまるか。やれるものならやってみろ」

川井は、仁科を睨《ね》めつけるようにして、浴びせかけた。

仁科は、身内のふるえを懸命に抑えながら、社長室を後にした。

藤本と川井の思考方法は、判で押したように似ていた。救い難い人たちだ、と仁科は思った。

「専務、本当にこのまま放置してよろしいでしょうか。わたしは森君なら、やりかねないと思いますが」

山脇がべそをかいたような顔で川井を見つめた。

「俺も六時から宴会があるから、あんまりゆっくり出来ないが、人事課長が森に知恵をつけてるんじゃないのか。技術屋の森にそんな知恵が働くとは思えんな」

「………」

「あの野郎、しらばっくれてるが、たしかに臭いな。森の退職に頑固に反対してたやつだからな」

山脇は返す言葉がなかった。しかも、どうしてこんなヤクザみたいな口のききかたをするのだろう。一流企業の専務ともあろう人が。そう思うと、山脇はやりきれない気持になる。

「仁科の狂言じゃねえのか」

「仁科はそんな人をひっかけるようなことのできる男ではありませんよ。失礼ですが、考え過ぎだと思います」

「俺の勘は、こうみえても相当なもんだぞ。ためしに地方の営業所にでも飛ばすぞ、と威《おど》しをかけてみろ。いっぺんで引き下がっちゃうんじゃないのか」

川井は毛《け》臑《ずね》をたたきながら、ドスの利いた声で言った。

「分かりました。とにかく、黙殺することにします。それでよろしいのですね」

山脇はふるえ声で言って、挨拶もせずに、川井の前を離れた。山脇にしてみればせいいっぱい抗議の意思を伝えたつもりだが、川井はどうとったのか「そう、うろたえるな」と、声をかけてきた。

山脇は、人事部へ戻って、仁科を応接室へ呼んだ。

「僕はあきれはてて、腹も立ちません。社を危うくする人たちだ、と森が言ったことを信じたくもなりますよ」

仁科はさもうんざりしたように言って、長い脚を組んだ。

「そうふてくされたようなことをいいなさんな。まだ懲戒解雇を森君に文書で通告してないし、会社都合退職の扱いにする余地は残されている。その線で巻き返すから、法的措置を講じるようなことはやめるように、きみから森君に勧めてくれないか」

山脇は、こびるような口吻だった。

山脇はなにやら胸騒ぎをおぼえていた。森の出方によっては、手中にしかかった理事のポストを逃がしてしまう、そんな追いつめられた気持になっていた。

「僕には、もうそんな元気はありません。部長からお話しになってください」

「わたしも話すが、きみからも口添えしてくれたまえ」

「それを押しもどせるとしたら、会社が森の処分を撤回する以外にないと思います」

「それはできっこない。ないものねだりみたいなことをいわれても困る」

険しい顔で山脇は言い、いらだたしげに貧乏ゆすりを始めた。

第七章　エリートの反乱

1

八月十日月曜日の朝、銀座の法律事務所から一通の文書がトーヨー化成工業の藤本社長宛に届けられた。それは、事務所の若い女性のお使いが運んできたもので、責任者の受領証をいただきたい、とその女性はあらかじめ用意してきた受領証を添えて秘書室の窓口へ差し出した。

木原秘書室長が社判を押しサインをして、受領証を返した。

木原は、藤本にそのタイプ刷りの文書を届けて判断を仰いだ。

藤本は大儀そうに、文書に眼を通した。

前略　貴社益々御繁栄のこととお慶び申し上げます。

さて突然でございますが、当法律事務所は貴社の森雄造課長から一身上の件について種々相談にあずかっておりますが、同氏は本年七月三十一日人事部長より解雇の告知を受けております。

申出にかかる解雇原因はいずれも理由のないものと判断いたしますが、同氏としては一応法的措置を講じる所存であります。

その結果が貴社に及ぼす影響も少なくありませんので、右の件について事前に一応のご挨拶を致したく存じます。

つきましては、甚だ勝手でございますが明十一日午前中に二十分程時間を頂戴いたしたいと思いますので、よろしく御高配賜りますようお願い申し上げます。

時間並びに場所をご指定下されば参上致します。

いわば、それは森の最後通告であった。

「抜き打ち的に地裁へ持ち込むことだけはやめてほしい。事前に必ず弁護士から、藤本社長宛へ連絡をとってもらいたい」と、森は仁科から諄《くど》いほど念を押されていた。森はそれに従ったまでである。仁科は、未練たらしく藤本社長の良識に最後の期待をかけたのである。

藤本は、文書から顔をあげてデスクの前に立っている木原に、尖った声で命じた。

「川井君に回してくれ」

「川井専務は出張中です」

「出張？」

「はい。夏休みをかねてアメリカへ……」

木原は怪訝な顔をした。川井が一昨日、渡米したことを藤本が知らぬはずはない。川井は、アメリカの繊維業界の視察を口実に、渡米したが、目的は遊び以外のなにものでもない。家族同伴かどうかわからぬが、日程表を見る限りいまごろハワイでゴルフをしているか、ワイキキで海水浴を愉しんでいるころだ。ハワイから米国西海岸へ回り、ニューヨークの米国トーヨーのオフィスへ立ち寄り、帰国は十日後の予定であった。

「そうか」

藤本は不快そうにたるんだ頰をさすりながら考えていたが、文書を木原に返して言った。

「川井君に連絡しろ。森の件はかれにまかせてあるんだ」

「承知しました」

木原は硬い顔で一礼して、引きさがった。

木原が英会話の堪能な秘書に命じて、シェラトン・ワイキキ・ホテルへ国際電話を入れさせたところ、川井がチェックインしたことは確認できたが、外出中であった。

いま午前十時を回ったところだから、ホノルルは一日前の午後三時である。こんな時間にホテルの部屋に閉じこもっているわけはない。折り返し東京へ電話を入れてほしいとフロントに伝言を頼んで、秘書は電話を切った。

川井がホテルに戻ったのは現地時間の夜九時過ぎである。香港の女が一緒だった。海水浴とゴルフで陽焼けした川井の顔が茹《ゆ》で蛸《だこ》のように赤くなっている。色白な川井は紫外線で焼き込んでも焦げ茶色には仕上がらない。川井はフロントでキィを受け取るとき、東京からのメッセージを聞いたが、十七階のスウィート・ルームで女と一緒にシャワーを浴びて、アロハシャツに着替えてから、東京の本社へ電話を入れた。

シェラトン・ワイキキ・ホテルのスウィート・ルームは、リビング・ルーム、ドレッシング・ルーム、バス・ルーム、ベッド・ルームからなり、日本のホテルのスウィート・ルームとは比較にならぬほど豪勢なたたずまいである。しかも角部屋だから、ハワイが誇るワイキキ海岸からダイヤモンドヘッドにかけての絶景が一望のもとに見渡せる。

川井は女につくらせたウイスキーの水割りを飲みながら、リビング・ルームのソファで受話器を耳にあてた。

開け放った窓から眺める夜景も悪くはないが、オレンジ色のムームーをまとった女のあでやかさは、さっきバス・ルームでじゃれついたばかりなのに、ふるいつきたくなるほど気持をそそられる。広東の女にしては鼻筋が通っていて彫《ほり》の深いエキゾチックな顔だちである。

トイレにでも立っていたのか、三十秒ほど待たされたが、やっと「もしもし、お待たせしました」という木原の声が聞こえた。

「川井だが、急用でもあるのかね」

「はい。けさ、銀座の弁護士事務所から森課長の件で社長宛《あ》てに文書が届けられてきました。ちょっと読ませていただきます。前略……」

木原は最後の草々まで読んだ。

「社長は知ってるのか」

川井はグラスをサイドテーブルに戻して、受話器を右手に持ち替え、癇走《かんばし》った声を放った。

「はい」

「それなら、社長にまかせろよ。こんなことでハワイまで電話してくる莫迦《ばか》がいるか！」

川井は、女がおろおろするほど猛《たけ》り立った。

「社長が本件は川井専務にまかせてあるのだから、連絡をとれと言われたんです」

「社長宛ての文書だろう。最高責任者のくせに、責任回避じゃねえか」

「とにかく、そんなわけですから、専務のご指示に従いたいと思います」

木原の声は妙に落着いていた。それが川井の神経を逆撫《さかな》でするのか、一層苛立《いらだ》っている。

「人事部長はなんと言ってるんだ」

「一応、報告しておきましたが、社長がそうおっしゃる以上、専務の判断に従いたいというご意見です」

「ちえっ」と、川井は舌打ちした。

「どいつもこいつも役立たずだな」

「ただ、人事部長は、〝わたしなら懲戒解雇処分を撤回しますが〟と言ってましたが……」

「阿呆！」

「これは人事部長のご意見です」

木原の声が気色《けしき》ばんでいる。阿呆呼ばわりされて、むかっとこないほうがおかしい。

「そんなこけおどしに乗る莫迦《ばか》がどこにいる！」

「いかが致しますか」

「放っておけ。森が本気だとしても、あいつに勝ち目はねえ。裁判になればカネもかかるし時間もかかる。あいつも裁判沙汰にするほど莫迦じゃねえだろう」

「会長に報告しなくてよろしいですか」

「そんな必要はねえな」

「弁護士事務所にはなんと返事をしますか」

「放っておけ。催促があったら、社長は忙しくて会えねえでいいじゃねえか。そんなこと自分で考えろよ」

「わかりました」

硬い返事が返ってきた。

「忙しいから切るぞ」

「はい。失礼しました」

川井はたたきつけるように電話を切った。

2

宮地以下五人の弁護士を代理人に、森が地位保全仮処分申請書を東京地裁に提出したのは八月十二日の午前十時過ぎのことである。債権者は森雄造、債務者はトーヨー化成工業（代表取締役社長藤本剛）で、申請の趣旨として「債権者が債務者に対して提起する雇傭契約存在確認の本案判決確定に至るまで債権者が債務者の従業員である仮の地位を定める、との裁判を求める」と記されてあった。

昨夜、森は宮地と電話で話した。

「あすの朝、正式に手続きをとるよ」

「きみにまかせるよ。社長に会えたの？」

「いや、梨のつぶてだった。四時まで待ったが、なにも言ってこないから、事務所の女の子に秘書室長へ電話をかけさせたが、本当にそうなのか居留守かしらんが席を外してるという返事で、社長は忙しくてお会いできないと伝えるように言われてます、と電話に出て来た女性が話したそうだ」

「弁護士先生も嘗《な》められたものだね」

「まったくな。こうなったらやるしかない。聞きしにまさるひどい会社だ」

宮地はプライドを傷つけられて相当かりかりしている。

「A新聞に知ってる記者がいるから書いてもらうがいいね」

「つらいところだな。仁科に話したら、止められるだろうが、ここまできたらしょうがないね。騒々しいことになるだろうが……」

「もとよりそれは覚悟の上だろう。森は、藤本、川井と刺し違えてもいいと言ったことがあったな……。これは冗談だ」

「いや、それは本音だよ」

「会社がどう出るか見ものだね」

宮地は闘志をかきたてているようであった。

A新聞の社会部記者がトーヨー化成工業の広報室に電話で取材を申し込んできたのは十二日の午後二時過ぎである。森が地位保全の仮処分を東京地裁に申請したことなど寝耳に水である広報室のうろたえようといったらなかった。

若い記者は今日中に責任者である社長の話が聞きたい、と強硬だった。広報室長の西村が血相を変えて人事部に飛び込んできたとき、山脇は席を外していたので、仁科が応接室で対応した。西村は、仁科の一年先輩社員である。西村はのっぺりした顔を真っ赤に染めて、食ってかかった。

「森君が依願退職の勧告を蹴《け》ったので、懲戒解雇になるとは聞いていたが、裁判に訴えるなんて聞いてないぞ。新聞記者から聞いて、対応のしようがないじゃないか」

「新聞記者が……」

仁科は息を呑んだ。申請書を地裁に持ち込んだことは聞いているが、新聞記者が動いているとは聞いていなかった。

「弁護士からのリークだ」

西村は苦いものでも呑み込んだような顔でつづけた。

「森はそこまでねじれちゃったのか。裁判沙汰なんて、冗談じゃないぞ。恥を知れって言いたいよ」

「……」

「仁科がついてて、そこまで暴走させるなんてどうかしてるぞ」

「僕は最後の最後まで法的措置を回避させるべく努力したつもりですがね。西村さんから非難されるいわれはないと思います。非難されて然るべきは藤本社長なり、川井専務のほうですよ。それこそ暴力的に森を退職に追い込もうとしたんですから。しかも、森が法的措置に訴えようとしているといっても、取りあおうとしなかったし、弁護士事務所が事前に社長と相談したいと言ってきたときも無視したんですよ。森は会長にも解雇は不当だと手紙で訴えています。そのことごとくを無視されたら、とるべき途はほかにないではありませんか」

「…………」

「僕は、森が法的措置をとったことに抗議する気になれませんね。森をそこまで追い込んだ人たちを恨みたいですよ」

「そんなことより、新聞対策のほうをどうするかだ」

西村がかろうじて言い返したとき、山脇が入ってきた。西村はソファから腰を浮かせて会釈《えしやく》した。

「森が東京地裁に訴えたのはご存じですか」

「聞いてます」

「部長もご存じだったんですか」

「けさ、仁科君から聞きました。なんとか取り下げさせなければと思って、いま森課長と話してきたところです」

「森君はなんと言ってました？」

西村は、仁科の隣りに腰をおろした山脇のほうへぐっと躰を乗り出した。

「第三者の公平な判断を仰ぎたい、の一点張りで、どうにもなりません」

山脇はうんざりした顔で言った。

「A新聞の記者が社長に会わせろと言ってきてます」

山脇はいずれ新聞記者に嗅《か》ぎつけられるのではないかという予感がないでもなかったが、きょうのきょうと聞いて、ショックを隠せず、絶句してしまった。

「弁護士事務所から聞いたと記者は話してました。仁科君の話を聞くと、上のほうの対応が悪くて、心証を害したみたいですね。事務所が積極的にリークしたふしがあります」

「えっ、もう……」

「それで、社長には……」

「まだ話してません」

西村は、山脇の話が終らないうちに答えた。

仁科は、二人のやりとりを黙って聞いている。

「総務部長には相談したの？」

「ええ。人事部長の意見に従えと言ってました。総務部は、森の件では初めからカヤの外ですから……」

山脇は眉をひそめた。持田の言いそうなことだ。減点主義の権化みたいな男である。火中の栗を拾おうとするわけがなかった。

「しかし、マスコミとの対応までは人事部ではできませんよ」

「ええ、まあ」

西村はあいまいに答えて、背筋を伸ばした。

「社長に話したほうがよろしいんでしょうねえ」

「川井専務が外遊中だから仕方がないでしょう」

「夜中の十二時まで待つから、社長の話が聞きたいと言われてるんですが、社長は新聞記者に会いますかねえ」

「会ってもらうしかないでしょう」

山脇は厳しい顔で返してから、仁科に命じた。

「秘書室長に、社長があいてるかどうか訊いてください」

仁科は目礼して起《た》ちあがった。

十分ほど経ってから、社長室へすぐ来るように連絡が入り、山脇と西村が七階へ急いだ。

藤本は、話を聞き終わるやいなや「川井君にまかせてあるのに、なんでわたしが新聞記者に会わないかんのだ！」と、二人を怒鳴りつけた。

「川井専務が日本におられない以上、仕方がないと思います。ここは逃げずに取材に応じていただいたほうがよろしいんじゃないでしょうか」

「逃げるとか逃げないではない！　こんな問題に社長が首をつっ込むほうがおかしくないのか、とわたしは言ってるんだ」

藤本は西村を睨《にら》みつけながら、気持を鎮《しず》めるつもりなのか、センターテーブルの煙草函へ手を伸ばし、一本取って口へ咥《くわ》えた。卓上ライターの火を顔に近づける藤本の手がふるえている。

「人事部長が会ったらいいじゃないか」

「お言葉ですが、森君はトーヨー化成を相手取って訴訟を起こしたんですし、トーヨー化成の代表は藤本社長です。それ以上に、誇り高い新聞記者がわれわれ部長クラスでは納得しないと思います」

「それなら、持田が会ったらどうだ。取締役総務部長なら文句はなかろうが……」

「持田総務部長は、本件にタッチしてませんので、コメントしようがないと言ってます」

西村が顔を上気させて答えた。頭ごなしに叱りつけられて、心おだやかでいられるわけがなかった。

「なんで、川井はこんなときにアメリカなんかへ出かけてるんだ」

藤森が法的措置をとることはないとたかをくっていたのかどうかわからぬが、藤本はひどく動揺している。それを見せまいとして、八つあたり気味に怒鳴りちらしてるのだ、と山脇は思った。

「社長がおいやなら、会長に新聞記者と会っていただくほかはないと思います」

山脇はひらきなおったように言った。事実、森が訴訟を起こしたことによって理事への昇進は夢と消えてしまった、と山脇はあきらめていた。そう思うと、気持がらくになり、矢でも鉄砲でも持ってこいといった心境になってくる。

「会長か……」

藤本はつぶやくように言って壁のランプを見上げた。右端のランプが点《つ》いており、在席していることを示している。

「きみ、会長に話してくれんか」

「わたしでよろしいんですか」

山脇は反問した。あの尊大な北見が平部長などとの面会に応じるとは思えなかった。ことがことだから会わぬとは言わぬまでも、いい顔をするわけがない。

「わたしが話さないかんな」

藤本はそれに気づいたと見え、ソファから起ちあがった。

「きみたち、ここで待っててくれ。どっちにしても報告しておかないかんだろう」

藤本は背広の袖に腕を通しながら社長室から出て行ったが、十分足《た》らずで戻《もど》ってきた。

背広を脱《ぬ》いでたたきつけるようにソファへ放り投げたところに、藤本の怒りが出ていた。

険悪な顔で藤本が言った。

「こんな問題聞きたくないそうだ。会長のところへ持ち込む問題か、と言われたよ。筋が違うそうだ。話さなければ話さないで、あとで愚図々々《ぐずぐず》言うくせに……。だいいち稟議書に判をついといて、なんていう言いぐさだ」

藤本は吐き棄てるように言って喉《のど》が渇いたのか、窓際のデスクまで歩いて行き、水差しの水をグラスに注いで、一気に飲み乾《ほ》した。

「川井君にまかせたんだから、川井君と連絡を取ってやってくれよ」

デスクから投げてきた駄々っ子《だだっこ》のような言いかたに、山脇はうんざりした顔を西村のほうへねじった。

西村もなさけなさそうな顔をこっちへ向けている。

「新聞記者は、社長のお宅に夜討ちをかけるかもしれません。エリート社員がこうした問題で会社を訴えたケースは過去にないそうですから、相当ハッスルしてるようです……」

西村はソファから起《た》ちあがって話している。

「夜中の十二時まで待つから、社長に会わせてほしいと要求してきているんです」

「冗談じゃないぞ。なんのために広報室があるんだ」

「広報ではとても対応し切れません。そんななまやさしい問題ではないと思います」

藤本がソファへ戻ってきたので、西村も坐った。

「社長がしゃしゃり出るほどの問題とは思えんな」

「それでは、わたしが新聞記者に会います」

たまりかねたように言って、山脇は藤本を見据《す》えながらつづけた。

「なんとか川井専務と連絡をとるようにしますが、問題は会社として、どう対応するかです。社長のご意見をお聞かせください」

「訴訟になった以上は裁判で争うほかないじゃないか」

「ほんとうに、それでよろしいんですか」

「どういう意味だ」

「裁判を通じて、会社にとっていろいろ都合の悪いことが表に出て困ることはありませんか」

「そんなものはない！」

「さしあたりの問題は、新聞対策ですが、さいわい正式に解雇通告を文書で出してませんから、検討中ということで時間をかせぎたいと思いますが、それでよろしいですか」

「好きなようにやってくれ」

藤本はつっけんどんに返して、ソファから腰をあげた。

3

山脇と西村が社長室で藤本と話していた同時刻、森は会社の近くの喫茶店でA新聞記者の取材を受けていた。森は、この日も定刻の九時に出社し、午前中は窓際の席で、ひとりぽつんとしていた。専門書や専門雑誌、ときには欧米の専門誌を読んで時間をつぶすこともあるが、ぼんやりしていることが多い。しかし、きょうの午後は山脇が会いにきたり、新聞記者が訪《たず》ねてきたり、久しぶりに忙しい思いをした。

A新聞が森のことを記事にしたのは八月十三日付の朝刊である。社会面の最終ページに四段見出しで大きくとりあげた。

〝トーヨー化成、不当な理由で退職勧告〟〝エリート課長が会社訴える〟〝話し合い中と会社は説明〟の眼を剝くような三本の大見出しにつづいて、次のように書いていた。

合成繊維の最大手、トーヨー化成工業（藤本剛社長）のエリート課長が「会社から不当な理由で解雇を前提とした退職を勧告された」として十二日、同社を相手取り、東京地裁に地位保全仮処分を申請した。一流会社の課長が、会社を相手にこのような申請をするのは極《きわ》めてまれなケース。

申請したのは同社東京本社総合企画部付課長の森雄造氏。

申請書によると、森さんは最近、会社幹部から「退職金は会社都合退職として六百万円支給するから自発的に退職するよう勧告する。拒否した場合は懲戒解雇に処する」と申し渡された。

森さんはその後も再度の退職勧告を受けたが、会社がその理由としてあげているのは①取引先会社に発行させた架空の在庫証明で会社に支払いをさせた②私的に交際費を乱費した③取引先の会社から三百万円借りて私的用途に使った――など四点。

しかし、森さんによると、これらのことは取引会社との相互信頼にもとづいて、取引きを円滑に進めるため、担当者としての責任でしたことで、借金など一部軽率な点は反省するが、懲戒解雇の理由としては不当だ、としている。

森さんは三十七年東大工学部を卒業し、合繊原料などの研究開発で社長表彰を受けたこともある現役最古参の課長。

一方、同社の山脇人事部長は「労基法二〇条による会社都合退職はたとえばの話で、社内の方針はまだ決まっていない。四項目の理由についても事実の有無を森さん本人がどう思うか聞いている段階だ」と話している。

C新聞が同日付夕刊であと追いしたが、記事の内容はA新聞と大同小異であった。ただ、山脇に替《かわ》って、川井の談話を載《の》せることで辛《かろう》じて体面を保ったかたちであった。もっともC新聞の記者がハワイからロスアンゼルスへ飛んだ川井を国際電話で呼び出したわけではなく、山脇が川井と連絡をとって、川井の了解を取りつけたうえで次のコメントを出したのである。

森君にはとかくの噂があったので調査したところ、いくつかの疑惑が出てきた。本人に弁明書を提出するよう伝え、それを待っている段階なのに、なんのための地位保全か理解に苦しむ。もちろん解雇通告はまだしていない。

ついでながらC新聞は「愛社精神をもっていることでは人後に落ちないつもりだ。こんなことを法の場ではっきりさせるのは恥ずかしいし、悲しいことだが、これ以外にとるべき選択肢がなかった。ここでわたしに対する批判を明確にしておかないと、わたしの人生にカゲができる。裁判を通じて、会社の恥部をさらけ出さなければならないのは辛いが、上層部がわたしの弁明に耳を貸そうとしなかったのだから仕方がない」という森の談話を載せ、川井談話との対立点を出していた。

十三日の夜遅く、森は福岡営業所長の岡本から電話をもらった。

岡本はうわずった声で言った。

「みんな興奮してきょうは一日仕事になりませんでしたよ。所員十人足《た》らずの福岡営業所がそんなふうですから、本社はさぞかし大変でしょう。驚天動地の大事件とはこのことでしょうね」

「それほどでもないよ。総合企画部なんか静かなもんだ。みんなわれ関せずっていう顔をしてたよ」

女性社員がひたいを寄せあってひそひそ話し合う光景がそこここでみられたし、眼の色を変えた部長や次長、ラインの課長たちが会議室に集まって、なにやら話し合っていたことも森は知っていた。仁科や西村が社の内外からの問い合わせにきりきり舞いさせられたことも想像に難くない。森自身、電話の応対に息つくひまもなかったから、岡本が興奮するのもわかるが、森は冷静に受けごたえしている。

「まさか。わたしも何度か森さんに電話をかけたし、人事部にも電話をしたんですが、いつも話し中なんです。これは大騒ぎになってるな、と思いましたよ」

「問題児の俺には近づかんほうがいいぞ。それに自宅謹慎を命じられたし……」

「わたしもこの一件に多少は関与してることになるんでしょう?」

岡本の声が低くなった。

森は、受話器を左手に持ち替えながら、どう答えたらいいのか思案した。

岡本はわが身に火の粉がふりかかることを恐れているに相違ない。

「もしもし……」

「うん。まったく無関係とは言えないが、ま、きみが傷つくようなことはないと思うけどねえ」

「実はきょうから夏休みを取ってたのですが、心配だから営業所へ出たんです。火曜日まで、夏休みをとってます。いつでも結構ですから一度会っていただけませんか」

「いいよ。週刊誌が三誌取材したいと言ってきてるが、日曜日は誰にも会わないつもりだから、それでよければ、自宅へ来てもらおうか」

「そうさせていただきます。あした、東京の家族のところへ帰りますから。時間はどうしましょう」

「何時でもけっこうだが、暑いから夕方にしたらどう?」

「それでは五時ごろにでもお邪魔させていただきます」

「吉祥寺駅の北口からバスに乗って、立野町で降りたところから電話をくれれば、迎えに行くよ」

岡本は約束の時間より二時間も早くやって来た。

片道わずか五分ほどの道程なのに、半袖のポロシャツにショートパンツの俺が汗びっしょりかいてるくらいだから、きちんとネクタイを着けて背広を抱えている岡本はさぞ全身汗みずくだろう、と森は気遣《きづか》った。しかも大層な果物籠《くだものかご》までぶらさげている。

「暑いのにご苦労さん。ぶらっと散歩のつもりで出てくればよかったのに」

「初めて森さんのお宅を訪問するのにそうもいきません」

「案外律儀なんだね」

「おやすみのところを申し訳ありません」

香港で会ったときは、なにかこうふてぶてしいような印象があって、好きになれなかったが、いまの岡本はいじましいほど恐縮し切っている。

肩を並べて一方通行の細い道を歩きながら森が言った。

「せっかく来てもらったのに、女房、子供は軽井沢へ行ってて留守だから、なんのおもてなしもできないぜ」

「それならかえって気がらくですよ」

岡本は初めて表情をゆるめた。

リビングルームで、ビールを飲みながらの話になった。

森は外出するときクーラーをつけっぱなしにしておいたので、部屋の中は涼しかった。

「ズボン脱《ぬ》いだらどう」

「けっこうです」

「ネクタイぐらい取れよ」

「はい」

岡本はネクタイを取って、背広のポケットにしまった。

「軽井沢に避暑とは豪勢ですね」

「軽井沢といってもいろいろあって、中軽あたりから車で一時間もかかるずっと北のほうなんだ。勝手に北軽井沢なんて称してるが、鬼押出しの先だっていうから、軽井沢といえるのかどうか。女房の友達の親父さんが十日ほど別荘を貸してくれたらしい。金曜日に出かけたから、しばらくやもめ暮しだな」

森はビールを二つのグラスに注ぎたしながらつづけた。

「こんな騒ぎになってなかったら、俺も行ってたんだが、自宅蟄居《ちっきょ》を命じられたとあっては、しょうがないよな」

「蟄居はオーバーですよ。でも洗濯やら、食事やら大変でしょう」

「たいしたことはないよ。近くにコインランドリーだってあるし、食事は外へ食べに行けばいいんだ」

「奥さん、心配でしょうねえ」

岡本は表情をくもらせた。

「そりゃ気が気じゃないだろうな。おちおち避暑気分にも浸《ひた》ってられないっていうから、それなら中止しろと言ってやったら、家にいて騒ぎに巻き込まれるのはかなわないと言ってたよ。それに楽しみにしていた子供たちが承知しないだろうな」

「奥さんは、森さんが地位保全の仮処分の申請を裁判所に出すことに賛成したんですか」

「賛成するわけがない。しかし、仕方がないと思ってるんじゃないのか。どっちにしても俺が会社をクビになると思ってるのか、働きに出るなんて殊勝なことを言ってるよ」

二人ともビールを飲むピッチが速い。とくに岡本はいくら飲んでも渇きが癒《い》えないらしい。知らず知らずのうちに手酌になっている。

「人事課長の仁科さんが森さんを焚《た》きつけたというのはほんとうですか」

「誰がそんなことを言ってるの」

森の顔が厳《きび》しくなった。

「誰って、もっぱらの噂《うわさ》ですよ」

「誰かが意図的にそういう噂を流してるのかねえ。それではあんまり仁科が可哀相だ」

森はグラスをテーブルに戻してつづけた。

「仁科は俺の気持をいちばんわかってくれてると思うが、最後の最後まで反対しつづけた。俺の恩師の高沢教授まで動員することをすすめてくれたのも仁科だし、弁護士事務所から社長に挨拶するようにも言ってくれた。会長に手紙を出したが、それも仁科の慫慂《しょうよう》に従ったんだ。そのことごとくが黙殺されたが……」

森が地位保全仮処分の申請に至った経過を仔細に説明すると、まばたき一つせずに聞き入っていた岡本は得心したのか、反問一つしなかった。

「仁科さんが可哀相だと言った意味がわかりました」

「仁科が俺を煽《あお》ったなんて見当違いもいいところだよ。俺と親しいから俺に同情的とか森寄りだとかとられがちだが、俺に言わせれば、仁科は人事課長の立場を逸脱したことはない。川井さんの暴力に屈服せず、中立の立場に徹した仁科は見上げた男だと思う」

「しかし、新聞記事だけ読んで事件を知った社員は、森さんを非難するでしょうね。

ある意味では真実を限られたスペースの中では伝え切れないというか、真実を伝えてないわけですから……」

「山脇人事部長の談話にしても、川井専務にしても、よくもああしらじらしいことが言えると思うよ。理解に苦しむのは俺のほうだ。懲戒解雇の理由を文書で受け取ってるし、稟議書が常務以上に回されて、会長まで判を押してるんだぜ」

「川井専務もあわててるでしょうね。日程を切りあげて、今夜帰国するんじゃないですか」

「香港《ホンコン》でも話したと思うが、川井さんが経営を取り仕切ってるようでは、トーヨー化成はお先真っ暗だ。あの人は自分のエラーは部下になすりつけ、部下の手柄は自分の功績にするような卑劣漢だぜ。香港トーヨーのヤミ資金の問題にしても、本社ではもっぱらきみの独走みたいな言いかたをしてるようだよ」

「ひどい！　そ、そんな、冗談じゃありませんよ」

怒り心頭に発して、岡本は口ごもった。

「だいたい、きみを香港《ホンコン》から本社に戻さず、福岡営業所に飛ばしたことがそもそもおかしいじゃないの」

「それは、まあ深謀遠慮みたいなことだと思いますが……」

岡本は言いにくそうに後頭部をさすっている。

「どういう意味か知らんが、いざとなったらあの人はきみを切り捨てるぐらい朝めし前だろうな」

「そうはさせません。わたしは、証拠を握ってるんです。川井専務がわたしを切り捨てるなんて考えられません」

「さあ、どうかな。なんなら賭《か》けるか」

森に見つめられて、岡本は眼を伏せて、ソファの尻の位置をずらした。

「俺は裁判を通じて、川井専務や藤本社長の所業を明らかにしてみせるが、そうなったときに川井専務がどう出るか見ものだな」

「会社のイメージはどんどん悪くなりますね」

「仕方がない。背に腹は替えられないし、あの二人を排除することのプラスは、そのことのマイナス以上に大きいと思う。トーヨー化成は一から出直すべきなんだ」

「森さんの川井専務に対する恨みは相当根が深いことはわかりますが、裁判ともなればおカネもかかりますし、わずらわしい問題がたくさんあるんじゃないですか」

「そんなことはないさ。弁護士の話では、いずれ本訴になるだろうが、わがほうが負けることはどこを押しても百パーセントないそうだしね」

「…………」

「裁判の費用は家を担保に借りるつもりだったが、女房の親父が貸してくれるらしい。きのうの夜、かつての研究所の仲間が電話をかけてくれたが、みんなで資金カンパするって言ってくれたのには涙がこぼれたよ。嘘でも、そう言ってもらえるだけで、どれほど励みになるか……」

森の声がしめりけを帯びた。

「わたしは、森さんに会社のためにも森さんご自身のためにも申請を取り下げてくださいとお願いするつもりでしたが、森さんの気魄に圧倒される思いです」

岡本は粛然とした思いで口をつぐんだ。

4

森が投じた一石は八月十七日から月末までの二週間の間に、その波紋を大きくひろげていった。週刊誌、経済誌が〝エリート課長の造反〟〝トーヨー化成のお家騒動〟〝一流企業スキャンダル〟として競うように大きくとりあげ、取材合戦を展開したのである。

夏枯れで大きなニュースが欠乏していたこともあろうが、はやばやと〝トップの責任問題に発展〟〝藤本社長辞任か〟と書いた新聞もある。トーヨー化成が旧財閥系の大企業だけに、ニュースバリューは小さくなかったとも言える。

森は八月二十日付で自宅謹慎を解《と》かれたが、課長代理への降格処分を受けた。〝課長代理に格下げ、トーヨー化成の造反課長〟〝トーヨー化成、森課長を降職処分に〟の見出しで、全国紙二紙が二十一日付の朝刊でおよそ次のように報じた。

企業スキャンダル訴訟事件にまで発展しているトーヨー化成工業は二十日、不当な理由で懲戒解雇の通告を受けたとして東京地裁に地位保全仮処分申請をしていた同社総合企画部付課長の森雄造さんを同部課長代理に降職処分にした。

森さんは会社側から社内の恥部を知り過ぎているなどと疑われたうえ、ささいな四つの懲戒解雇理由をあげ、解雇はやむを得ないと告げられたとして、今月十二日、訴訟を起こしていたもの。

この突然の人事について、川井久彦同社専務は「退職勧告は本人に対するアドバイスで処分ではなかった。社会問題化したから方針変更したわけではない。今度の格下げ処分は、社長表彰を受けるなど本人の会社に対する貢献を考慮したからで、社長の決裁など正式な社内手続きを経ている」と話している。

この処分によって、解雇の恐れがあるとした森さんの地位保全仮処分の申請は、二十五日に予定されていた第一回裁判を目前にひかえて肩すかしを食うことになった。

森さんは「問題の本質のあいまい化をねらった汚いやりかただ。とても耐え難い処分だ」と反発している。

C新聞が香港トーヨーのヤミ資金問題をスクープしたのは、一ヵ月後の九月十八日である。朝刊一面トップで〝東京国税局、トーヨー化成を脱税で調査〟〝香港舞台に二十億円〟〝トンネル会社にヤミ資金〟〝使途厳しく追及〟の四本の大見出しのあとに、リード（前文）は次のようにつづいている。

東京国税局は十七日、わが国最大手の合成繊維メーカーであるトーヨー化成工業（資本金四百五十億円、藤本剛社長）が香港、台湾を舞台に大がかりな脱税をはかっていた疑いを深め、同社の財務、経理調査に乗り出した。脱税額は二十億円にのぼると推定されているが、同局は具体的にどのような方法でヤミ資金がつくられ、使われたかについて厳しく追及していく方針。同社は先月、一課長に退職を勧告して逆に「会社の秘密を知ってしまったための不当な処分」として訴訟にまで発展していたが、今回の脱税容疑はこれを裏付けた形であるうえ、外為法違反の疑いも濃く、同社首脳陣の責任問題に発展することは必至とみられる。

本文では香港トーヨーを舞台にどうヤミ資金をプールしていったかを詳《くわ》しく書いている。株の投機に失敗したことまでは触れていないが、香港トーヨーから東京本社に宛《あ》てたヤミ資金の明細文書が写真入りで掲載されている。まさに動かぬ証拠を突きつけられたかたちである。

森は胸をどきつかせながらC新聞を読んだ。証拠を握っていると言った岡本の顔が眼に浮かぶ。

藤本社長の談話も載《の》っており、「国税庁の一般調査が入ったとは聞いているが、詳しいことはまだ知らない。製品を安い価格で輸出することはあるかも知れないが、脱税しているとも思わないし、心当たりもない」と、否定しているが、白々しいというほかはなかった。

旧財閥系企業集団の長老に「北見君や藤本君はどうかしている。恥を知ってもらいたい」と名指しで非難されたが、北見も藤本もそして川井も、嵐の過ぎ去るのを待つ姿勢に徹し、さしあたり辞任するつもりはなさそうだった。

第八章　崩れゆく虚像

1

土曜日の午後の横須賀線はひどく混んでいた。仁科は、週休二日制がさほど浸透していないことをいまさらながら教えられたような気がした。鎌倉方面へ行楽で出かける若ものたちも混《ま》じっているが、大部分は勤め帰りのサラリーマンだった。

仁科は北鎌倉駅で下車した。季節はうつろい、秋が深まっていた。空気に新鮮な匂いが感じられる。十月中旬にしては風が冷たかった。仁科は駅前の公衆電話ボックスに躰《からだ》をすべりこませて、電話帳を繰《く》った。仁科が速瀬に相談してみようと思いたったのは、森と別れて、吉祥寺駅で上《のぼ》りの電車を待っているときだった。事前に電話で連絡しておくべきだったが、速瀬宅の電話番号も控《ひか》えてなかったし、留守《るす》の場合は、久しぶりに円覚寺の境内をひとり歩きするのも悪くないと考えたのである。

十円硬貨を電話機に落して、六桁《けた》のダイヤルを回《まわ》して、呼び出し音を十回ほど聞いた。

留守なのだろうか、と仁科が首をかしげながら受話器を耳から離そうとしたとき、

「もしもし」

低音の野太い声が聞こえた。

「仁科と申しますが……」

「仁科さん？」

「人事部の仁科ですが、速瀬社長でいらっしゃいますか」

「おうっ、仁科君か」

「はい。お休みのところをご迷惑かと思いますが、いまからお邪魔させていただいてよろしいでしょうか」

ためらいがちに仁科が言うと、

「けっこうだよ。ちょうど話し相手がほしかったところだ。待ってるよ」

速瀬は気さくにこたえ、

「いま、どこにいるのかね」

と、訊《き》いた。

「北鎌倉駅の前です」

「そうか。すぐに迎えに行こう」

「けっこうです。社長のお宅は存じてますから」

「そう。それじゃ、家で待たしてもらおうか」

仁科は電話を切って、鎌倉街道を大船へ向かって歩いて行った。

郵便局の前を左へ折れて、曲《ま》りくねったアスファルトの坂道を登り切った高台に速瀬の家があった。

仁科が坂道へさしかかったとき、ぬっと速瀬が立ちふさがるようにあらわれた。

グレーのカーディガンをひっかけて、サンダル履きでとび出して来たようだ。

「このへんも多少変わったからね」

速瀬はにこっと笑った。

「社長、突然お邪魔して申し訳《わけ》ありません」

仁科はわざわざ出迎えてくれた速瀬に心あたたまる思いで、ていねいに頭を下げた。

坂道を二人は肩を並べて歩いたが、かなりの傾斜で、息が切れ、話をするどころではなかった。しかも強い向かい風で、速瀬はときおり立ち止まって、うしろ向きになって風をやりすごした。

「きみ、寒くないかい」

「いいえ。暑いくらいです」

「この坂道は年寄りにはこたえるが、いい運動になるね」

速瀬は息をはずませている。

仁科の足もとに、かさかさした球状のものが風に運ばれてころがってきた。それは、枯れて焦《こ》げ茶に変色した紫陽花《あじさい》だった。初めて、速瀬宅を訪れたのは、むし暑いつゆどきで、庭に紫陽花が咲き乱れていた、と仁科は思い出した。当時、仁科のポストは本社総務部の課長代理だったが、そのころ、速瀬の実母が老衰で亡《な》くなり、その葬儀の手伝いにかり出されたのである。

速瀬の家はしもた屋に二階をつぎたした古い二階家だった。庭が百坪ほどあって、広いことがとりえだが、周囲の瀟洒《しょうしゃ》な家にくらべて、はるかに見劣りして、やぼったくみえる。

戸締まりもせず外出したとみえ、速瀬は格子戸《こうしど》をくぐり抜けて、玄関に入った。

「仁科君、よく来てくれたね。ちらかしたままだが、あがってくれ」

「お邪魔します」

速瀬は仁科を二階の和室に案内した。

「ちょっと待ってくれるか。茶のしたくをするから。かみさんが娘のところへ行ってね」

「社長、どうかおかまいなく」

「なあに、どうせなんにもないんだ」

速瀬が階下に降りて行っている間に、仁科はテーブルの上の色紙《しきし》を読んでいた。揮毫《きごう》というほど大袈裟《おおげさ》なものではないが、のびやかな書体であった。

仏となるにいとやすきみちあり
もろもろの悪をつくらず
生死に著するこころなく
一切衆生のためにあはれみふかくして
かみをうやまひ　しもをあはれみ
よろづにいとふこころなく　ねがふこころなくして
心におもふことなく　うれふることなき
これを仏となづく
またほかにたづねることなかれ

正法眼蔵生死巻

昭和五拾六年十月十七日　速瀬一郎

硯箱《すずりばこ》が蓋《ふた》をあけたまま置いてあり、たったいま書きあげ、墨がかわくのを待っていた、という風情《ふぜい》であった。

速瀬がウイスキーの用意をしてやってきた。

「茶がわりにこいつをやろう。到来物だが、根が貧乏性だから、なかなかあける気になれなかった。珍客をもてなすには、まあまあのものだろう」

「社長、勿体《もったい》ないですよ」

「いつまでも眺めていられるものでもないだろう。ぐずぐずしてると娘にもってかれてしまうよ」

速瀬は、ふくらみのある一輪ざしの花瓶のようなロイヤル・サルートのうす水色の瓶の封を切って、二つのグラスについだ。氷と水と、それ用のグラスを別に添えて、盆の上に載《の》せてあった。

金ラベルの蟹缶とチーズは、冷蔵庫からさがし出してきたものらしい。

「遠いところをごくろうさま」

速瀬はグラスをかざして、そう言い、ウイスキーを生《き》のまま口にふくんで、チーズを果物ナイフで厚めに切って皿に並べ、ついでに蟹缶をあけて、別の皿にぶちまけるように盛りあげた。

「うん、なかなかいける。きみも遠慮せずにどんどんやってくれ。そのうちかみさんが帰ってくるから、なにかつくらせるよ」

速瀬は口にふくんでいたものをやっと喉《のど》に流しこんで言った。

「おいしいですね」

「ふたりがかりなら、このくらいはあけられるだろう」

「社長、この書をいただけませんか。あつかましいお願いですが」

虚をつかれたように、速瀬はきょとんとした顔で仁科が手にした色紙を見やった。

「さっき、ひまにまかせていたずらしてたんだが、とんだものを見られてしまったな。そんなものでよかったら、よろこんで進呈するよ」

「ありがとうございます」

仁科が正座しなおして、恭《うやうや》しく礼を言うと、速瀬は、はにかんだように顔を歪《ゆが》めた。

「すこし冷えるな」

速瀬は立って、ガスストーブに点火し、焔の加減を調節しながら、さりげなく訊《き》いた。

「森君に会うかい」

「はい。きょうもかれの家で一時過ぎまで話してました。森君のことで社長のご意見をおききしたかったものですから、失礼をかえりみず、やってきました」

「わたしも心配している。ここまで思い詰めてるとは思わなかった」

速瀬はオールドファッションのフレームの太いロイド眼鏡を外して、眼をこすりながらつづけた。

「森君を追い込んだ人たちに問題があることは百も承知だが、裁判沙汰《ざた》はいただけない。なんとか打つ手はあったと思うんだがねえ」

「地位保全仮処分の申請は森君としてぎりぎりの選択なんです。わたしが森君の立場でもそうしたと思います」

仁科は気魄をこめて言ったが、内心は森だからできたことで、俺なら依願退職に応じていたろうと思っていた。しかし、いまとなっては森の行為を是としないわけにはいかなかった。

速瀬は大きな眼を見ひらいてから、おもむろに眼鏡をかけなおした。

「世代の相違というやつだろうか」

「いいえ」

仁科は、かぶりを振って居ずまいを正した。

「社長はご存じないと思いますので、訴訟問題に至った経緯をお話しします……」

仁科の話に耳を傾けていた速瀬が眼鏡を外して、眼尻ににじんだ涙を指先でぬぐった。

「森はそんなに苦労したのか……」

「しかし、森君は自分の名誉を守るためだけで、訴訟を起こしたわけではないと思うんです。藤本社長と川井専務に執行部から降りてもらいたいと考えているのではないでしょうか」

速瀬は、それには答えず、仁科のグラスにロイヤル・サルートの瓶を傾けながら訊《き》いた。

「森は毎日出社してるのかね」

「はい。いまも話しましたように、以前から仕事を与えられてませんから、なんにもせずにぼんやりしていることに多少は慣《な》れたようなことを話してました」

「それにしても針の筵《むしろ》だろう」

「森君は、並のスケールではありません。われわれが考えているほど参ってはいないと思います」

話が途切れた。テーブルに肘《ひじ》を突いて、考え込んでいた速瀬がグラスに手を伸ばした。長い沈黙に息苦しくなっていた仁科がなにか言おうとしたとき、グラスを口へ運びかけた手を止めて速瀬がつぶやいた。

「問題はどう収拾するかだな。そろそろ幕をおろすことを本気で考えなければ……」

「そう思います。森君は、藤本さん、川井さんが退陣して、速瀬さんが本社にカムバックしなければ社内は収まらないと言ってました」

「それはないな。わたしは子会社の社長ぐらいがちょうどいいところだ」

「社内は速瀬待望論でもちきりです」

「おだてもだめだよ」

速瀬は破顔したが、すぐに表情がひきしまった。

「歴史を戻すことはできない」

「そうでしょうか。森君に言わせますと、速瀬社長は欲がなさ過ぎるということになります。トーヨー化成のためを考えたら、藤本さんが本社の社長になるのを指を咥《くわ》えて見ているなんて、おかしい、力ずくでも速瀬さんが社長になるべきだった、と言ってましたが、いまの会社のゴタゴタを見るにつけ、森の言うとおりだと思わざるを得ません」

「それは、わたしをひいきし過ぎるよ」

速瀬はにこっと笑って、ウイスキーを口へ含んだ。

「トーヨー化成社員の九十九パーセントが速瀬さんを支持していたことは間違いありません」

「それもどうかな。どっちにしても後継者を決めるのはそのときの社長なんだよ。いまのトーヨー化成のように会長がおって、人事権を持っていれば話は別だがね。人間関係なんて好きか嫌いかで決まってしまうようなところがあるが、わたしは北見さんに嫌われ、藤本さんは好かれたということなんだろうね。わたしが北見さんに好かれるようにもう少し努力すればよかったのかもしれないが……」

仁科はロイヤル・サルートのお陰で緊張感が弛緩《しかん》し、友達と話しているような気分になっていた。

「これも森君の受け売りですが、先々代の社長が北見さんをスカウトしたことが歯車を狂わせた元凶です。頭取争いに破れた北見さんに社長含みで来てもらう必然性などまったくなかったんです。しょせん、M銀行の常務止まりの人物でしかない人を社長にしたことの目矩違《めがねちが》いが、今日の禍根を残す結果になりました。前の奥さんが名門の出で、岳父の七光りでM銀行で常務まで押しあげられましたが、社の内外でこう人望がなくては、どうにもなりません。藤本さんや川井さんのようなゴマすりしか近づけないところが北見さんの悲劇であり、トーヨー化成の悲劇であったのではないでしょうか」

「愚痴を言っても詮ないことだが、香港《ホンコン》トーヨーだけは解散しておくべきだったな。北見さんに進言したが、容《い》れられなかった。それと建白書を書いた森君にも問題がなかったとは言わないが、川井君がそれをしつこく根に持ち過ぎたね」

仁科が割り箸《ばし》をさかさまにして蟹肉のかたまりをほぐし、酢じょう油をつけて口へ運んだ。

「美味しいですね」

「こいつは手をかけないほうが旨《うま》いような気がするな」

速瀬も箸《はし》をつけた。

「いろいろな場面、場面でボタンの掛け違いはあったと思いますが、山脇部長が川井専務に対してもう少し骨のある対応をしてくれれば、森をこんなふうに追い詰めることもなかったような気がするんです。山脇部長は公平な人なんですが……」

「定年問題で微妙な立場だったんだろうねえ。しかし、結局、藤本君は理事にしなかった。北見さんの反対があったのかもしれないが、山脇君は本社の役員になってもおかしくないのに、森君の問題で味噌をつけたことになるのかねえ」

「トーヨー樹脂の監査役になられるそうですが、速瀬社長のおぼしめしですか」

「北見さんも藤本君も山脇君の再就職先についてなんにも考えていないと聞いたから、見かねて、わたしのほうから持ちかけたんだが、北見さんはおせっかいを焼くなというような顔をしてたな。それで取締役のつもりが監査役にランクを下げざるを得なくなった。しかし役不足は重々承知している。いずれ折りを見て、引きあげたいとは思ってるんだが、わたしがクビを切られてしまったら、それまでだがね」

「先週、山脇部長の送別会を人事部でやったのですが、速瀬社長に大変感謝してました。森問題の対応を間違えたかもしれないとも言ってましたが、僕は山脇部長の罪は決して軽くないように思ってます」

「そこまで言っては、かれが気の毒だよ。今度の人事部長の評判は、どうかな」

仁科は小さく笑いながら首を振った。

「まさか、持田総務部長が人事部長に横すべりしてくるとは思いませんでした。もっともそのお陰で、僕はクビにならずに人事課長でいられるのかもしれません。それも時間の問題ですけれど」

どういう意味だ、と言いたげに速瀬が仁科を見上げた。

「持田部長は、森問題のあと始末はすべて僕にまかせるという態度なんです。この問題が片づくまでは、人事課長でいられることになりそうです」

「なるほど。話が逸《そ》れてしまったが、どう収拾したものかねえ」

「…………」

「会社は裁判で争う方針なのかね」

「いいえ。争っても勝ち目はありませんから、処分は決まっていなかった、と逃げているわけです。それで、森君に申請を取り下げさせるようかき口説けと、僕は部長から厳命されています」

「森君は取り下げるかな」

「絶対に取り下げないそうです。課代《かだい》に格下げされて逆に態度を硬化させています。

右の頰をぶたれたら左の頰を出せるほど俺は寛大ではない、取り下げさせるにはそれなりの条件があるだろう、最低、川井さんの首ぐらい差し出すべきじゃないか、と、さっきもいきまいてました」

「森らしいな」

速瀬は吹き出した。

負けん気の森のふくれっつらが見えるようだった。

出し抜けに、仁科が座布団《ざぶとん》から降りて正座した。

「速瀬社長、ぶしつけなお願いで申し訳ありませんが、北見会長に会っていただけませんでしょうか」

「…………」

「お願いします。たったいま思いついたことですが、それ以外に解決の方法はないと思うんです」

仁科は畳に両手を突いて、叩頭《こうとう》した。

「わかった。もういいから、さあ、飲もう」

速瀬は気恥かしそうに顔をしかめながら、ロイヤル・サルートの瓶《びん》を取って仁科を促した。

「よろしくお願いします」

仁科はもう一度お辞儀をしてから食卓ににじり寄って酌を受けた。

「会長に会うのはいい。思うに会長も困りはてているに相違ないから、妥協案を出せば乗ってくる可能性はある。本訴になれば、さらに会社のイメージは低下し、裁判を通じて叩かれれば叩かれるほど埃《ほこり》が出てくると考えなければならない。恐らく森君の狙いは、名誉の回復と藤本―川井ラインの退陣にあるのであって、会社のイメージを落とすことにあるとは思えないが、会社には会社のメンツがあるから、会長は喧嘩両成敗のようなことでなければ、話に乗ってこないのと違うかな」

仁科は考える顔で口に含んだ水割りを少しずつ喉《のど》へ送り込んだ。

「つまり、森の復権はないということですか」

「そういうことになる。森君は会社を辞《や》めざるを得ないだろうね。山脇君が言ってたような依願退職の線が妥当と思う。会長がどう出るかは会ってみなければわからんが、仮りに森君がきみに話したように会長の立場で川井君を泣いて馬謖《ばしょく》を斬るようなことにするとしたら、バランス上、わたしのほうも森君を泣いて馬謖を斬らなければならなくなる。いま、わたしが考えつくことはそんなところしかないが……」

速瀬は深刻な面もちで、グラスをぐっと呷《あお》って、話をつづけた。

「森君の嵌《は》め込み先はわたしが考える。あれほどの男だから、いくらでもある。またどこへもってってても使えるよ。放っといてももらいがかかるさ。芸者でいえば、〝ぜひもらい〟がかかるに決まっている」

冗談めかして喋《しゃべ》っているわりには、速瀬の表情は硬かった。

仁科が弾《はず》みをつけるように水割りを飲んで言った。

「おかしいと思います。これは喧嘩ではありません。喧嘩でもないものをどうして両成敗しなければいけないんでしょうか。僕は、客観的にことの経緯、経過をきちっと見てきたつもりですが、森が会社を辞《や》めなければならない必然性はまったくないと思います。旧財閥グループからも、マスコミからもこれだけ轟々《ごうごう》たる非難を浴びてる経営執行部がいまさら、なにがメンツですか。まず自分たちの非を認めるべきではありませんか。そして、森に土下座《どげざ》してあやまるべきなんです。森の友人として、そうでなければ腹の虫がおさまりません。副社長は、森がどれほどつらい思いをしたか、おわかりになっていないんです」

仁科は、眼がしらが熱くなった。これでは客観的などと偉そうなことは言えない──速瀬を旧職名の副社長と呼んだり、俺はどうかしてるぞ、と仁科は頭の隅で考える余裕はあったが、速瀬ほどの男が喧嘩両成敗などと分別臭いことを言うなど赦《ゆる》せないと思った。

「きみの気持はよくわかるよ。多分理屈はそのとおりだろう。しかし、現実問題となると、そうもいかんのだ。きみの言ってることは書生論として片づけられてしまうのが現実なんだよ。わたしが会長の立場でも、藤本君なり川井君に責任をとらせて、森君の復権を認めることはできないだろうな。藤本君や川井君からすれば、正義はわれにありなんだ。正邪の区別は、どちら側から見るかによってがらりと変ってしまう。きみのロマンチシズムはよくわかるが、残念ながらそれが現実だ」

速瀬は諄々《じゅんじゅん》と諭《さと》すように話している。速瀬の言わんとしていることは仁科にもわからなくはない。しかし、喧嘩両成敗で森が納得するわけがない、と仁科は確信していた。

「喧嘩両成敗では森は仮処分の申請を本訴に切り換えて、闘い抜くと思います」

「きみまでそんなに思い詰めては困るなあ」

速瀬は笑顔を見せたが、すぐに表情をひきしめた。

「友達のために涙を流して、わたしに食ってかかるきみは立派だと思う。わたしは少しく感動している。森はほんとうにいい友達を持った……」

「申し訳ありません。興奮してしまって……」

仁科は伏眼《ふしめ》がちにつづけた。

「自分では冷静のつもりでしたが、やはり熱くなっているようです。しかし、速瀬社長にはそれこそ森のために熱くなっていただきたいと思います」

「わたしは、森君を手塩にかけて育ててきたとうぬぼれている。その愛弟子がいびり出されようとしているわたしの身にもなってもらいたい。川井君はもう少し利口な男かと思っていたが、わたしの期待を裏切ってくれた」

なにか言おうとする仁科を手で制して、速瀬が話をつづけた。

「わたしが話したいのは、これから先なんだ。森の気持も、きみの気持も痛いほどよくわかる。わたしも川井君を八つ裂きにしてやりたいと思わぬでもない。そのわたしが断腸の思いで喧嘩両成敗と言ってることを考えてもらいたいんだ。それでなくても、わたしが調停に乗り出そうとしたら、森寄りだと言われるに決まってるんだよ。わたしには調停者の資格はないとも言える。しかし、ほかに調停機能がなければ、乗り出さざるを得ないじゃないか」

「…………」

「仁科君、話のもっていきようでこれから先どう展開していくのか予測できないが、とにかくわたしにまかせてくれないか。悪いようにはしない。最善を尽くすと約束するよ。ひとつよろしく頼む」

速瀬に頭を下げられて、仁科はあわててかしこまった。

「よろしくお願いします」

仁科は胸がいっぱいでしばらく顔をあげられなかった。

2

十月二十二日午後二時に、北見から速瀬に呼び出しがかかった。一時過ぎに秘書室長の木原から電話で連絡してきたのだが、子会社の社長としてはなにはさておいても駆《か》けつけなければならない立場にあるとはいえ、二時からの来客をキャンセルしなければならなくなって、速瀬は、業腹《ごうはら》だった。北見のアポイントメントを取るために、速瀬が木原に電話を入れたのは十九日月曜日の朝である。

用件ははっきり伝えてあるし、至急電話を取ってほしいと念を押しておいたのに、四日も待たされ、あげくの果てに一時間前に連絡してくるとはどういうつもりだろう。速瀬は、その点は電話でクレームをつけておいたが、「申し訳《わけ》ありません。わたしがゆき届きませんで」と木原は丁寧《ていねい》に詫《わ》びた。

会長になって、実務面にはタッチしていない北見が忙しいはずはないから勿体《もったい》をつけているとしか思えない。速瀬は日本橋から丸の内へ向かう専用車の中で、〝厭《いや》な性格だ〟とつぶやき、いまいましい思いを増幅させていた。

トーヨー樹脂の本社は日本橋の雑居ビルにある。丸の内のトーヨー化成本社ビルまで、どんなに交通事情が悪くても三十分とはかからない。一時間前に連絡すれば充分という理屈だろうが、地方へ出張していたら、どうなるのか――。現に来客の約束を断わったのである。「なぜ一日か二日前に連絡できないのか」と、木原を怒鳴りつけたが、律儀な木原のことだから、何度か北見に催促してくれたと察しがつくだけに、速瀬はバツが悪くてやりきれなかった。直接、北見の家に電話を入れる手もあったが、形式主義というのか他人行儀というのか、北見はそういうことを極端に厭がる性質《たち》である。

速瀬を乗せた専用車は、二時十分前にトーヨー化成本社ビルの地下二階の駐車場に到着した。速瀬は会長応接室で緑茶を飲みながら二十分待たされたが、二時十分前に応接室に通されたのだから、これならよしとしなければならない。毎月第一木曜日に開く取締役会以外に顔を合わせる機会はないから、両人は二十日以上話していないが、北見は気持に屈託があるせいか、この日も顔色は冴《さ》えなかった。

北見はソファに坐るなり湯呑みの蓋《ふた》をあけて、しずくを切りながら、

「森の件なら、藤本に話してもらったほうがよかったな。わたしがこんな莫迦《ばか》げた問題にどうしてかかわらなければならんのかね」

とさっそく厭みたらしく言って、音をたてて茶をすすり始めた。速瀬はすぐに切り返した。

「残念ながら藤本社長はいまや当事者能力をなくしています。できればわたしも、

こんな問題に首を突っ込みたくないのですが、一端の責任はあると考えまして、重い足を引きずって来ました」

「藤本も川井も困ったものだ。判断が悪すぎる。わたしも世間様に恥ずかしくて大《おお》手《で》を振って歩けんよ」

北見は苦り切った顔で言った。

速瀬は、「一端の責任」にアクセントをつけて皮肉ったつもりだが、北見には通じていなかった。しかし、責任転嫁は見えすいてるとしても、北見が藤本、川井をあしざまに言っているのだから、話はしやすい。速瀬は気をとり直して、一気に本題に入った。

「わたしはそろそろ会長の出番だと思います。わたしは筆頭副社長でありながら、在任中、香港トーヨーの問題をなおざりにしたことを反省しております。あの会社は解散しておかなければいけませんでした。あのまま放置しておいたことが、千載《せんざい》に悔《く》いを残すことになったのですから、かえすがえすも残念でなりません。おのれの怠慢ぶりがなさけなくなります」

〝わたしは、あなたに香港トーヨーの早期解散を進言しましたね。よもやお忘れではないでしょう。どうして、聞き容《い》れてくれなかったのですか〟と、速瀬は婉曲《えんきょく》に伝えているつもりだったが、北見は眉ひとつ動かさなかった。

「わたしも含めて、香港トーヨーを放置した経営陣の罪は小さくないと思います。藤本社長と川井専務には、責任を取ってもらうほかはないと思いますが、会長はいかがお考えですか」

「どう責任をとらせるのかね。おまえさんが藤本に代って社長になるとでも言うのか」

「そんな野心はまったくありません。わたしを含めて、と申しあげてるではありませんか」

速瀬の声がいら立ちを帯びた。

「藤本社長と川井専務は退陣すべきでしょうね。旧財閥グループの一員としてそうしなければおさまりがつかないと思います」

「森のほうはどうなるのかね。訴訟を取り下げるのか。取り下げて懲戒解雇に応じるのかね」

「森君の地位を元へ戻せばそれでよろしいではありませんか」

「なんだって？　森に落度はないとでも言うのか」

「…………」

「きみはそんなことを言いにわたしのところへ来たのか。森の応援演説をぶつために、わたしに時間をとらせたのか！」

果たせるかな北見はいきり立った。

速瀬は表情を変えず間を取るように残りの茶をすすってセンターテーブルに戻した。

「人事部が申請を取り下げるよう説得してるらしいが、森君にはその気がないようです。森君は訴訟に持ち込むまでに、いろいろ手を尽くし、高沢教授まで動員したらしいですよ。藤本社長だか、川井専務だか知りませんが、それさえも無視したそうです。公正な事実関係の再調査を願って、直訴の手紙も出したと聞きましたが、それも無視された……」

速瀬は思い入れたっぷりに、ひと息ついてから、話をつづけた。

「森君の胸中を思いますと、つらい気持になります。藤本社長や川井専務はあまりにも感情的になり過ぎましたね。森君の側に問題はないとは言いませんが、会長もおっしゃったように二人の判断は悪すぎます」

北見が尖った顔をぷいと横に向けて、言い返した。

「きみがなんと言おうと、組織を乱した森を処分しないわけにはいかんね。きみは森に対して身びいきが過ぎる」

「それではこのまま訴訟問題を放っておいてよろしいんですか。会長の財界活動に支障が生じてもいいんですか」

「もうとっくに生じてるよ」

北見はふてくされたように横を向いたまま返した。

「実は先週の土曜日に人事課長がわたしの家を訪ねて来ました。訴訟を取り下げるよう森を説得してほしいというわけです。非常勤のわたしに泣きつくとは、よくよく思い余ってのことなんでしょうが、いま最も優先されなければならないことは、森に訴訟を翻意させることではないんですか。藤本社長と川井専務の責任は追及されなければなりませんが、森の降職は、屋上屋を架すようなことでしたね。意地になっている森を説得するのは容易ではありませんが、降職を撤回し、藤本社長と川井専務に責任をとらせることを約束していただければ、なんとか森を説得できるような気がします」

「懲戒解雇はともかく、森を退職させなければ示しがつかない」

「問題の解決を遅らせれば遅らせるだけ会社のイメージは悪くなりますよ。株もだいぶ下がっています。わたしがいちばん恐れるのは、川井君が香港《ホンコン》であけた投機の穴が発覚したり、ヤミ資金の使途がオープンにされることです。森はその証拠も握っているようですから、それだけでもやめさせなければ……」

速瀬を上眼遣《づか》いにとらえていた北見の眼が眼鏡の奥で激しくまばたいている。

「川井君に不正はない。かれは破廉恥《はれんち》なことなどしていない。森問題の対応は間違えたが、ヤミ資金は節税対策の一環だよ」

「わかりました。わたしが出過ぎてたようです」

きっと口をひき結んで腰を浮かせかけた速瀬を、北見はあわてて手で制した。

「きみの意のあるところはわかったが、ほかの役員とも相談させてくれ。そのうえで返事をする」

「相談するまでもないと思いますよ。会長の決断の問題だと思いますが」

「まあ、そういったもんでもないだろう。来週の月曜日までに連絡する。そんなところでどうかね」

「けっこうです」

速瀬は帰りの車の中で浮かぬ顔をしていた。きょうのところは第一ラウンドだから、これでよかったと思う反面、はったりをかましたり、北見を威《おど》したり皮肉ったりしたことが心にひっかからないでもなかったのである。森の降職を撤回し、藤本と川井に責任を取らせろ、と言うのは、いわば言い値であって、森の退職は仕方がないと速瀬は思っていた。そうでなければ示しがつかないと誰しも考えるところだし、森も名誉ある退職を受け入れてくれるはずだと思わぬでもなかった。

しかし、きょうの北見の反応を見ると、押せば押せるのではないか——と欲が出てくる。藤本—川井の執行部に対する役員、社員の不信感は相当根強いはずだから、森に対する許容度は、俺が考える以上に大きいかもしれない――と、速瀬は思った。

十月二十六日月曜日の午前十一時に速瀬は再び北見と会った。例によって、十時に木原から電話で呼び出されたのである。

この日は会長室へ通された。速瀬が円卓に着こうとすると、北見はデスクの前のソファを指差して「きみ、こっちのほうが落着くよ」と愛想笑いを浮かべながらソファをすすめた。

「藤本は六月に社長になったばかりだから、せめて一年だけでもやらせてやろうと思うんだ。来年は改選期ではないが、相談役に回《まわ》す。それで充分責任をとらせることになるだろう。川井は、直ちに常務に降格する。香港《ホンコン》トーヨーの撤退処理が終ったら関西工場長に出すつもりだ。事務屋の工場長は当社では異例だが、一から出直してもらうためにも現場で苦労するのはいいことだよ」

ソファに腰をおろすなり、北見は結論を述べ、それで文句はあるまいと言いたげに、ぐいと顎《あご》を突き出して、話をつづけた。

「この人事については、役員会ではっきりさせるつもりだ」

「川井君を思い切って子会社へ回す手はありませんか」

「きみ、ずいぶん差し出がましいことを言うね」

北見はさっと顔色を変えた。速瀬が異を唱えるとは考えもしなかったらしい。

「お言葉ですが、川井君は危険な体質の持ち主です。この機会に摘《つ》み取るべきです。このことは以前も申しあげた記憶がありますが……」

速瀬は鋭く北見を見返した。

「きみの指し図は受けない。本来なら藤本一人が責任を取れば済むことなのに、わたしはきみの意見を容《い》れて、川井を更迭《こうてつ》することにしたんだ」

北見は声をふるわせている。

「わかりました」

速瀬は引き下がらざるを得なかった。子会社の社長が人事権を持った親会社の会長にここまでもの申すだけでも、あり得ないことなのだ。

「森君についてはどうされますか」

「申請の取り下げを条件に降職は撤回する。しかし、それこそあんな危険人物を本社に置くことはできんな。どこか眼のつかんところへ出向させるしかなかろう」

速瀬はむすっとした顔で口をつぐんでいた。

それでせいぜい抗議しているつもりだったが、北見はひとの気持がわかる男ではなかった。

「きみ、これで森を説得できないようだったら、今度はきみの責任問題になるよ」

「そんなものですかね」

人事権をちらつかされて、速瀬は苦笑しいしい返したが、きっとした顔になって言った。

「森君の出向先については、わたしに相談するようにしてください。この点はくれぐれもお願いします」

「いいだろう。持田に話しておく」

「森君を説得し切れないようですと、わたしの首が飛ぶわけですな。せいぜい頑張らなければいけませんねえ」

速瀬は皮肉たっぷりに言って、ソファから起ちあがった。

3

速瀬はエレベーターでいったん地下二階まで降りたが、駐車場へ向かわず、同じエレベーターに乗り直して、六階まで引き返した。森が在席していたら、食事に連れ出そうと考えたのである。

森は、自席で本を読んでいた。速瀬が総合企画部へ顔を出すと、部員がいっせいに起立して、迎えてくれた。速瀬は、歩きながら会釈を返したが、森がやっと、それに気づいたのは、速瀬がデスクの三メートルほど手前まで接近してからである。

森は、弾《はじ》かれたように起《た》ちあがった。

「しばらくだね」

「…………」

「読書の秋だな。精が出るねえ。ずいぶん難しそうな本を読んでるじゃないか」

速瀬はにこやかに言って、部長席のほうへ視線を投げた。

「ちょっと森君を借りるが、いいかな」

「は、はい。どうぞ」

一拍ほど遅れたが、部長の石川が起ったまま答えた。

森は化学関係の専門書を閉じて、背広を抱えて、小走りに速瀬のあとに続いた。

エレベーター・ホールで、速瀬が言った。

「まだ十一時半だが、昼食を一緒にどうかと思ったんだ。なにがいいかな」

「ステーキがいいです」

「そうか。ちょっとヘビイだが、つきあおう。日本橋のDビルのレストランのステーキが旨《うま》いという評判だから、行ってみるか。静かに、話すにはもってこいだろう」

「僕はどうせ、ひまですから、どこでもけっこうです」

森は快活に返した。車に乗り込むとき、森が助手席のドアをあけようとした。

「うしろへ乗りたまえ」

「いいえ、前に乗ります」

「いいから、こっちへ来てくれ。話がしにくいじゃないか」

「はい。そうさせていただきます」

森は速瀬に促《うなが》されて、運転手のうしろに坐った。

車が駐車場を抜け出したところで、速瀬が話しかけた。

「すこしスマートになったかな」

「ええ。ひところ七キロほど減ったのですが、だんだん元の七十一キロに近づいてます」

「身長はどのくらいある？」

「百七十センチです」

「六十四キロならほぼ理想的なのに惜《お》しいことをしたな。ダイエットなしに減量できるなんて、羨《うらや》ましい限りだ」

ひとの気も知らないで、と森は胸の中で言いながら、速瀬の横顔を見つめた。

「いま、会長と話してきたところだ。おいおい話すが、人事課長には会ってるかね」

「はい。仁科は会社側の窓口というか、目下のところ会社と僕の唯一の接点ですから、毎日のように会ってます」

「それじゃあ、わたしがこの問題に介入しようとしていることは知ってるわけだね」

「ええ。喧嘩両成敗論なら聞いてます」

「それでは不服かな」

「もちろんです」

車は国鉄本社前を通過して日本橋方面へ右折するところだった。

「やっぱりだめか」

速瀬が躰《からだ》を否応なしに森のほうへ傾けてきた。

森は速瀬の体重を左肩で受けながら「もちろんです」と繰り返した。

Dビル十八階のレストランは正午まで二十分ほど間があったせいでまだすいており、奥の窓際のテーブルを確保することができた。森はサーロインステーキをレアで、速瀬はヒレステーキをミディアムでオニオングラタンスープと生野菜サラダを添えてオーダーし、ビールの小瓶一本を二人で分け合った。

「僕のことは措《お》くとして、藤本さんと川井さんのことを会長はどう考えてるんですか」

「隠してもしょうがないから、すべて話すが、藤本君は一年だけ社長をやらせて、来年の六月に退任させ、川井君は常務に降格して関西工場長に出すと言っていた。本来なら、会長にも責任があるはずだし、あの人がしっかりしてれば、もう少し様子《ようす》は変ったはずなんだが……」

「そのとおりです。北見、藤本、川井は一つ穴のムジナだと副社長はおっしゃったことがありますが、会長は鉄面皮というか、ずるい人だから、その程度でお茶を濁《にご》して、自分は居坐るっていうわけですか」

「しかし、川井君の降格はかなり決意が要ったんじゃないかな」

速瀬が森をうかがう顔になったのはいくぶん咎《とが》めるものがあったからだ。

「そんなのだめですよ。川井さんの息の根を止めたことにはなりません。その程度で満足してるなんて副社長らしくありませんね」

「わたしはもう副社長ではない。子会社の社長だよ」

速瀬は照れ隠しにそんな愚にもつかぬことを言ったが、森の返事は予想していたとおりのものだった。

「僕は裁判で決着をつけるまでやり抜きますよ。トーヨー化成は落ちるところまで落ちて一から出直すべきなんです」

「百年戦争みたいなことになったら、お互い不幸だよ」

「背任がはっきりしたらどうなるんですか」

「そういうことにはならんだろう。そんなことより、会長はきみの降職は撤回すると言ってたよ」

森はさも当然だと言わんばかりに素気《すげ》ない返事をして速瀬をがっかりさせた。

「朝令暮改もいいところですね。自分たちのうろたえぶり、混乱ぶり、莫迦《ばか》さ加減を世間に喧伝しただけじゃないですか」

ウエイターがオニオングラタンスープを運んできた。茶色の器の蓋《ふた》をあけ、粉チーズをふりかけながら、森が話をつづけた。

「速瀬さんが社長になるべきです。僕は管理職組合をつくって、啓蒙運動をやろうと思ってるくらいです。ひまでしょうがないので、少しは会社のためになることをしたいですよ」

「ひいきの引き倒しだな。わたしをトーヨー・グループから追放したかったら、そうしたらいい」

森のスプーンの手が止まった。

「役員で速瀬さんを担《かつ》ぐ人は半分以上いるんじゃないですか。速瀬さんが立候補すればの話ですが……」

「仁科君も同じようなことを言ってたが、そんなのは現実離れした幻想に過ぎない。

ないものねだりみたいなことを言われても困る」

速瀬はぴしゃりと言ったが、森はひるまず、ステーキを食べながら、あるいはレモンティを喫《の》みながら、しつこく速瀬社長待望論をぶちまくった。

「いい加減にしたまえ」

速瀬にきつい顔をされて、やっと森は黙った。

レストランを出て、Dビルから日本橋の交差点に近い雑居ビルまで肩を並べながら歩いているとき、速瀬が訊《き》いた。

「トーヨー樹脂の社長室を覗《のぞ》いたことがあるかね」

「ええ。もっとも、僕が関連事業部に在籍してた当時は、新橋に本社のオフィスがありましたから、日本橋に移ってからはありません。あのころは、社長室なんて小さな会議室に毛が生えた程度のちゃちな部屋でしたよ」

「それなら寄っていかないか。まだ話が終ってないし……。午後の予定はすべてキャンセルしてきみをもてなすとしよう」

「これ以上、お話しすることはないんですけどね」

森は言葉とはうらはらにうれしそうな顔をしている。総合企画部の自席でぼけっとしているより、なんぼましかわからない――。

雑居ビルの八階のフロアをトーヨー樹脂で占《し》めているが、社長室は十坪ほどのスペースで、トーヨー化成の副社長室の半分ほどしかなかった。

速瀬は若い女性秘書を呼んで、急用以外は取りつぐ必要はない、と告げたあと、

「コーヒーでいいかい」と、背広を脱《ぬ》ぎながら森に訊《き》いた。

「ええ」

「それじゃあコーヒーを二つお願いする」

「かしこまりました」

秘書が退室した。

「暑くないか」

速瀬は、窓のブラインドをおろして陽射《ひざ》しを遮断し、背広をロッカーのハンガーにぶらさげてから、ソファの森の前に戻ってきた。

「失礼します」

森は背広を脱《ぬ》いで脇に置いて、まっすぐ速瀬をとらえた。

「僕が建白書を出したときが、ひとつのチャンスだったと思います。なぜあのとき起《た》ちあがろうとなさらなかったのですか」

「派閥次元の権力闘争をする気にはなれないよ。そんなことにエネルギーを費《つい》やして、しこりを残すのは、会社のためにならん。だいいち、精神衛生上よくないじゃないか。後継者を決める人の目矩《めがね》にかなわなかったら、あきらめるほかはない」

「敗北主義です。後継者を指名する人も、指名された人も欠陥人間だったらどうなるんですか。そのために社員がやる気をなくし、企業が活力を失い、衰退に向かったら、闘わずに手を拱《こまね》いていた人の責任は問われないんですか」

森はきっと唇を嚙《か》んだ。

「きみの言わんとすることがわからんわけじゃない。批判は甘んじて受ける。役員の中にわたしを担《かつ》ごうとした者もいるが、北見さんの気持を変えることは不可能だったし、お家騒動だけはしてはならんというわたしの考えが間違っていると言われればそれまでだ。ま、わたしがしゃかりきになっても勝ち目はなかったと思うがね」

コーヒーを喫《の》んだあと、緑茶を飲んで、一度トイレに立ち、時間の経《た》つのを忘れて話しつづけたが、森は申請の取り下げについて頑として聞き容れなかった。

北見、藤本、川井の三人に責任を取らせて退任させるためには、裁判を通じて脱税、外為法違反などの企業犯罪のみならず、投機の失敗、ヤミ資金の使途を糾明して、背任の事実を立証していく以外にない、と森は主張してやまなかった。

六時前に、女性秘書が帰りの配車時間を問い合わせてきたとき、速瀬は「もうこんな時間か」と時計を見ながら、吐息をついた。速瀬は出勤の往復に東京駅と会社の間は専用車を使っているが、北鎌倉—東京駅間は横須賀線のグリーン車を利用していた。

「夜の予定はなかったからいらない。きみも帰っていいよ。あと一時間ほど話していく。総務でも営業でもいいが、残業している者に話しておいてくれないか。そうだ、帰る前に〝速瀬バー〟を開設してもらおうか」

「かしこまりました。すぐ仕度します」

女性秘書は色白のふっくらした顔をほころばせてセンターテーブルの上を片づけたあと、スコッチウイスキーの水割りの用意をして退社した。

ピーナッツ、塩豆、あられなどおつまみの乾いたものが添えられてある。

「退社時間が過ぎたあとこうして水割りを飲みながら、若い人と雑談することがあるが、連中は〝速瀬バー〟と称しているらしい。気のせいかもしれんが、若い人たちに好評のようだ」

速瀬は手ずから水割りをこしらえて、森にすすめた。水割りになってからの話も長かった。

「M銀行の三原会長は北見さんと同期でしたね。三原会長の辞任勧告なら従わざるを得ないんじゃないですか。速瀬さんから三原会長に直訴する手はないでしょうか」

森が北見、藤本、川井三人の退任に固執し、そんな思いつきを言ったときも速瀬は乗ってこなかった。

「トーヨー化成はそんなだらしのない会社ではない。相当な利益も出し、配当もしている。れっきとした優良企業だ。外部勢力と結びつくとあとが大変だよ」

「しかし、北見さんはM銀行からの移入ではありませんか」

「たまたま設備投資で一時期M銀行からの借り入れが極端にふえたことがある。それとM銀行が大株主であり主力銀行であることはたしかだから、先々代の社長が銀行の要請を断わり切れなかったんだろうね。それが禍《わざわ》いのもとをつくったと言えなくもないが、いまさら愚痴を言っても始まらんよ」

速瀬が水割りを口に含んで、考える顔になった。

「きみは、あくまでヤミ資金の使途を追及すると言ってるが、そうなるとわたしも筆頭副社長として責任をまぬがれないだろうな。いや、うちあけたところ、わたしもヤミ賞与にありついた一人なんだ。ここだけの話だが、それを拒否できるほどピュアにはなれないし、クリーンでもない。断わればチームワークを乱すことにもなる。藤本君や川井君と五十歩百歩なんだ」

「まさか……」

森はつぶやくように言って、ごくっと水割りを飲んだ。

「それに、きみを説得できないようだと、わたしはトーヨー化成グループからはみ出して行かなければならないんだ。わたしが子会社とはいえ、グループ内にとどまっている価値はあると思うんだが……」

速瀬はじっと森を見据えた。

「副社長がおっしゃってることが事実とは到底《とうてい》思えません。副社長は、北見、藤本、川井の三人は同じ穴のムジナだとおっしゃったではありませんか。いまさら、自分も五十歩百歩だなんて、それはないですよ」

森は伏眼がちに辛うじて声を押し出した。

「わたしに免じて申請を取り下げてくれないか。これ以上、会社の恥部を晒《さら》すのはやめようじゃないか」

「……………」

「きみがトーヨー化成の社員であり続けたいと希望するんなら、それはわたしが保証する。ただ、降職の撤回は当然として、きみの名誉がそこなわれない範囲で、研究機関なり子会社に出向することは仕方がないだろう。かえってそのほうがきみにとっても都合がいいかもしれない」

「川井さんは常務への降格でおしまいですか」

「いや、藤本さんのあとに誰が社長になるかが問題だが、川井君の敗者復活戦はないと思うな。その点は、北見会長にもう一度念を押しておく」

「北見さんにお咎《とが》めなしというのも釈然としませんね」

「それは眼をつぶるしかないんじゃないか。しかし、今度のことで、味噌をつけた北見さんの統率力は低下し、人事でもそう強引なことはできなくなるよ」

「副社長がトーヨー化成の社長になるチャンスはほんとうにないんでしょうか」

「わたしも同罪だからね」

速瀬はきれいな笑顔を見せた。

俺に、地位保全仮処分の申請を取り下げさせるために、この人は自分をおとしめ、罪を着ようとしているに相違ない——。森は熱いものが胸にこみあげてくるのを制しかねた。

森が、会社と和解の覚書を交わした上で、法律事務所を通じて、東京地裁に対して地位保全仮処分申請の取り下げの手続を取ったのは十一月十日のことである。

エピローグ

八重洲地下街のビヤホールは真夏のかき入れどきとあって、盛況をきわめ、森が約束の夜七時にあらわれたとき、あいているテーブルはなかった。背広を背負った森が店内を見回していると、ひと足遅れて来た仁科に肩を叩かれた。

「ちょうどよかったようだね」

「ところが満席で坐るところがないんだ。ほかを探そうか」

森があきらめ顔で答えたとき、奥のテーブルの三人組が起《た》ちあがった。

「ラッキーだな」

森は白い歯を見せて、仁科に目配せした。

ウエイトレスがテーブルを片づけている間に、仁科がチケットを買ってあとからテーブルに着いた。

「見違えるほど元気そうに見えるよ」

「そう言えば正月以来だから仁科とは半年以上会ってないな。電話ではしょっちゅう話してるから、そんな感じはしなかったが……」

「エネルギー開発研究所の仕事はうまくいってるみたいだね。わずか半年で、エネルギー問題のオーソリティみたいな顔をしてるって、新聞記者が言ってたぜ」

森は五十七年一月十日付で、財団法人の工業開発研究所に出向し、主任研究員として新エネルギーの開発問題を担当していた。

「そんなことはないよ。静かにやってるつもりなんだけどな。仁科に莫迦《ばか》になれって言われたから、注意してるつもりなんだがなあ」

森は表情をくもらせた。

仁科が笑顔で言った。

「莫迦になれなんて言った憶えはないが、あの研究所は寄り合い世帯だから、あの莫迦、この莫迦っていう顔だけはするな、と言ったはずだがなあ」

「新聞記者って誰だろう？」

「気にすることはないよ。正確に言うと、あの研究所は石油、鉄鋼、化学などあらゆる分野から優秀な人材が派遣されて来ているので、コンクールみたいなことになってるが、その中でも断然森さんは光っている、さすが大トーヨー化成のエリートは違うともっぱらの評判だと、その記者は言ったんだ。しかし、そういうことを気にするだけ森も苦労したってことになるのかな」

「そう冷やかすなよ」

森は陽焼けした黒い顔をきまりわるげに歪めた。

学生アルバイトらしい長髪の若いウエイターが大ジョッキを二つ運んで来て、乱暴にテーブルに置いたので、生ビールの泡が飛び散った。

「なにはともあれ、乾杯だ。昇進おめでとう」

森は快活に言って、把手《とって》のある大ジョッキを眼の高さにかかげた。

仁科も大ジョッキを手にしたが、当惑したように伏眼がちになっている。

仁科は二週間前の七月一日付で人事部次長に昇進した。三十七年入社組の四分の一が次長に昇進したが、出向中の森は課長待遇のままであった。

大ジョッキを触れ合わせて森は一気に三分の一ほどあけたが、仁科はひと口飲んでテーブルに置いた。

「なんとかきみを次長待遇にしたかったが、力が及ばなくて悪かった」

「あたりまえだよ。課長に戻すだけでも、すべったのころんだのと大変だったのに、二階級特進で次長になれるわけがないじゃないの。仁科が昇進組に入ってなかったら、もうひと暴れするところだけどな。人事部長のバランス感覚を見直してるよ」

森はいたずらっぽく笑って、つづけた。

「今度の次長、課長クラスの異動は、川井さんの影響力を排除したことで合格点をやれるよ」

「松本や村田が次長になっておもしろくないだろうね」

「そんなことはない。あの二人はレベル以上だよ。しかし、トップ人事はひどいな」

森は口のまわりについた生ビールの泡を左手の甲で拭いながら溜息まじりに言った。

「北見さんにしてやられたというか、いまいましい思いがしないでもないな。まさか、あの人が会長と社長を兼務するとは思わなかったよ。意表を衝《つ》かれたな。そこまでは読めなかった」

「一時的な経過措置で、遠からず専・常務の中から誰かをピックアップするんだろうが、社内にとどまらず産業界、経済界でもびっくりしてる人が多いだろうねえ」

「北見って男のずるさがわかったよ。案外、社長兼務の変則が長期化するかもしれないし、とかげの尻尾切りみたいに藤本さんだけを犠牲にした。川井さんを降格したが、温存したとも言える」

「そこまでは考え過ぎだろう」

「そうであればいいんだが……。俺は、会社とことを構えてほんとうによかったと思ってるんだ。依願退職に従ってたら、川井さんが二、三年あとに社長になることは間違いなかったろうし、俺自身みじめ過ぎるよ。計算違いがあるとすれば、速瀬さんに権力欲がなさ過ぎたことだ」

森はジョッキを呷《あお》った。喉仏《のどぼとけ》がごくっごくっと動くのを見つめながら、仁科が返した。

「多くの社員が森に感謝してると思うよ。社内のムードが急に明るくなったような気がする」

「そう言ってもらえれば本望だよ」

森のさわやかな笑顔に接して、仁科は晴れ晴れとした気持になっていた。

あとがき

この作品は、一九七八年、「小説宝石」に読み切り中篇小説として発表した「エリートの反乱」を改題、大幅に加筆して、八五年に講談社文庫から刊行された。三十年余の歳月を経過して、このたび文春文庫より再刊される運びとなった。三回目の文庫化だ。リアリティとエンターテインメントの両方を追求できたことが、長く読み継がれている一因ではないかと、手前味噌ながら思う。

久しぶりに自作を読み直して、主人公の森雄造にのめり込んで書いていたことを想起せざるをえなかった。そして、次々と懐かしい顔が目に浮かんだ。

森にはモデルがいる。当時、日本を代表する石油化学メーカーであった三菱油化で、技術系の課長職にあった所沢仁《しょざわひとし》さんだ。社長表彰も受けるほどのエリート社員が会社を相手に訴えを起こした前代未聞の出来事は、大きな話題となった。今でも活き活きと蘇る彼の言葉は、作中に刻んである。

「もし、俺がこんな理不尽な暴力に屈服して依願退職にしろ、懲戒解雇にしろ黙って受けていたら、両親に対して、妻子に対して、友人や恩師に対して顔向けできると思うか。（略）唯々諾々《いいだくだく》と従っていたら、俺の人生に陰が出来てしまう……」

名誉ばかりか、人間性も疑われる、という熱い言葉に、私は胸を打たれた。並みのサラリーマンには真似できない、実に芯の通った人物だった。

そして、彼に負けず劣らずの好漢が、人事課長の仁科こと清水喬夫《たかお》さんだ。ふたりの友情は、傍で見ていても本当に麗しかった。ただ仲が良いというだけではない。互いを辛辣に批判することだってある。当初、訴訟に踏み切るか逡巡していた所沢さんを、思いとどまるよう必死で説得したのは清水さんだった。そんなことしたら、お前、終わりだぞ、と。しかし所沢さんの決意が固いと観念するや、惜しみなく協力をした。反乱分子の肩を持っても一分の得にもならないにもかかわらず、だ。

思うに、中間管理職を前後に、友達のあり方は変わる。それ以上出世すればするほど、ヒエラルキーは狭まり、時には敵対せねばならないこともある。そうした競争原理が働いて、人も組織も磨かれていくのだが、そこで重要になるのは、人事権者の公平な評価や適材適所の人員配置なのではなかろうか。

「杉さん、反対派の意見も聞いた方がいいですよ」――。当時勤めていた石油化学新聞社の後輩音無保君の助言に従って、森を不当に貶め追放しようとする川井常務のモデルの人物には、何度も会った。確か、海軍兵学校を首席卒業、恩賜の軍刀を拝領したという秀才。次か、次の次には自分が社長だと自信満々だった。有能であることに異論はないが、目的のために手段を選ばない野心が、否が応でも感じられた。結果として、公平性を欠き、人事を壟断することに疑問を呈することで、彼がリーダーとなる芽を摘んだことは、所沢さんの功績である。

所沢さんは名誉を回復するが、あれほどの大騒動を引き起こして、元の鞘に収まることはまずありえない。出向となり、会社を去った。しかし、所沢さんはやはり並みのサラリーマンではなかった。日本エネルギー経済研究所や日本インドネシア科学技術フォーラム日本委員会に籍を置くや、まるで水を得た魚のように活躍した。やがてインドネシアといえば彼の名前が挙がるほどになり、インドネシアの最高顧問といった待遇で、最大級の勲章を授与された。彼の後半生もまるで小説のように面白い。つまり、彼は出来過ぎなのだ。一匹狼に鷹揚な時代背景があったことも否めないが、いまでも所沢さんの生き方に学ぶべきところはあると思う。人間万事塞翁が馬。人間到る処青山あり。どんな不条理な扱いを受けても、腐らずに再び一からやり直せば、新天地を切り開けるはずだ。

この二十年間、大病らしい大病はなく、健康なことが自慢であったが、昨年から短い間に、いくつか病を得た。詳細は省くが、視力が落ち、原稿のマス目が見えづらく、拡大鏡を使っての作業に難儀している。なぜこんな辛い目に遭うのかと辟易したが、改めて新天地に気づかされた。私は、まだ書きたいことがある。（談）

二〇一八年四月

高杉　良

文春文庫

懲《ちょう》戒《かい》解《かい》雇《こ》

定価はカバーに
表示してあります

2018年6月10日　第1刷
2018年6月25日　第3刷

著　者　高《たか》杉《すぎ》良《りょう》
発行者　飯窪成幸
発行所　株式会社 文藝春秋

東京都千代田区紀尾井町 3-23　〒102-8008
TEL 03・3265・1211㈹
文藝春秋ホームページ　http://www.bunshun.co.jp

落丁、乱丁本は、お手数ですが小社製作部宛お送り下さい。送料小社負担でお取替致します。

印刷・凸版印刷　製本・加藤製本
Printed in Japan
ISBN978-4-16-791084-6